비평의 자리 만들기

남송우평론집

국립중앙도서관 출판시도서목록(CIP)

비평의 자리 만들기 : 남송우 평론집 / 지은이: 남송우. -- 부산 :
산지니, 2007
    p. ;   cm. – (산지니평론선 ; 1)

ISBN 978-89-92235-12-9 03810 : \15000

810.906-KDC4
895.709-DDC21   CIP2007000756

산지니평론선 · 1

남송우평론집

비평의
자리
만들기

산지니

　　　　　문학비평가들은 갈수록 존재의 위기를 느끼며 이
시대를 살고 있다. 문학비평이 존재할 영역이 좁혀지고 있기 때문이
다. 그래서 문학비평가로 현실을 살아가는 자들에게 우선적인 관심
사는 비평의 영역을 어떻게 풍성하게 마련하느냐 하는 점이다. 비평
의 영역을 풍성하게 만드는 길은 여러 가지가 있을 수 있다. 우선은
비평의 주체가 되는 비평가들이 많이 등장함으로써 비평의 영역이
넓어질 수가 있을 것이다. 그리고 이 비평가들이 활발하게 비평작업
을 전개함으로써 비평영역의 풍성한 토대를 마련할 수도 있을 것이
다. 그러나 이러한 비평영역 넓히기는 비평의 역사가 시작된 이래로
전통적으로 시도되어온 것이다. 소위 말하는 비평의 활성화를 위해
비평주체들이 할 수 있는 원론적인 발상이며, 그 실천 내용들이다. 이
러한 발상과 실천이 무의미한 것은 아니지만, 급속하게 변하는 이 시
대에 비평의 자리를 제대로 마련하는 데는 역부족인 것 같다. 비평독
자를 확산시켜나간다는 일이 무모하게만 보이는 현실에 직면해 있기
때문이다. 그러나 비평가로서 비평 영역을 풍성하게 만드는 일을 포
기할 수는 없다.

　이 일을 위한 나의 일차적 관심은 비평을 독자들이 읽을 수 있는 평
문으로 만드는 데 있다. 비평이 누구에게나 읽히는 평문이 될 때, 비평

의 자기 자리는 어느 정도는 지켜갈 수 있으리라 보기 때문이다. 이러한 나의 생각의 계기는 '대화적 비평론'을 모색하면서부터 시작된 것이다. 비평이 지닌 본질 중의 하나가 문어화된 텍스트를 구어화 상태로 재해석해내는 일이다. 그런데 이 재해석을 통한 표현방식은 독자들이 쉽게 다가설 수 있는 길의 모색으로 나타나야 한다. 문어상태의 텍스트가 문어상태 그대로 해석되고 있기에 읽히지 않는 평문이 된다면, 이 점이 전혀 고려되지 않았기 때문이다. 텍스트에 실린 문어는 화석화된 상태로 있기에 여기에 생기를 불어넣는 작업을 비평가가 해야 한다. 텍스트의 의미를 살아 있는 상태로 쉽게 전달하기 위한 방법적 고민이 필요하다는 것이다. 문학비평은 그 성격상 논리와 개념을 필요로 하기에 그 내용 자체가 일반 대중들이 손쉽게 접할 수 있는 글은 못된다. 그러나 그 가능성은 늘 열어두어야 한다는 점에서 비평가는 읽히는 평문쓰기에 대한 고민을 계속해야 한다.

두 번째 관심사는 비평가를 부각시키는 일에 두었다. 비평영역의 풍성함은 비평가가 작가의 작품을 풍성하게 해석하고, 작가와 비평가 사이에 논쟁과 해석적 갈등이 비등함으로써 이루어지기도 하지만, 비평가 자체에 대한 논의를 풍성하게 해감으로써도 가능하다고 본다. 현실적으로 비평가론은 작가나 시인론만큼 성하지 못하다. 비평가들이 주로 작가론과 시인론을 쓰는 주체가 되고 있기 때문이다. 비평영역의 풍성함을 위해서는 비평가론에 더욱 관심을 가져야 한다. 아무리 많은 비평가들이 등장한다하더라도 그들의 존재성이 제대로 평가되지 않으면 비평의 영역은 든든히 설 수 없기 때문이다.

세 번째는 비평가가 현재 터 잡고 서 있는 영역에서 활동하고 있는 작가들에 대한 관심이다. 비평의 풍성함을 위해 독자를 의식하는 글쓰기의 양식에 대한 고민도 필요하고, 비평가 자신에 대한 적극적인 평가도 필요하지만, 나아가 같은 시공간에서 활동하고 있는 작가들에 대한 활발한 실제비평도 필요하다는 것이다. 즉 실제비평의 대상이 일차적으로는 자신이 서 있는 문학권 속에서 이루어져야 한다는 것이다.

이러한 나의 최근의 비평에 대한 생각 때문에 이 평론집은 세 부분으로 구성되어 있다.

1부 〈비평의 자리 만들기〉는 비평가론을 중심으로 짜여졌다. 김윤식, 김종출, 김준오, 김인환을 다루고 있는데, 이들의 비평 담론을 해명함으로써, 이들의 비평적 자리를 확인해보려 했다. 특히 작고한 김종출과 김준오는 부산지역에서 활동했던 비평가라는 점에서 그동안 전혀 논의 대상이 되지 못한 점을 환기시키려고 했다.

2부 〈시인·작가 만나기〉는 부산지역에서 활동하고 있는 시인, 작가들의 작품에 대한 실제비평이 중심을 이루고 있다. 지역에서 활동하고 있는 비평가는 지역 작가에 대한 활발한 비평을 해야 할 의무를 갖는다. 거창하게 지역문학론을 말하지 않더라도 이는 지역문학에 대한 최소한의 책무라고 생각한다.

3부 〈말 걸기와 답하기〉는 비평가 그리고 시인들과 나눈 대담이다. 평론가 김윤식, 시인 천양희, 나희덕과 나눈 문학 담론을 대화로 풀어본 것이다. 대화적 글쓰기의 가장 원초적인 형태가 대담이다. 한 작가가 지향하는 문학세계를 구어로 풀어갈 때, 일반 독자들에게는 가장 쉬운 소통의 회로가 열린다고 생각한다. 구어가 지닌 언어의 특장 때문이다. 그래서 대담은 가장 오래된 구어적 글쓰기로서 그 생명을 유지하고 있다. 이 글쓰기의 형식을 비평적 글쓰기로 어떻게 다시 변형할 수 있을지에 대한 고민은 아직 계속 중이다.

부산지역의 출판 현실을 생각할 때, 평론집을 출간한다는 것은 출판사로서는 고역 중의 고역이다. 상업성과는 무관하기 때문이다. 그러하기에 출판사가 지고 가는 짐이 너무 무겁게만 여겨진다. 그런데 이 짐을 흔쾌히 지고 가겠다고 산지니 강수걸 대표가 선뜻 나섰다. 고맙기도 하고, 무거운 책임감을 함께 느낀다. 책을 내느라 수고한 편집

실무자들과 함께 〈산지니 비평총서〉의 앞날에 열려질 길을 새롭게 전망해본다. 새롭게 태어난 길은 그 길을 걷는 자가 있는 한 사라지지는 않는다고.

2007년 2월
봄이 오는 소리를 들으며, 남송우

차례

책머리에 · 5

1부 | 비평의 자리 만들기

부산 비평의 10년을 돌아보는 자기고백 · 15

김윤식 비평세계에 대한 논쟁을 읽고 · 25

비평가 김종출의 비평적 자리를 찾아 · 32

한국문학 장르사에 대한 의욕과 그 밑그림의 실천 · 52

김인환의 문학 연구 방법론 · 75

북한문학 연구의 현황과 과제 · 93

2000년대 북한 통일시의 한 양상 · 105

1990년대 소설의 한 양상 · 121

2부 | 시인·작가 만나기

때 묻은 말 씻기와 자연의 깊은 소리 드러내기―정희성·안도현 · 149

'밤의 시론'을 위하여―정영태 · 158

일상의 비애와 울분을 넘어 풀꽃의 희망을―박태문 · 172

생명정신이 빚는 생동의 장면들―강은교 · 186

시의 등불을 앞세우고 살아온 삶의 길―강남주 · 202

귀가의 진정한 의미와 그 근원적 힘―신진 · 221

현실 부조리를 넘어서는 초월적인 힘―이규정 · 238

삶의 진정성을 찾아가는 도정의 풍경들―정인 · 252

새로운 이야기 방식과 현실인식―박민규 · 260

3부 | 말 걸기와 답하기

『거리재기 시학』의 거리 좁히기 · 269

일제말기 한국작가의 이중어 글쓰기 · 287

천양희 시인의 시적 도정 · 305

나희덕 시인의 면모 · 321

1부

비평의 자리 만들기

부산 비평의 10년을 돌아보는 자기고백

김윤식 비평세계에 대한 논쟁을 읽고

비평가 김종출의 비평적 자리를 찾아

한국문학 장르사에 대한 의욕과 그 밑그림의 실천

김인환의 문학 연구 방법론

북한문학 연구의 현황과 과제

2000년대 북한 통일시의 한 양상

1990년대 소설의 한 양상

부산 비평의 10년을 돌아보는 자기고백

– 《오늘의문예비평》을 중심으로

1. 비평방법론에 대한 논의

1990년대 초 비평전문지를 부산에서 창간하면서, 비평전문지가 지향해야 할 방향성에 대해 고민을 하지 않을 수 없었다. 그 고민의 결과, 한국비평의 주류가 서울지역에서부터 비롯되는 현실 속에서 부산지역의 비평계가 취할 수 있는 방향성은 일차적으로 새로운 비평방법론의 모색도 중요했지만, 이미 논의되고 있는 비평방법론들에 대한 새로운 시각 갖기 즉 비판적 접근이었다. 이는 소위 비평의 형태로 말하면, 비평의 비평 형식이다. 그래서 《오늘의문예비평》에서 논의된 비평방법론에 대한 모색은 직수입된 비평방법론의 소개보다는 현실적으로 논의되고 있는 비평방법론의 다시보기가 주류를 이루었다고 할 수 있다. 그러나 그 다시보기는 단순한 다시보기가 아니라, 비평의 비평 형태를 띠었기에 논쟁적인 성향이 강했다고 본다.

이런 측면에서 《오늘의문예비평》 창간호에서 제기했던, 당시 한창

논란이 되었던 포스트모더니즘에 대한 비판적 점검은 나름의 의미를 지니는 작업이었다고 본다. 그러나 이후에 특집을 통해 논의되었던 여러 비평방법론들이 단순한 이론의 소개를 넘어, 그 비평방법론이 지닌 한계를 분명히 짚어내면서 한국문학을 제대로 평가할 수 있는 도구로 온당한 것이 되고 있는지에 대한 비판적 정리까지는 미치지 못했다.

사실 지난 10년 동안 부산지역에서 논의된 비평 방법론들은 한국 평단에서 이슈가 된 포스트모더니즘을 비롯해서 리얼리즘, 페미니즘, 기호학, 정신분석론, 신역사주의, 문화유물론, 멀티미디어 문학론, 환상문학론, 대중문학론, 생태주의문학론, 동아시아문학론, 문화연구 등이다. 이는 한국비평계에서 논의된 비평방법론들이 거의 망라되었다고 해도 지나치지 않다. 문제는 이러한 비평방법론들이 어떻게 논의되었느냐 하는 점이다. 단순히 새로운 방법론을 소개하는 차원이냐, 방법론의 비판적 논의냐, 아니면 그 방법론을 한국문학에 구체적으로 적용한 논의로 이어졌느냐 하는 점을 따져보아야 한다. 각 방법론들을 소개하면서, 그 방법론들을 한국문학에 구체적으로 적용해보려 했지만, 실질적으로 이론비평과 실제비평이 조화롭게 맞물려 있는 실천비평을 보여주지는 못했다. 즉 비평방법론의 한 모형이 될 만한 작업을 해왔는가 하는 점에서는 만족할 만한 대답을 하기가 힘들다. 비평공부를 하는 자들이 비평 교과서로서 참고하고 고려할 수 있는 비평방법론의 모델을 만드는 데에는 역부족이었다는 것이다. 이러한 작업이 비평전문지가 지향해야 할 가장 중요한 항목은 아니지만, 아직까지 비평방법론에 대한 제대로 된 모형을 갖추지 못하고 있는 현실이기에 이는 포기할 수 없는 과제이다.

더 나아가서 궁극적으로 지향하는 바는 외국으로부터 직수입되는 비평방법을 넘어서는 한국의 독자적인 비평방법론을 모색해보는 것이 《오늘의문예비평》이 추구해온 방향성 중의 하나이다. 그러나 10년이 지난 지금 그러한 꿈이 실현된 것은 아니나, 아직도 그 꿈을 버리지 못하고 있는 것이 사실이다. 이는 어쩌면 한국에서 활동하고 있는 모든 비평가가 꿈꾸는 영원한 숙제이기도 하다.

2. 비평의 대중화를 위한 몸짓

부산지역을 중심으로 비평전문지를 창간하고 난 뒤, 현실적인 벽으로 나타나게 된 과제의 하나가 비평의 대중화였다. 시, 소설도 아닌 비평을 일반 대중들이 쉽게 접근하게 함으로써 비평 역시 읽히는 장르로 대중화시켜야 한다는 과제였다. 비평의 시대라고는 하지만 여전히 비평에 대한 논의는 비평가들의 전유물처럼 되어 있는 현실을 타개할 수 있을 때, 비평의 활성화, 나아가 문학의 활성화를 기대할 수 있기 때문이다. 이는 달리 말하면 대중의 비평의식을 성숙시킴으로써 비평의 대중화를 실현시켜보고자 함이었다.

창간호 이후에 현안진단으로 〈비평의 대중화를 위하여〉란 주제로 이를 해결하려고 한 것은 이 문제가 결국 비평의 자기존립과도 밀접하게 연관되어 있었기 때문이다. 당시의 문제제기는 다음과 같은 현실적 필연성을 가지고 있었다.

비평이 단지 특정비평가나 문학준거집단의 자기존립 근거를 위한 방어나 공격논리일 수만은 없다고 본다면, 그만큼 비평행위란 공적인 의미를 지니는 것이라면, 따라서 텍스트에 대한 해석과 가치판단이란 결코 전유된 권위일 수 없으며, 그 행위 자체의 문화적 의미를 묻고 답해야만 할 의무를 지니는 것이라면, 비평전문지 시대로 들어서고 있는 진입로에서 비평은 다음과 같은 물음들을 자신에게 던져야 할 것이다. 현상적으로 그리고 당위적으로 우리 문학에서 비평의 독자는 누구인가. 각 비평담론은 작가와 독자 혹은 작품과 독자 사이를 잇는 중재 기능으로서 해석과 가치판단 행위로서 그리고 문화전략적 담론에서 과연 어떤 독자를 지향하고 있는가. 과연 지금 여기서 비평담론들이 확보하고 있는 상호소통의 영역은 어떠한 지형으로 이루어져 있는가. 과연 그 상호소통의 영역은 존재하고 있기나 한 것인가.

이러한 장황한 물음들에 대한 답변은 극히 부정적이다. 극단적으로 말하면 비평의 독자는 바로 비평가 자신들뿐이라는 답변도 가능하다.

비평의 대중화, 그것은 자칫 대중추수주의나 신비화의 사고에 빠지거나 혹은 그렇게 오해될 여지를 지니고 있다. 그러나 비평의 대중화는 비평전문지 시대로 들어선 이 시기에서 비평문학이 그 자신의 존립근거나 문화적 장악력의 확보를 위해서 진지하게 생각하지 않을 수 없는 현안 중의 하나라고 볼 수 있다.(박남훈, 「비평의 대중화를 위하여」, 《오늘의문예비평》 통권 2호)

비평의 대중화를 위한 방안의 하나로 제안된 것이 작품을 비평전문지에 싣는 것이었다. 대중 독자들에게 작품과 함께 그 작품에 대한 비평을 함께 읽힘으로써 비평에 대한 새로운 자각을 갖게 하고 비평적 글읽기가 작품읽기에 얼마나 필요한지를 인식시키는 작업이었다.

그러나 이러한 기획은 이론만큼 현실적 적합성을 갖지 못했다. 일반 독자들이 기획의도만큼 비평과 작품을 읽어내 주지는 못했다. 작품의 게재를 계속하지 못한 이유는 그러한 사정 때문이었다. 비평이론과 작품이 한 자리에 놓이더라도 그것이 일반 독자들의 눈높이를 넘어서 있을 때, 비평적 소통은 현실적으로 불가능하다. 이 점에서 대신 고안된 방법들이 문어적 글쓰기를 구어적 글쓰기로 유도함으로써 독자들의 가독성을 높일 수 있는 길이었다. 즉 그 계절에 출간된 문제의 저술이나 현실적인 이슈들을 좌담이나 대담으로 풀어냄으로써 일반 독자들의 참여를 유도하려고 한 것이다. 그러나 논의되는 대상 내용의 어려움이 일반 독자들의 눈높이를 넘어섬으로써 이 부분에 대한 시도도 기획의도만큼 만족스러운 결과를 얻지 못했다. 딱딱한 내용을 쉽게 접할 수 있는 글쓰기에 대한 근본적인 문제제기가 필요했던 것이다. 「지금 글쓰기란 무엇인가」(오늘의문예비평, 통권 16호)라는 주제를 가지고 특집좌담을 마련한 것은 이러한 배경 때문이었다.

이러한 글쓰기 자체에 대한 문제의식은 「탈식민주의와 글쓰기」(오늘의문예비평, 통권 17호)의 특집으로 이어졌고, 급기야는 김영민 교수의 문제적인 연재물인 「문학과 인문학적 글쓰기」(오늘의문예비평, 통권 19호)의 출현이 가능케 했다. 그런데 비평의 대중화를 위한 이러한 일련의 모색들은 실천적 측면도 수반되었지만, 상당한 부분 이론적 모색이나 문제제기의 차원을 넘어서지 못하는 아쉬움이 있었다. 일반 독서 대중과 함께 하지 못하는 모든 글쓰기의 한계를 분명히 인식하고, 이를 극복하기 위한 대안들은 논의되었지만, 그 실천적 모델은 완성하지 못했다는 것이다. 여전히 비평의 대중화는 남겨진 과제가 된 것이다.

이러한 측면에서 또다시 시도한 일반 독자를 위한 비평적 글쓰기의 하나가 「함께 가는 문학기행」이었다. 《오늘의문예비평》 통권 29호부터 시작된 이 코너는 문학기행이란 에세이적 요소가 일반독자들을 쉽게 끌어들이는 데는 어느 정도 역할을 한 것으로 평가한다. 그러나

전문문예 비평지에서 문학기행이란 것이 어떤 의미를 지니는가 하는 측면에서는 비평의 대중화와는 또 다른 차원에서 논의되어야 할 문제를 남겼다.

3. 문화연구를 향한 발돋움

《오늘의문예비평》이 부산지역에서 비평전문지를 시작하면서, 문학비평을 주요 내용으로 삼았던 것은 사실이다. 그러나 예술전반에 걸친, 나아가 문화비평을 완전히 배제한 것은 아니었다. 1990년대 중반부터 활발하게 논의되던 문화유물론의 소개는 문학비평을 문화연구 속으로 끌어들이기 시작했다. 《오늘의문예비평》통권 14호에서 비평이론으로서 「문화유물론」이 특집으로 다루어지기 시작하면서, 문화비평은 영화가 중심이긴 하지만, 주요한 메뉴의 하나로 등장하기 시작했다. 통권 17호부터는 문화비평 코너가 고정적으로 독자들과 만나게 되었으며, 통권 24호에서는 문화비평의 중심 대상 중의 하나인 「대중문학론」이 특집으로 다루어지게 되었다. 이어 통권 25호부터는 「문화를 여는 새로운 시각」이란 관점에서 문화에 접근하기 시작했다. 이러한 일련의 문화적 시각 갖기는 통권 37호부터 조용현, 박성수 두 교수의 「새로운 논리, 새로운 삶」이라는 연재물의 탄생을 가능하게 했다.

그러나 이러한 문화연구들을 두고, 여러 가지를 생각하지 않을 수 없다. 그 하나는 영국에서 시작된 문화연구가 미국을 거쳐 우리에게 소개되면서, 우리의 상황 속에서 문화연구가 지니는 적합성이 적절히 검토되었는가 하는 점이다. 많은 부분 학문적 유행으로 앞 다투어 논의의 장을 펼치는 형국이 전개되지 않았나 하는 점이다. 그러다보니, 너도나도 모두 문화연구자로 변신하는 모습을 보인 것이다. 많은 문학비평가들이 문화비평가나 영화비평가로 이름표를 바꾸어 다는 현실이 된 것이다. 기존 자신의 연구영역이나 관심사를 바탕으로 시야를 문화라는 문맥으로 자연스럽게 열어가는 것이 아니라, 하루아침에 자신이 터 잡고 서 있던 영역을 포기하는 웃지 못할 자기변신이 이루어졌다는 점이다. 단순히 새로운 학문의 신기성을 좇는 것이 아니라, 우리 사회의 현실을 제대로 인식할 수 있는 현실적 적합성이 먼저 논의되어야 한다는 점이다.

즉 문화연구에 대한 논의는 우선 문화연구 자체의 본질과 속성, 궁극적 지향점, 그리고 문화연구에 수반되는 적절한 방법론의 모색이 전제되어야 한다. 또한 문화연구는 그 속성상 개혁 운동성, 정파성, 당파성, 이데올로기성, 계급성, 문화적 갈등성 등을 가지고 있기에 이를 제대로 담아내기 위해서는 문화연구가 지니는 경험적이고 실천적인 측면을 중요하게 생각해야 하고, 이를 몸으로 느끼는 실천적 고민이 따라주어야 한다. 이 점에서 문화연구는 실질적으로 지금―이곳의 연구가 되어야 한다. 이러한 측면에서 문화연구에 대한 비판적 평가와 함께 「부산의 공간학」이 지니는 의미를 높이 평가하고 싶다. 문화연구는 이론도 중요하지만, 현실적 삶의 연구이다. 그런데 그 삶의 공간은 지금―여기일 수밖에 없기 때문에 부산학의 연구로서 「부산의 공간학」이 의미를 지닌다는 것이다. 삶, 나아가 문화는 삶의 주체가 서 있는 공간에서 연원하고 꽃피기 때문이다.

4. 우리 시대 비평가론

비평전문지가 다른 일반 문예지와 변별될 수 있는 요소는 무엇인가? 그것은 비평전문지만이 지닐 수 있는 요소를 보여주는 것이다. 이점에서 《오늘의문예비평》이 다른 문예지에서 찾기 힘든 코너를 마련한 것이 아직까지 생존해 있는 비평가들의 면모와 비평세계를 시리즈로 다룬 것이다. 통권 13호부터 김윤식 비평가를 시작으로, 백낙청, 김병익, 유종호, 염무웅, 김현, 임헌영, 김준오, 김열규, 이어령, 이보영 등이 논의 대상이 되었다. 한 비평가의 비평세계를, 그것도 생존해 있는 비평가를 다룬다는 것은 일정한 한계가 있지만, 비평가론은 비평을 논하는 자리에서는 중요한 항목이다. 그런데 그 논의내용이 한 비평가가 지닌 비평세계의 점검과 함께 비평가 개인의 인간적 면모를 접할 수 있는 기획으로 짜여져 있었으나, 그 의도가 완벽하게 실현되었는지 하는 부분은 아쉬운 점으로 남아 있다. 또한 논의된 비평세대가 주로 60년대 비평 활동을 시작한 자들이 주를 이루고 있어, 이후 세대들로 논의가 이어져 새로운 세대들까지 지속되었으면 비평현장을 점검하는 데 도움을 줄 수 있지 않았을까 하는 생각을 지울 수 없다.

그러나 《오늘의문예비평》이 비평가를 다루는 차원에서, 부산지역에서 활동한 1950년대 고석규와 1960년대 이후의 김종출 비평가의 활동을 정리하고, 평가한 작업은 그 의미가 크다고 본다. 묻혀있던 지역의 비평가를 한국문예비평사에서 새롭게 인식할 수 있는 토대를 마련한 작업이기 때문이다. 특히 고석규인 경우 1950년대 비평의 한 부분을 메워줄 수 있는 비평적 역량을 지닌 비평가란 측면에서 그 발굴의 의미는 아무리 강조하더라도 지나치지 않는다. 문제는 비평전문지가 비평가들의 업적을 제대로 평가하고 정리하는 일을 지속적이고, 일관되게 할 수 있어야 한다는 점이다. 이는 한국문예비평사를 제대로 마련하기 위한 기본적 토대가 여기에서 마련되기 때문이다.

5. 전망과 기대

아직도 부산지역 문학이 한국문학 속에서 변방의 자리에서 완전히 벗어나 있지는 못하다. 지역적 위치의 변방이 문학적 활동의 변방으로 이어져 왔기 때문이다. 그러나 그동안 계속된 부산의 비평 활동은 문학적 변방의 이미지를 많이 불식시켜왔다고 본다. 그렇다고 그것이 만족스러운 수준이란 말은 아니다. 넘어서야 할 단계는 아직도 많다. 그 단계를 향해 한 걸음 한 걸음 나아가야 한다. 그리고 중요한 사항의 하나는 지역의 문학작품을 발굴하고 평가하여 우선은 한국문학 차원에서 평가되고 논의될 수 있는 장을 만드는 일이다. 이러한 차원에서 부산지역 비평가는 두 시선을 견지해야 한다. 하나는 한국문학의 차원에서 문학작품을 보는 시선이며, 다른 하나는 지역문학을 한국문학 차원으로 끌어올리는 일이다. 이러한 작업을 하는 데 우리가 참고할 만한 하나의 모형으로 노드롭 프라이를 들 수 있다.

영문학을 연구했던 프라이의 초기 관심은 블레이크, 밀턴, 세익스피어 등 이른바 영국문학의 주류였다. 영문학에서 전통적으로 인식되어 있던 이러한 정전의 작가들이 프라이의 논 대상이었다. 그런데 그는 영문학으로 보면, 변방과 같은 캐나다에 있으면서 캐나다 문학을 외면할 수 없었다. 캐나다의 문학이 성숙한 문학으로 평가받고 대접받는 날을 위해 캐나다 문학의 성숙을 적극적으로 도왔다. 전통적인 영문학의 논의와 함께 캐나다 문학에 대한 논의의 폭과 깊이 역시 만만치 않았다. 그러한 노력의 결과로 캐나다에도 세계적으로 논의되는 애트우드(Margaret Atwood), 핀들리(Timothy Findley), 먼로(Alice Munro) 등과 같은 작가의 출현이 가능했다는 것이다. 부산지역 비평의 미래 역시 한국문학 차원에서 논의되는 작가와 시인을 어느 정도 발굴하고 평가하느냐 하는 실제비평의 내용과 질에 달려 있다고 본다. 이 몫과 과제를 지역에서 발행되는 비평전문지인 《오늘의문예비평》이 떠맡고 있다.

김윤식 비평세계에 대한 논쟁을 읽고

- 논쟁의 정상화를 위한 제언

《교수신문》(2005. 5. 31)에서 특집으로 다루기 시작한 김윤식 비평 세계에 대한 논의를 관심을 가지고 읽었다. 한국문학비평을 공부하는 사람치고 긍정적이든 부정적이든 그의 비평작업의 영향권으로부터 자유로운 자가 그렇게 많지 않다는 점에서 필자 역시 예외가 아니기 때문이다.

최강민, 양진오의 문제제기에 이어 나온 김승환의 반론도 흥미있게 읽었다. 소위 비평의 비평이 제기된 셈이다. 그것도 당사자(김윤식)와의 시비가 아니라, 김윤식 비평 텍스트를 두고 비평을 공부하는 후학들의 논의라는 점에서 생산적인 논쟁을 기대했다. 그러나 이제 막 논의를 시작하는 선인데도, 그 논조나 논의의 내용들이 결코 생산적일 수만은 없겠다는 예감을 갖게 했다.

그 이유는, 소위 논쟁이 생산적이기 위해서는 논의의 텍스트를 분명히 하고 이를 중심으로 서로의 입장이 제시되어야 하는데, 이 점이 분명하지 못하기 때문이다. 이는 김윤식 비평 텍스트가 너무 방대하고, 그의 관심사가 다양함에서 비롯되는 자연스런 현상이다. 그렇다 하더라도 제대로 된 논의를 펼치려면, 논의 대상을 분명히 하고 가야 한다. 무엇부터 논의가 되어야 하며, 그 논의 대상 선정의 정당성이 분명히 전제되어야 한다. 제한된 신문의 지면에서 이를 어떻게 다 수용할 수 있겠느냐는 현실적 조건이 문제가 될 수 있다. 그래도 주어진 조건 안에서 항목화해서 다루어가는 지혜가 필요한 것이 아닌가?

그렇다고 최강민과 양진오가 논의 대상을 전혀 고려하지 않고 문제제기를 한 것은 아니다. 최강민은 김윤식의 현장비평을 중심으로, 양진오는 문학사를 그 주 대상으로 삼고 논평을 하고 있기 때문이다. 그런데 이들이 다루는 대상이 한 번의 논의로는 다 소화하기 힘든 양의 대상을 논의거리로 삼고 있다는 점에 문제가 있다. 그러므로 이를 제대로 다 논의하려면 주어진 지면은 태부족이다. 이런 결과로 다루는 대상들이 여럿이기에 깊이 있는 텍스트 분석을 토대로 한 문제제기보다는 김윤식 비평의 전반적인 흐름 속에서의 문제제기만 전달되어오는 한계를 보이고 있다. 차분한 분석에 토대한 설득력보다는 논쟁을 위한 논쟁 분위기가 강하게 느껴진다.

이러한 문제제기와 함께 평소 김윤식 비평세계에 대해 관심을 가지고 있는 필자로서 최강민과 양진오의 문제제기에 대해 몇 마디를 언급하고 싶다. 이는 이 논쟁이 정말 한국문학 비평을 위해 생산적인 차원으로 나아가길 바라는 심정에서 비롯된 것임을 밝혀둔다.

먼저 최강민의 입장을 살펴보자. 최강민의 문제제기는 정당하다. 건전한 비판이 없는 곳에 발전이 없다는 명제는 그의 말처럼 고금의 진리이기 때문이다. 문제는 무엇을 어떻게 비판하느냐 하는 점이다. 최강민의 우선적인 비판대상은 김윤식의 현장비평에 놓여 있다. 김윤식이 내보이는 현장비평에는 텍스트에 대한 해석과 감상은 있지만,

평가가 부재하다는 점을 문제 삼고 있다. 평가없는 비평이 있을 수 없다는 점에서, 그의 논리는 일목요연하다. 비평일반론에서 가치평가는 필수적인 요소이기 때문이다. 그러나 김윤식 비평을 제대로 평가하려면, 김윤식이 실천하고 있는 현장비평의 특성과 그가 지향하는 비평의 성격을 일차적으로 이해해야 한다.

김윤식은 현장비평에서 말하는 현장성을 일컬어 '가치판단이기에 앞서 감각의 일종'(『한국근대문학사와의 대화』, 새미 2002, 472쪽)으로 보고 있다. 그리고 이러한 현장비평은 '절대적 평가'여야 한다는 입장을 내보인다. 여기서 말하는 '절대적 평가'란 언어와 인간의 관계성에서 비롯되는 언어의 밀도 또는 언어의 구조화 과정을 비평의 기준으로 삼는다는 것이다. 그러므로 '감각의 일종'이란 개념과 '절대적 평가' 사이에 개재될 수 있는 논리적 비약을 문제 삼지 않고, 김윤식의 현장비평에 대한 가치평가가 부재함을 재단하는 것은 정당한 논리적 귀결은 아니다.

뿐만 아니라, 김윤식의 비평지향점은 설명이나 가치평가에 멈추지 않고, '표현'에까지 나아가야 한다는 점을 강조하고 있고, 또 이를 실천하고 있다는 점을 간과해서는 안 된다. 김윤식은 학문(문학연구)과 비평을 달리 인식하고 있다. 학문이란 새로움에 생명이 있는데, 자료나 방법, 해석 중 어느 것 하나라도 새로워야 학문적 가치가 있다는 것, 그러나 어떤 새로움도 다른 새로움에 의해 대체되기 마련이라는 것, 조만간 격파 당하기 위한 운명을 타고 난 것이 학문이라는 것이다.

그러나 비평은 좀 다르다는 것, 일정한 완성도에 이른 예술이라면 뒷사람에 의해 극복되거나 능가되었다고 하지는 않는다는 것, 표현자의 세계이니까 그렇다는 것이다. 이러한 그의 논지에 따르면, 그는 비평을 예술의 범주에서 인식하고 있음이 확실하다. 하나의 또 다른 창조적 세계를 지향하고 있다. 창조적 비평 혹은 예술로서의 비평을 꿈꾸며 이를 실천하고 있다. 그가 루카치의『소설의 이론』을 소설에 대해 설명한 것이 아니라 소설에 대한 작품(표현)을 쓰고 있었다고 인식한 것이나, 하이데거의『존재와 시간』역시 작품이었던 것이지 설명 나부랭이로는 어림도 없는 경지로 파악하고 있었던 이유가 여기에 있다.

그러므로 김윤식의 현장비평에 대한 평가는 그의 비평에서 해석과 감상은 있지만 평가는 없다는 결론에 이르는 잣대가 필요한 것이 아니라, 예술비평으로서의 완성도를 평가할 수 있어야 한다. 그가 지향하고 있는 비평이 제대로 실현되고 있는지를 문제 삼아야 했다. 이 점이 제대로 짚어지지 않은 상태에서 최강민이 결론과 함께 내린 "그럼에도 불구하고 김윤식의 현장비평으로 인해 한국의 평단이 풍성해질 수 있었다"는 평가는 단순한 수사에 지나지 않는다. 무엇으로 풍성해졌는지를 구체적으로 보여주지 못하고 있기 때문이다.

다음 양진오로 논의를 바꾸어보자. 양진오의 일차적 관심은 김윤식의 문학사 연구다. 그가 논의의 대상으로 삼은 논저는『한국근대문예비평사연구』(일지사, 1976),『한국현대문학사상사론』(일지사, 1992),『한국소설사』(예하, 1993)이다. 그러나 양진오는 이 논저들의 각 내용을 세밀하게 분석한 토대 위에서, 각 저술이 지니고 있는 문학사 연구에 있어서 공통적으로 드러나는 현상을 체계적으로 보여주지는 못하고 있다. 그 대신 이 논저들을 중심으로 문제의 항으로 끌어낸 것이 근대성의 문제이다. 근대성의 문제를 논의의 중요한 항목으로 끄집어낸 것은 온당하다. 김윤식은 이 문제를 지금까지 자신의 가장 중요한 과제로 인식하고, 이를 평생의 과업으로 풀어내고 있기 때문이다. 양진오는 김윤식이 근대를 제도의 문제로 파악한 점, 그리고 근대는 가치

중립적이라는 부분에 대해 그 한계를 지적하고 있다. 그러나 김윤식의 근대성에 대한 논의의 한계는 근대성 초극까지의 논의 위에서 이루어져야 정당하다. 양진오의 근대성 논의는 김윤식의 근대성의 기본 개념에만 한정되어 있는데, 김윤식은 근대성의 초극문제를 이미 논의한 바 있다. 그러므로 김윤식의 근대성 논의는 근대성 초극에로의 과정까지, 그 사유를 따라가면서 그 한계를 지적해야 온당하다.

그리고 양진오는 "김윤식이 임화의 이식문학론을 비판하면서도 어딘가 임화의 흔적들이 보인다. 아니 때로는 임화보다 더 강하게 이식—제도의 이식—을 힘주어 말하는 모습까지 보인다. 방향전환론, 대중화론, 아나키즘론 등 프로문학 관련 논문들에서 특히 그렇다"고 말한다. 일면 일리가 있는 비판이다. 이러한 비판이 가능한 것은 김윤식이 우리의 프로문학을 다루면서 일본프로문학 논의에 많이 기대고 있기 때문이다. 그러나 김윤식이 우리 프로문학을 다루면서 일본 프로문학을 다룬 것은 비교문학적 접근이 불가피한 상황이었기 때문이다. 그러므로 김윤식이 임화보다 이식을 힘주어 말하는 모습까지 보인다는 판단은 김윤식의 의도를 제대로 읽어내지 못한 결과로 보인다.

또 하나의 문제는 문학사 논의를 하다가 양진오는 김윤식을 헤겔주의자로 명명하고, 용어에 대한 문제를 꼬집고 있다. 김윤식의 비평적 논의들이 헤겔의 사상에 많이 기대고 있는 것은 사실이다. 그러나 그를 단순한 헤겔주의자로 명명하기는 힘들다. 그는 「소설이론과 창작방법 논의」에서 헤겔주의자들의 한계를 이미 인식하고 있었기 때문이다.

양진오가 김윤식 비평에서 힘주어 논하고 있는 마지막 문제가 현해탄 콤플렉스 용어와 관련한 문학사상이다. 김윤식은 "문인의 사상을 논의하게 될 경우, 혹은 근대문학 사상을 이야기하게 될 경우 종종 구체성을 결여한 추상의 세계로 이월해버리는 인상을 준다"는 것이다. '운명', '아비찾기', '현해탄 콤플렉스', '내면풍경', '오기(傲氣)' 등의 단어가 그 예라고 보고 있다. 그래서 임화를 '운명'의 문제로, 이광수, 염상섭, 김동인, 임화, 이상을 '현해탄 콤플렉스'로 사상을 규정한 작업에 대해 불평을 하고 있다. 이는 달리 말하면, 김윤식은 문학사상을 논의하는 지점에 와서 절대적 주관성을 담보하는 추상의 세계로 이월한다는 것이다. 이것은 체계화된 논의의 심화가 아니라 비약이라는 것이다.

사상 특히 문학사상 자체가 정신이나 관념의 차원과 별개일 수 없다는 점에서, 주관성과 추상성의 문제는 언제나 제기될 수 있는 부분이다. 그래서 양진오의 문제제기를 아무런 근거가 없다고 보기는 힘들다. 그러나 김윤식의 문학사상을 제대로 논의하려면, 『한국근대문학사상사』(한길사, 1984)와 함께 최소한 『한국근대문학 사상비판』(일지사, 1978), 『한국현대문학사상사론』(일지사, 1992), 『한국근대문학사상연구』(일지사, 1984)정도의 텍스트를 기본 대상으로 잡아야 한다. 적어도 김윤식이 쓴「문제적 상황으로서의 사상사적 기술」을 토대로 그의 사상입론과 그 구체적 실천이 어디서 어긋나고 있는지를 논해야 한다. 그렇지 못하기에 양진오의 문제제기는 선언적 의미가 강하다. 논쟁을 위한 문제제기를 넘어서지 못하고 있다.

지금까지 최강민, 양진오 두 비평가의 김윤식 비평에 대한 논의를 읽으면서, 필자 나름으로 생각나는 바를 몇 가지만 정리해보았다. 반론을 제기한 김승환의 논의를 다룰 지면이 필자에게는 주어져 있지 않아 그의 반론에 대한 논평은 여기서 할 수 없다. 그러나 그가 지향하는 본격 텍스트 중심의 논쟁으로의 유도가 실현되지 않아 아쉽다. 이를 위해서는 좀더 구체적인 반론이 필요하지 않았나 하는 생각이 든다. 논쟁의 생산성은 우선 해당되는 텍스트를 빠짐없이 정확히 읽고 난 바탕 위에서 이루어진다. 상식적인 이 말을 덧붙이는 것은 그렇지 못할 때, 김윤식 비평세계에 대한 논쟁은 나무의 가지만 흔드는 격을 벗어나기 힘들기 때문이다. 김윤식 비평의 뿌리에 가닿는 논의를 통해 생산적인 논쟁들이 번져나길 기대해본다. 이는 비평을 공부하는 후학들에게 지워진 무거운 짐이다.

비평가 김종출의 비평적 자리를 찾아

－그의 비평선집에 부쳐

60년대 문학에 대한 본격적인 논의가 시작된 지도 제법 되었다. 그런데 60년대 비평사를 다루면서 김종출이란 이름은 생소하게만 느끼고 있다. 그는 동아일보 신춘문예에 「엑자일의 문학」으로 등단하고 난 뒤, 60년대 후반기에 열심히 현장비평 활동을 하다가, 건강의 악화로 현장 비평을 지속하지 못해 쉽게 그의 이름이 잊혀졌기 때문이다. 그런데 그가 남긴 평문들을 살펴보면, 쉽게 그의 이름을 60년대 저편으로 묻어버릴 수 없는 무게를 지니고 있다. 이것이 그의 비평을 개관하는 글을 쓰게 된 이유다. 이 글은 김종출이 남겨둔 평문들을 모아 펴낸 그의 전집에 실린 평론들을 통독하고 난 뒤에, 필자가 글의 내용을 분석하여 주제별로 5장으로 나누어 편집한 순서대로 그의 비평에 대한 전체적인 개관을 해두고자 하는 의도에서 썼다. 그러므로 이 글은 앞으로 쓰려고 하는 비평가 김종출론의 서막에 해당되는 글임을 먼저 밝혀 둔다.

1. 한국소설의 방향성 찾기

김종출은 시보다는 소설에 관심을 가지고 소설 중심의 실제 비평을 하고 있다. 특히 그의 관심은 한국 현대소설이 어디로 가야 하는지에 대한 근본적인 문제를 제기하면서, 거기에 대한 답을 모색해보고 있다. 한국현대소설이 가야 할 방향성을 찾기 위해서는 우선 현황을 객관적으로 파악해야 한다. 이런 관점에서 김종출은 「한국현대소설의 반성」에서 우리 소설이 가지고 있는 현재의 문제점을 부각시키고 있다. 그것은 우선 소설이 읽히지 않는다는 점과 재미있는 소설을 지향해야 한다는 점이다.

원래 소설이란 여러 가지 예술 중에 가장 자유로운 형식을 가진 것이다. 작가가 어떠한 방법을 쓰더라도 실생활의 모조품을 만들어 그것을 리얼하게 느끼게 한다는 것이 소설의 기본원칙이다. 이것은 어떠한 경우라도 변치 않을 것이다. 소설에서의 재미는 남의 생활을 살아보자는 실로 토옥적인 인정에 그 근원이 있다. 소설이 아무리 발달하여도 이 저급한 재미는 무시 못할 것이다. 그리고 우리가 문학에서 이 재미를 구하는 것은 불가한 일도 저급한 일도 아니다.

소설이 구비해야 할 중요한 요소의 하나로 재미를 우선시하고 있다. 그리고 이 재미를 저급한 것으로만 취급해서는 안 된다고 본다. 그런데 중요한 것은 어떻게 이 재미를 창출해 낼 수 있느냐 하는 점이다. 그는 문학이 재미있기 위해서는 다음 세 가지가 필요하다고 본다.

문학이 재미있기 위해선 뭔가 새로워야 하고 감동을 주기 위해선 성

실해야 할 것이며, 건강한, 양식있는 사회인의 흥미를 끌기 위해선 명쾌
해야 할 것이다. 구질구질하고 진부한 소재를 구태의연한 자연주의적
작품으로 쓰는 것은 50년대와 더불어 일단 끝나야 마땅하지 않을까?

　소설이 재미있기 위해서는 새로움, 성실, 명쾌함이라는 세 요소가
구비되어야 한다고 본다. 비평가의 입장에서 볼 때, 진부한 소재를 구
태의연한 수법으로 쓰는 것은 재미와는 무관하다는 것이다.
　그러면 우리 소설이 왜 재미가 없는가 하는 점을 좀더 구체적으로
파악해볼 필요가 있다. 이 점을 김종출은 「한국소설은 왜 재미없는
가」, 「왜 우리 소설은 재미없는가」에서 구체적으로 자기 논리를 보여
주고 있다. 전자에서는 인간을 제대로 그려내지 못한 데서 그 원인을
찾고 있다.

　　무엇보다 한국 소설은 인간이 잘 그려져 있지 않다는 데 근본 원인
　이 있다고 생각한다. 인간이란 원래 스핑크스처럼 그 실체를 파악하기
　어려운 것이고 예사의 명수가 아니고선 그리기 어려운 것이다. 문학이
　휴먼인터레스트를 중심으로 하여 인간이 안팎으로 연출해 내는 드라마
　의 토막토막을 포착하여 인생의 여러 면을 보여주는 것인 만큼, 그것은
　결코 쉬운 일이 아님은 두 말할 나위없다. 인생을 내다보는 눈이 선천적
　으로 밝고 정확해야 할 것이며, 동시에 후천적인 연마가 있어야 한다고
　생각된다.

　인생을 제대로 그려내면 소설이 재미가 있을 것인데, 이를 작가들
이 제대로 해주지 못하기 때문에 소설이 재미가 없다는 논리이다. 그
려낸다는 점에서 작가의 역량 문제를 말하고 있는 것으로 볼 수 있다.

그래서 작가가 선천적으로 인생을 보는 눈이 밝고 정확해야 하지만, 동시에 후천적 노력도 필요하다는 점을 강조하고 있다. 후자의 글에서는 소설이 일반 대중 독자를 위하기보다는 소수의 문학전문가를 지향하고 있는 점을 지적하고 있다.

첫째, 생각할 수 있는 일은 한국 소설이 놓여 있는 위치이다. 더 구체적으로 말한다면 소설이(이른바 문학소설이) 일반 대중의 것이 아니고 극히 제한된 소설이 문학전문가들의 것이란 데 있다. 소설이 발표됐을 때 그것이 널리 보급되어 독서대중의 문제거리가 되고 옛말로 낙상의 지가를 올린다는 일은 거의 없다.

소설의 지향점이 일반대중을 겨냥해 있지 않고 소수의 문학전문가들에게 있다면, 소설은 자연 재미보다는 일차적으로 의미부여에 관심을 둘 수밖에 없다는 것이다. 그래서 그는 소설에서의 대중성을 강조하고 있다. 즉 그가 「한국 현대 문학에 있어서의 순수의 문제」에서 밝히고 있듯이 순수문학이니 대중이니 하는 갈래를 통해 소설을 나누기보다는 소설은 이 갈래를 넘어서 모두를 만족시킬 수 있어야 한다고 본다. 그렇다고 소설의 재미를 위해 독자에게 영합해야 한다는 입장은 아니다. 작품을 통해 독자의 가슴에 감동을 불러일으켜야 한다고 본다. 그래서 그는 소설에서의 대중성을 강조하고 있다. 이런 측면에서 그는 두 명의 중요한 작가에 대한 작가론을 펼쳐보이고 있다. 한 사람은 이상(李箱)이고 다른 한 사람은 요산 김정한이다. 두 사람의 작품이 앞서 논의한 재미를 그대로 보여주는 작가는 아니지만 이상은 새로운 것을 찾아나선 작가라는 점에서, 요산은 인간을 제대로 보여주고 있다는 측면에서 김종출 교수의 소설론과 부합된다고 본다.

먼저 그가 다루고 있는 이상론을 간단히 살펴보자. 「엑자일의 문학」이란 제목으로 펼친 이상론은 동아일보 신춘문예 평론부분 당선 작품이다. 그는 여기서 유파와 사조를 통해 이상 작품을 보는 시각을 던져버리고 철저히 왜 이상이 이 소설을 쓰지 않으면 안 되었고, 그 가치는 어디에 있는지를 살피고 있다.

　　이상은 비록 개화했다고 하나 내적으로는 일제의 강점이 계속되고 있는 상황 속에서 진실과 미를 찾아 자진 엑자일한 자였다는 것이다. 이러한 엑자일은 실로 무모한 일이었다고 보고 있다. 이상의 소설 「날개」, 「봉별기」 등의 분석을 통해 이상의 엑자일의 양상을 분석하고 있다. 실생활의 관습으로부터 엑자일하고, 사회 도덕적 인습으로부터 벗어나고자 한 이상이 결국 도달한 곳은 죽음뿐이었다고 해석한다. 인간이 엑자일하는 데는 근원적으로 한계가 있기 때문이란 것이다. 그러나 이상은 이러한 엑자일의 삶을 통해 새로운 것을 찾아나선 탐험가가 되었다고 평가한다.

　　다음으로 대상이 된 작가는 요산 김정한이다. 그는 김정한 문학의 특징을 한마디로 말한다면, 그 그칠 줄 모르는 반항정신에 있다고 평가한다. 그래서 「사하촌」은 문예작품으로선 어딘가 미숙하며 평필을 들고 이 작품을 논하려고 들면 이상하게도 이렇다할 본질적인 이미지가 금시 떠오르지 않는다고 말한다. 그저 숨 막히고 답답한 에피소드의 나열이라 할까. 그러나 「옥심이」와 「추산당과 곁 사람들」은 걸작으로 평가한다.

　　「옥심이」에서 우리는 어쩔 수 없는 인습의 사슬에 얽매인 한국여인의 가냘픈 몸부림을 본다고 평가하고, 「추산당과 곁 사람들」에서는 작가의 인간 이해의 깊이를 보여주는 작품이라 평가한다. 죽어가는 추산당이란 파계승의 유산을 둘러싸고 일가친척들이 보이는 추태가 바로 이 소설의 주 내용이며 그것을 그리는 작가의 붓끝은 실로 신랄하다고 긍정적으로 평가한다. 그리고 20년이 넘도록 붓을 꺾어오다가 1966년 「모래톱이야기」로 다시 제기한 요산은, 세월은 그를 중늙은이로 만들었지만, 그의 작가 정신은 조금도 변함이 없음을 논하고 있다.

문학이 뭣 때문에 존재해야 하는가에 대해선 여러 가지 의견이 있을 수 있고 반드시 의견이 일치를 볼 수 있는 질문은 아니지만 우리 문학의 현단계에 있어서 김정한 문학과 같은 경향의 문학은 있어야 할 것의 하나이며 누구에 대해서든지 꼭 쓰여져야 할 것이 아닌가 한다. 이미 언급한 바처럼 작가의 사회적 관심은 소설문학이 애당초부터 가진 특성의 하나이며 그렇지 않더라도 작가적 양심이나 책임이 언제까지나 사회불의에 대하여 맹목일 수 없을 것이다.

작가의 사회적 관심이란 측면에서 요산이 보여주고 있는 소설의 특성은 충분히 논의에 값하는 수준을 유지하고 있다고 본 것이다. 그래서 그는 요산문학의 가능성을 매우 긍정적으로 예견하고 있다.

비록 작품의 분량은 많지 않지만, 김정한 씨가 한국 신문학사에 차지할 위치는 이미 확고부동한 것이며 그가 작가로서 갖는 오리지날리티는 나의 설명을 기다리지 않고서도 날이 갈수록 뚜렷해질 것이다.

김종출의 평문에서 이상론과 김정한론 외는 본격적인 다른 작가론을 만날 수 없다는 것이 하나의 아쉬움으로 남는다. 그러나 이는 그만큼 오랫동안 비평 활동을 지속하지 못한 결과로 보인다. 그 대신 월평이란 형식의 현장비평을 통해 60년대 후반의 우리 소설의 현황과 문제를 다양하게 보여주고 있어 다행스럽다.

2. 한국소설의 현장―월평을 통한 소설지형도 그리기

비평가로서의 김종출의 면모는 현장비평의 중심이었던 월평을 통해 드러나고 있다. 그의 월평은 월간지《현대문학》,《월간문학》과 신문《국제일보》,《부산일보》,《신문》 등이 주된 발표 무대였다. 월평은 성격상 달마다 발표되는 작품들을 대상으로 비평을 해야 하기에 월간지에 발표되는 월평과 신문에 발표되는 월평의 대상이 동일한 경우가 많다. 김종출이 월평을 집중적으로 행한 때가 1967년에서 1969년으로 나타나는데, 이때는 월간잡지와 신문월평을 동시에 시도하고 있어 왕성한 비평 활동을 보여주는 시기이다. 그러면 그가 월평에서 다루고 있는 관심사는 무엇인지를 우선 살펴본다.

김종출은 월평을 하면서도 월평에 대한 분명한 자의식을 가지고 있었다. 「읽히지 않는 소설들」에서 이러한 자의식을 읽어낼 수 있다.

월평을 쓰면서 나는 왕왕 회의에 사로잡힌다. 때론 어떻게 평을 해야 좋을지 종잡을 수 없는 작품에 부딪치는 수가 있기 때문이다. 그때마다, 비평 또는 평론이 뭣이냐 하는 기본문제로 되돌아간다. 그리고 이책 저 책을 뒤져 좋은 해결책을 찾으려 애를 쓴다. 거기엔 더욱 심한 혼란과 미로밖엔 없고, 20세기 평론의 복잡성만 깨닫고 입맛을 다시며 물러서기가 일쑤이다.

그러나 월평이란 비평 작업에 있어서 중요한 요소는 작품의 좋고 나쁘고를 가려내는 일이 아닐까 생각한다. 그러면 뭣을 기준으로 해서 그

좋고 나쁘고를 가릴 것인가가 또 중요한 문제거리로서 남는다. 즉 어떠한 객관적인 척도가 있느냐는 것이다.

그는 이 객관적 척도를 찾기 위해 현대 비평의 여러 유파를 논하기도 하고, 그들 각각의 장단점과 문제를 통해 서구의 북리뷰 같은 것이 우리들의 월평에 해당되는 비평작업으로 보고 있다. 그런데 그는 월평 중 「월간문학의 소설 3편」을 논하면서 그 특성을 다음과 같이 인식하고 있다.

　구체적으로 작품을 논하기 전에, 평론은 무엇하는 것이냐에 대한 사견을 간단히 얘기해 보고 싶다. 특히 월평 같은 것을 쓰는 경우에 있어서, T.S. 엘레어트는 평론은 헬퍼(helper)라고 어디선가 말한 적이 있다. 즉 인생이 있고, 이 인생을 설파하는 철학자가 있는 것과 마찬가지로, 평론도 예술작품도 있고, 그것을 설명 또는 해석해 주어 독자의 이해를 옳게 해준다는 뜻일 것이다. 매우 함축성 있는 말이라고 언제나 생각하고 있다.

그리고 그는 여느 특정한 비평방법에 의존하기보다는 지금까지 논의된 다양한 비평방법들을 적절히 활용하고자 한다. 소위 신비평적 방법과 역사주의적 방법 등을 원용하고자 하는 모습을 보인다. 이러한 그의 비평에 대한 인식은, 비평은 단순히 외국의 새로운 비평방법론을 소개하는 것이 아니라는 주체적 인식이 전제되어 있기에 가능한 것이다. 이러한 비평의식의 일단을 「풍성한 수확」을 논하면서 내비치고 있다.

원래 비평이란 이차적인 작업이고 일차적인 문학작품이 앞서야 하느니만큼 그 문학작품이 신통치 않은데 비평 작업만 성할 리가 없다. 그렇다고 생소한 외국의 비평이론을 장님 코끼리 만지는 격으로 소개한다고 그것이 진정한 비평이 될 수 없다.

　이러한 비평적 입장을 토대로 그가 현장비평에서 논의하는 내용들은 다양하다. 그 중 중요한 몇 항목에 주목해본다. 우선 그는 소설의 가독성에 대해 많은 관심을 가지고 있다. 즉 소설은 우선 읽혀야 하는데 잘 읽히지 않는 소설들이 나타나고 있다는 것이다. 「신구 작품의 좋은 대조」, 「읽기 어려운 소설」, 「읽히지 않는 소설들」 등에서 김종출은 이를 문제시하고 있다.

　여기에 대조적인 작품이 이제하 작 「기차, 기선, 바다, 하늘」, 심문길 작 「폐육」, 이문구 작 「야훼의 D곡」 세 편이다. 이 세 단편소설은 셋 다 무슨 약속이나 한 듯 읽기가 매우 힘들게 써났다. 신진작가라고 생각되는 이분들의 문장은 나의 한국 말 보케불러리의 힘으로는 국어사전의 힘을 빌리지 않고선 읽기 곤란하다. 그리고 내용은 한번 슬쩍 읽어선 줄거리조차 파악하기 어려운 테크닉을 시도하고 있다. 여기에 대해선 나는 할 말이 많으나 제한된 지면관계로 생략하고, 결론만 내세우면, 나의 태도는 긍정적이다. (중략) 이상 논한 세 작가는 공통으로 모두 무엇을 아끼는 것처럼 상황 설명에 인색하다. 거리낌없이 뭣이든 쓰고 낯설은 낱말들을 대담히 사용한다. 이러한 것들이 그들의 소설을 무척 읽히지 않는 소설로 만들고 있다. 나이브한 문장이나, 시어리어스한 표현에 몰린 것은 세계적인 추세다. 그러나 이것이 가장 소설에 동정적인 동작마저 소설로부터 쫓아버릴 우려가 있다.

신인작품들에 대한 비평이기는 하지만, 소설이 읽기가 힘들다는 이야기다. 이는 바로 소설과 독자 사이의 소통의 문제로서, 김종출 교수의 입장에서는 소설은 우선 읽혀야 한다는 입장에 서 있기 때문에 가능한 논의이다. 즉 소설은 시와 달리 대중성을 확보할 수 있는 문학 장르이기에 읽히지 않는다면 문제가 된다는 의미이다. 소설이 어려워지고 있는 점을 현대소설의 특징으로 논하기도 하고 신인들의 새로운 시도도 긍정적 평가를 내리기는 하나, 우선은 소통이 되어야 한다는 점을 강조하고 있는 것이다. 이러한 입장은 「읽기 어려운 소설」에서도 마찬가지다.

기법상의 실험은 현대소설이 갖는 특색의 하나이다. 현대 한국작가 치고 최인훈 씨 만큼 대담하게 실험을 시도하는 작가도 드물 것이다. 문예지 《문학》에 게재 중 잡지의 발간중지로 인해서 중단된 장편 「서유기」가 그 좋은 일례이고, 이번 《현대문학》 12월호에 게재된 단편 「만가」도 그 한 예이다. 이 단편을 처음 읽고, 그 내용을 금시 파악한다는 사람이 있다면 그는 실로 비상한 소설 독자임을 자부해도 좋다. 무엇을 써 놨는지 도무지 모르겠다고 팽개쳐버리면 그만이지만 최인훈 씨 정도의 공인을 받고 있는 작가의 작품을 그렇게 함부로 취급 할 수도 없다.

그러면 무엇 때문에 이러한 난해한 소설을 써야 하며 비평가 아닌 일반 독자에의 커뮤니케이션 문제는 어떻게 할 것인가 등등은 진지하게 생각해 볼 가치가 있다고 생각한다. 이것은 비단 최인훈 씨만의 문제가 아니고 새로운 기교를 시도하는 작가 전부의 문제일 것이다.

난해한 소설이라고 생각하는 최인훈의 「만가」를 두고 그 작품이 지닌 기법적인 특성을 논하면서, 소설의 커뮤니케이션을 문제 삼고 있다. 의식의 흐름 수법이라고 할 수 있는 「만가」의 기법상 특징을 통해 김종출은 현대소설의 큰 변화를 읽어내면서도, 이런 소설들이 앞으로 어떤 의미를 가질 수 있을 것인가에 대해 여전히 커뮤니케이션의 입장에서 문제를 제기하고 있다. 읽히지 않는 난해한 작품들은 현실적으로 대중독자를 가지기 힘들고 연구자들이나 문학전문가들의 논의 대상이 될 수밖에 없다는 것이다. 이러한 그의 입장 피력은 소설은 근본적으로 일반 대중들이 쉽게 접하고 읽을 수 있는 대중성을 확보하고 있어야 한다는, 소설에 대한 근본적인 인식에서 비롯된다고 본다. 그래서 그는 「읽히지 않는 소설들」에서도 현대소설이 점점 읽기 힘든 방향으로 흐른다면, 현대시가 봉착한 난해시의 운명에 부딪히지 않으리라고 누가 단정할 것인가라고 소설이 읽기 어려워지고 있는 점을 심각한 고려의 대상으로 삼고 있다. 뿐만 아니라 「읽히는 소설들」에서는 작가적 견지나 비평가적 견지에서 소설을 보는 것도 중요하지만, 더 넓게 일반 독자적 견지에서 보는 것이 더 중요하다고 생각하고 있다. 이는 바로 소설은 대중성을 확보해야 하고, 그 대중성 확보는 우선 읽히는 소설이 되어야 한다는 점이다. 이는 그의 관심의 초점이 어디에 놓여 있는지를 확인해볼 수 있는 부분이다. 즉 그가 한국소설의 방향성 찾기에서 중요한 관심사로 삼았던 '소설에 있어서의 재미'와 깊이 관련되어 있다는 것이다. 재미는 우선 독자에게 읽혀야만 가능한 이야기이기 때문이다. 읽히지 않는다는 것은 소설의 기법 측면에서 빚어지는 부분도 있지만, 많은 부분이 재미와 연관되어 있는 것이다.

이러한 소설의 재미를 실현시키는 한 방향으로 그는 「역사소설과 대중소설의 가능성」에서 역사소설을 통해 소설의 대중화가 가능하다는 입장을 보이고 있다. 박종화의 「임진왜란」, 김성한의 「이성계」, 유주현의 「대원군」 등을 통해 역사소설이 대중성을 확보할 수 있는 가능성을 보이고 있음을 논하고 있다. 어느 시대나 대중화의 문제는 제기될 수밖에 없지만, 60년대 대중소설의 한 가능성으로서 역사소설 논의는 그 시대 문화현실 속에서 새롭게 제기될 수 있는 문제였다고 본다.

3. 영미문학 엿보기

김종출은 영문학자였다. 특히 그의 관심은 세익스피어 희곡에 있었다. 그래서 그는 세익스피어를 중심으로 서구비평의 흐름을 파악하고 있는 양상을 보인다.

1960년대면 한국문학 비평에서는 소위 신비평이 중심이던 시대이다. 그래서 그도 신비평에 대한 관심을 표명하고 있다. 이러한 신비평에 대한 관심이 「현대 영미문학 비평의 경향」이다. 여기에서 그는 신비평의 발생과 그 중심 내용 등을 소개하고 있다. 그런데 그의 초점은 신비평을 소개하는 데 그치지 않고 신비평이 지닌 문제를 제기하는 데 있다. 이는 이미 신비평의 발원지였던 미국에서는 신비평에 대한 객관적 · 비판적 논의 등이 제기된 지 오래되었기 때문이다. 이러한 비평사적 흐름을 인식하고 있는 그에게 있어 주된 관심사는 신비평에 대한 일방적인 소개보다는 그 한계를 분명히 짚고, 신비평의 한계를 보완하는 시각을 지니는 것이 필요했던 것으로 보인다. 그가 파악하고 있는 신비평의 한계는 다음과 같다.

뉴크리티시즘에 대한 여러 가지 비난 중에서 최대로 심각한 것은 뉴크리티시즘은 문학과 인생과의 관계를 무시한다는 것이다. 이 비난은 전혀 근거가 없는 감정론은 아니다. 문예작품을 정독하고 힘차게 분석하는 것은 좋으나 문학이 어떻게 인생을 밝혀주고 독자에게 어떠한 통찰과 만족을 줄 수 있느냐는 점을 무시하고 문학을 전문가끼리만 통하는 수수께끼로 만들었다는 것이다. (중략) 뉴크리티시즘이 불완전한 비평이라면 완전한 비평은 무엇인가? 그것은 시 자체의 설명뿐만 아니라 한 문학작품이 특정한 문학전통과 어떻게 관련되며 어떻게 그 전통을 수정하는가? 지식의 다른 분야와 어떠한 관계를 가지는가? 작품이 시대와 독자 자신에게 갖는 의의는? 한 작품에 대한 호불호의 원인은? 독자의 문학작품에 대한 역사적 이해와 그것이 독자 자신의 정치, 종교 상황 인식이 갖는 의의는 무엇일까? 등등의 의문에 독자를 대신하여 새로운 답변을 찾아주는 것이 우리가 바라는 현대비평가의 임무일 것이다.

그는 이미 신비평의 한계를 넘어서는 완전한 비평을 위한 모색을 하고 있다. 이는 외국문학 전공자들이 빠지기 쉬운 함정을 스스로 벗어나 있다는 증거로 볼 수 있다. 외국문학전공자들은 자칫 외국의 새로운 이론이나 논의들을 가능한 한 그대로 소개하고 이를 확대재생산하는 데만 관심을 둘 수 있다. 그런데 김종출은 신비평을 일방적으로 소개하거나 긍정하는 것이 아니라, 그 한계를 극복할 방향성에 대해서 분명한 입장을 보여주고 있다는 점이다. 이러한 그의 신비평에 대한 태도는 그의 앞 세대인 백철이 신비평을 일방적으로 소개하고 이를 토대로 실제 비평을 실행하던 시기와는 다른 차원에서 신비평을 인식하고 있음을 볼 수 있다.

영문학자로서, 비평가로서의 새로운 면모가 돋보이는 그의 평론은 세익스피어에 대한 비평을 다루고 있는 「세익스피어 비평의 변천」이다. 그는 세익스피어에 대한 비평이 어떻게 변천해 왔는지를 4단계로 나누어 논하고 있다.

① 초보적인 비평—세익스피어의 생존 당시부터 18세기에 이르는 것
② 낭만비평—19세기에서 20세기 초두에 이르는 것
③ 사실 및 역사비평—금세기 20년대에서 현재에 이르는 것
④ 신비평—금세기 30년대에서 현재에 이르는 것

사실 이러한 세익스피어에 대한 비평 유형의 구분은 편의상의 구분이긴 하지만, 비평 방법의 변화를 토대로 한 접근이란 점에서 나름의 준거는 가지고 있다고 본다. 중요한 것은 그가 세익스피어에 대한 비평을 역사적으로 개관하면서 내린 결론이다.

총체적으로 20세기 세익스피어 비평을 개관할 때, 20년대의 평가들은 세익스피어를 학자들의 서재에서 떼내어 무대 위에 돌이켜 놓았다. 그러나 최근 비평은 그를 극장에서 떼내어 다시 서재로 돌려놓고 있다. 이미 지닌 심볼이니 아이디어니 하는 것은 천천히 정독하는 데서만 그 파악이 가능하기 때문이다. 즉 말하자면 시인으로서의, 인생의 깊은 통찰을 보여주는 천재로서의 세익스피어가 다시 중시되기 시작하고, 동시에 배우, 극작가로서의 세익스피어가 망각되어가고 있다. 그러나 세익스피어의 시가 아무리 오묘하고 상징적이라 할지라도 그것은 무대 위에서 급속히 진행되는 연기와 더불어 외어진 대사로서 쓰여졌다는 엄연한 사실을 잊어서는 아니 될 것이다. 가령 세익스피어가 이미지와 상징적 패턴을 의식적으로 그의 극 구성의 일부 요소로서 썼다 할지라

도, 그것을 이해할 수 있는 사람은 그의 관객 중에 몇 사람이나 있었을까? 있었다 할지라도 수사학의 특별한 훈련을 받은 극소수의 사람을 제외하고는 아무도 없었을 것이다. 이것은 현대시의 경우와 비추어 생각해보면 쉽사리 이해될 줄 믿는다.

김종출의 관심은 두 가지로 요약될 수 있다. 첫째는 세익스피어 작품 비평이 무대 상연을 전제로 한 연극에서 서재 안의 연구로 바뀌고 있다는 점이며, 둘째는 세익스피어의 작품이 연극의 대사로 사용되었던 점을 잊어서는 안 된다는 점이다. 그래서 세익스피어 작품비평이 너무 어려워 일반독자를 절망시켜서는 안 된다는 것이다. 세익스피어는 큰 준비 없이도 누구나 읽어서 재미있게 이해할 수 있는 극작가라는 것이다. 그래서 김종출은 「세익스피어는 대중작가」라는 글에서 이 점을 강조하고 있다.

세익스피어를 대중작가라고 하면 격에 어울리지 않을지 모르지만, 김종출의 견해는 그렇지 않다는 것이다. 세익스피어 당시 시대를 고려한다면 세익스피어는 대중을 상대로 한 극작가라고 보고 있다. 그 당시의 관객을 다음과 같이 정리하면서, 이들을 상대로 연극을 해야 했기에 대중작가라 불러도 무방하다는 입장이다.

관객은 매우 잡다했다. 시인, 상점주, 수부, 병사, 도제봉공의 직공, 놈팽이, 고위인사 기타 방랑자들이 극장을 드나들었다. 특히 요즘말로 입견석에서 관객은 소란하고 구린내 나는 입김을 내풍기고 극의 진행에 따라 흥분하여 기성을 올려 고함을 내지르곤 했다. 이 사실은 그들은 스틴카아드(입에서 악취를 내뿜는 자)란 다분히 모멸적인 별명으로 부르는 것을 보아 쉽게 짐작할 수 있을 것이다. 이 잡다하고 소란한 군중

이야말로 당시 영국을 상징하는 것이었다. 그들은 거칠고 유행을 두려워하지 않았다. 와석종신 못함을 당연한 것으로 생각했다.

그러나 이들 대중은 젊은 기상이 넘쳐흐르고 신선하고 솔직했으며 회의적이고 무감동한 군중과는 대조를 이루는 것이었다. 그들은 무엇이든 받아들이는 태세를 갖춘 대중이었다. 그리고 그들은 무대 위에서 전개되는 이야기의 좋고, 나쁘고를 알아볼 수 있는 비평안을 가지고 있었다. 그들이 즐기는 것은 연극엔 무엇보다 미적 감상에 호소하는 것이 있었다. 등장인물은 극의 줄거리를 전개시킬 뿐만 아니라 그들의 귀를 즐겁게 하는 것이라야 하는 것이었다. 이것이야 말로 그들이 뻔히 알고 있는 줄거리의 극을 다른 훌륭한 목청을 가진 배우가 낭랑하게 욀 때 즐겨 들었다는 사실을 설명해 주는 것이다. 이렇게 하여 어마어마한 사건, 기악이나 말의 음악, 야만할 정도로 폭력을 구하는 관객이 생겨났던 것이다. 즉 당장에 감동하고 선 자리에서 우작을 매진하는 관객, 그것이 세익스피어를 비롯한 영국 르네상스기, 즉 엘리자베스 1세 시대의 연극 관중이었다.

이러한 관중을 상대로 극작을 해야 했기에 세익스피어 극은 대중성을 토대로 할 수밖에 없었다는 것이다. 이는 바로 관객의 마음에 들고, 관객을 즐겁게 해줄 수 있는 작품을 쓰는 것이 극작가들의 일차적 과제였다는 것이다. 이러한 대중성에 대한 김종출의 남다른 인식은 「미국의 대중문화」를 논하면서도 나타나고 있다. 이 글은 한국아메리카학회에서 발표한 내용들을 종합 요약한 것으로, 문학·영화·음악 분야에서 소위 대중문화의 전반적인 특징을 소개하고 있다. 이러한 대중문화에 대한 그의 관심은 「문학과 영화」를 논하는 계기가 되기도 한다. 그는 영화나 문학을 각기 독립된 예술 장르로서 그 특징과 장점을 지니고 있기에 이를 토대로 발전해갈 수밖에 없다고 보고 있으며, 김동리의 작품 「까치소리」가 영상화되면서 보여주는 문제 등 문학과 영화라는 관점에서 비판적으로 점검하고 있다. 아직은 문학작품 원작을 어떻게 영상화할 것이냐가 논란이 계속되고 있는 현상 속에서 김종출의 논의는 여전히 유효한 참고들이 될 수 있는 내용을 함축하고 있다. 김종출은 세익스피어 극에 대한 남다른 관심을 많이 가지고 있었기에 「서머셋 모엄의 문학관」을 논하면서도 그의 단편소설보다는 모엄의 극에 대한 논의를 폭넓게 하고 있다. 뿐만 아니라 연극에 대한 논평들을 많이 하고 있다.

그것이 「사라진 연극의 영광」과 「부산 극단의 앞날」이다. 「사라진 연극의 영광」에서는 영화나 TV의 영향으로 연극의 관객을 잃어가고 있다는 점에 주목하고 있다. 관객을 끌 수 있는 레퍼토리가 문제가 된다는 것이다. 그것은 번역극에 의존하기보다는 창작극을 개발해야 한다는 입장이다. 그리고 영화나 TV에 따라가려는 것보다는 예술성에의 집착만이 연극이 살아남을 수 있는 길이 아닐까 하는 견해를 보이고 있다.

「부산 극단의 앞날」에서는 한국과 같이 문화의 수도 집중 경향이 심한 상황 속에서, 부산 연극을 사랑하고 또 연극열에 불타는 젊은이들이 헌신적으로 활동하여 스스로 설 곳을 쟁취해야 하는 것이 현실이라는 점을 강조하고 있다. 60년대나 지금이나 여전히 변하지 않고 있는 서울과 지역간의 문화에 대한 격차를 읽게 된다.

4. 현실 삶과의 부단한 교섭

김종출은 문학텍스트를 통해 현실을 읽어내기도 했지만, 현실 삶에 대한 부단한 비평적 관찰을 통해 그의 비평관을 실천해간 모습을 시평형식으로 쓴 여러 단평에서 읽어낼 수 있다. 「행동문학」을 통해 문학의 길이 얼마나 어려운지를 논하고 있으며, 「단상의 장」에서는 사고로 인해 죽음을 당하는 많은 사람들의 운명을 다루고 있다. 또한 당시의 혈안이 되었던 교육, 대학, 노인문제, 일류병 진단 등 다양한 사회적인 문제가 주제로 다루어지고 있다.

그런데 무엇보다 의미 있게 읽히는 것은 역사적 존재로서의 인간 삶을 깊이 인식하고 있다는 점이다. 이는 그의 개인사적 실존의 측면과 사회적 존재로서의 자기 인식으로 나타나고 있는데, 이 양자를 조화시키려는 인생관을 보여주고 있다는 점이다. 「이 발길은 유정처」에서는 자신의 문학, 인생, 사회관을 밝히고 있는데, 여기서 유의해볼 만한 것이 그의 문학관이다.

나는 종종 문학을 무슨 절대적인 것처럼 생각하는 사람을 본다. 이러한 엄정한 문학관에는 적잖은 반발을 느낀다. 좀 더 구체적으로 말해서 ○○하기 위해서 소설 또는 시를 쓰지 않을 바에야 무엇 때문에 문학을 할가보냐는 태도이다. 이러한 목적의식에 사로잡힌 문학관에는 반발 이상의 것을 느낀다. 나는 문학을 더 넓은 뜻으로 받아들이고 싶다. 어떠한 목적에만 사로잡히지 않은 자유로운 것이라야만 한다고 생각한다. 눈물과 한숨이 필요한 사람에게는 그 눈물과 한숨을, 상처난 정신에는 그 상처를 어루만져줄 부드러운 손길을, 사회적 의분을 느끼는 사람에게는 웃음을 안겨줄 수 있는 다양한 문학이라야 한다고 생각한다. 따지고 보면 문학도 우리 사회문화 현상의 하나에 지나지 않고 결코 절대적인 것은 아니다. 그런 만큼 문학도 시대와 사회의 요구에 의하여 웅변할 수 있는 여유있고 폭넓은 것이라야 한다.

그의 많은 월평에서도 다루고 있듯이 대중문학에 대한 관심도 많지만, 새로운 기법에 의한 새로운 작품을 기대하기도 하여 순수문학과 대중문학의 편가르기보다는 재미있게 읽히는 작품을 긍정적으로 논하기도 한다. 이러한 그의 문학관은 다양한 문학을 내세우고 있는 앞의 대목과도 일맥상통하는 문학적 입장으로 보인다. 어느 한 유파나 사조의 문학에만 탐닉하거나 고착되어 있는 것이 아니라, 다양한 문학의 모습을 모색하고 있다는 것이다. 그런데 영문학 전공자임에도 그의 시평에서 나타나는 특징 중의 하나는 한국의 현실을 서구의 문화적 잣대로 일방적으로 평가하거나 폄하하지 않고 있다는 점이다. 오히려 「우리 것을 찾기 위한 지상 캠페인」에서 우리 것에 눈떠야 할 때임을 강조하고 있다. 서양문화를 일찍 접한 자들이 빠지기 쉬운 보편주의 문화의 강조보다는 특수한 한국문화에 대한 새로운 인식을 강조하고 있는 시선은 그의 세계인식의 자세가 균형감각을 잃지 않고 있음을 보여주는 한 예라고 생각된다.

5. 마무리를 하면서

김종출은 1960년대 비평가로서 현장비평에 누구보다 열을 올렸던 비평가다. 그가 자신의 건강 때문에 현장비평을 1970년대로 이어오지 못해 그의 비평적 흔적이 쉽게 묻혀진 면이 있다. 그러나 그가 남긴 비평적 관심사들은 60년대 문예비평사를 정리하는 데 중요한 대상으로 인식되어야 하리라 본다. 짧은 몇 년간(1966~1969년)이기는 하지만, 그가 당시에 남긴 월평을 통한 현장비평은 당시 한국소설의 지형을 밝히고, 소설이 가야할 방향성을 설정하는 데 직간접적으로 작용한 영향력을 무시할 수 없기 때문이다. 특히 부산 지역의 비평사로 본다면 60년대에 유일한 비평가로서 지역문단의 방향성 설정에 많은 역할을 감당할 수밖에 없었다. 당시 활동을 하던 요산 김정한, 향파 이주홍, 최해군, 윤정규 등의 작품들을 적극적으로 비평대상으로 삼아 논의함으로써 부산지역 문학의 터를 든든히 세우는 데 기여한 바가 크다. 그런데 그의 건강이 갈수록 악화되어 현장비평을 계속할 수 없었다는 것이 부산지역 문학으로나 한국비평사로 보아서는 크나큰 손실이 아닐 수 없다. 문학사에 남은 대작가가 되어보려는 꿈을 이루기 위해 남모르게 소설을 습작해온 그의 문학적 행로를 생각한다면, 더더욱 안타까울 뿐이다. 그의 비평세계가 새롭게 평가되어 1960년대 한국문예비평사에 분명한 흔적이 남겨지길 기대해본다.

한국문학 장르사에 대한 의욕과
그 밑그림의 실천

– 김준오론

1. 열면서

설초 김준오는 시론가로 문학연구를 출발했다. 후학들에 의해 아직은 극복되지 않고 있는 그의 대표적 저술인 『시론』이 이를 드러내는 증표의 하나다. 그러나 그의 비평가로서의 학문의 행로는 시론에 묶여있지 않았다. 한국문학에 대한 연구영역을 넓히면서, 그는 시론보다는 장르론쪽으로 관심이 기울어졌다. 기울어졌다기보다는 한국문학 연구자로서는 궁극적으로 가야 할 길을 향해 나아갔던 것이다. 그는 P. 헤르나디의 『장르론』(문장, 1983)을 번역하고, 이를 바탕으로 장르론으로 학위논문을 쓰고, 『한국현대장르비평론』(문학과지성사, 1990)을 펴내고, 유고집으로 『문학사와 장르』(문학사지성사, 2000)가 출간됐던 일련의 학문적 족적을 잠시만 들추어보아도 장르론에 대한 그의 관심을 쉽게 알아차릴 수 있다. 문학 연구의 최종 종착점이 문학사 기술이란 점을 감안한다면, 장르론에 대한 그의 관심은 자연스런 현상으로 이해해볼 만하다. 장르 연구는 문학사 기술을 위한 기초 작업의 하나이며, 이는 바로 문학사 기술에 대한 의욕 없이는 불가능한 작업이기 때문이다.

그리고 한국문학 연구에서, 본격적인 장르연구가 조동일의 『한국문학의 갈래 이론』(집문당, 1992)을 제외하면 별로 없다는 점에서 한국문학의 장르연구는 도전해볼 만한 연구영역이었다. 그래서 그는 장르연구에 손을 대기 시작한 것이다. 이 글에서는 이러한 의욕에서 출발한 김준오의 장르 연구가 어느 지점에까지 도달해 있는지를 확인함으로써 한국문학 장르 연구의 현황과 과제를 함께 확인해보고자 한다. 그는 우리 문학 연구에서 흔하지 않은 장르비평 논의를 시작함으로써 그 가능성과 방향성을 제시해주었기 때문이다.

2. 장르론의 관점과 대상

장르론이 단순한 분류학이 아니고 문학의 본질을 규명하는 데 필수적인 요소의 하나이기에, 문학연구가 시작된 이래 어떤 연구도 장르문제로부터 자유로운 적이 없다[1]고 할 정도로 장르연구 자체는 가장 문학적인 연구이고, 또한 문학의 본질적인 연구가 된다. 이런 입장에서 장르연구를 출발한 김준오는 우선 장르개념을 장르류와 장르종에 토대를 두고 있다. 장르류가 영구불변적이고 추상적이며 공시적인 성격이라면, 장르종은 시대적, 사회적 산물이며, 통시적인 고찰 대상이다. 토도로프식으로 말하면, 전자가 순전히 사변적으로 연역적으로

---

1) 조동일, 『한국문학의 갈래 이론』, 집문당, 1992, 105쪽.

규정되는 이론적 장르이며, 후자는 구체적 작품의 관찰의 소산인 역사적 장르라고 할 수 있다. 그런데 김준오는 이 두 영역으로 구분되는 장르를 동시에 다루고 있다. 그는 장르연구에 있어 이론과 실제를 겸해야 하듯이 장르의 이 두 개념도 동시에 다루어져야 한다고 본다.[2] 그래서 그의 장르론에서 논의 대상이 된 텍스트들은 장르에 대한 이론적 논의들과 함께 실제가 그 대상이 되고 있다. 즉 전자의 대상으로는 국문학의 분류체계 및 장르류의 2분법, 3분법, 4분법 체계의 대표적인 논의들이며, 후자는 개화기 문학론과 30년대 소설론, 7·80년대의 서사시 및 장시론과 장르해체론이 논의 대상이 되고 있다.

그리고 그는 장르를 연속성과 변화성이라는 관점에서 바라보고자 하며, 시점, 곧 화자를 주요한 관점의 하나로 선택하고 있다. 뿐만 아니라, N. 프라이가 그의 장르론에서 밝히고 있는 제시형식을 중요한 관점의 하나로 선택하고 있다. 문제는 이러한 관점들이 실제 논의에서 어떻게 논의의 매개로서 적절히 소화되고 있느냐 하는 점이다. 그의 『한국현대장르비평론』을 중심으로 그 논의의 실체에 다가서보자.

3. 장르류 ― 4분법으로 가는 길

장르론의 이론체계를 세우는 데 있어, 가장 중요한 것은 장르류의 분류기준이다. 장르류의 일반적 분류기준은 유사성이다. 이 유사성은 작가의 정신적 태도, 예컨대 인생관과 세계관의 유사성(표현론), 문학이 독자에게 끼치는 효과의 유사성(효용론), 언어매체나 형식의

---

2) 김준오, 『한국현대장르비평론』, 문학과지성사, 1990, 12쪽.

유사성(구조론), 작품이 반영한 세계의 유사성(모방론)의 네 가지가 있는데, 김준오 역시 장르비평이 크게 이 네 가지 유형으로 분류될 수 있다[3]고 보았다. 그런데 그는 이 유사성들은 선택의 문제라기보다는 강조의 문제라고 생각했다. 왜냐하면 하나의 유사성만을 배타적으로 선택해서 분류하지는 않기 때문이다. 그렇기는 해도 P. 헤르나디가 제시한 유사성의 분류기준을 그는 적극적으로 수용하고 있다.

유사성의 분류기준에 따를 때, 장르 체계는 2분법설, 3분법설, 4분법설 등으로 여러 분류체계를 보이는데, 그는 가장 전통적이고, 보편화된 분류체계는 문학을 서정, 서사, 극으로 분류하는 3분법임을 부정하지 않는다. 그런데 3분법은 형식적 유사성보다는 내용적 유사성이 중요한 분류기준으로 채용된 것이며, 문학을 상상문학, 허구적 문학으로 제한시킨 좁은 의미의 문학관에 근거하고 있다는 점을 비판한다. 아리스토텔레스가 역사는 실제로 일어났던 사건의 기록인 데 반하여 문학은 가능한 세계의 기록이라고 정의했을 때, 그가 의도한 것은 문학장르가 아니라 문학 자체의 개념규정이었는데, 문학과 비문학의 경계선을 창조성의 여부로 규정하는 이런 좁은 의미의 문학관이 지배되고 있는 것이 3분법설이라는 것이다. 그런데 이러한 협의의 문학관을 견지할 때, 사상 위주의 문학형태나 사실의 기록인 논픽션류는 비문학적인 것으로 처리되는 한계가 있다는 것. 그래서 그는 창조성의 여부를 문학과 비문학을 구분 짓는 기준이 아니라 문학장르를 분류하는 기준으로 사용하고자 한다.[4] 이러한 논리의 근저에는 그가 내세운 "장르관은 사실 문학관의 문제다"라는 명제가 밑바탕이 되어 있다. 이 명제에 이르기까지는 김준오가 세워가야 할 논리모색의 과

---

3) 김준오, 앞의 책, 18쪽.
4) 김준오, 앞의 책, 20쪽.

정이 생략되어 있다는 점에서는 많은 보론이 필요하나, 넓은 의미의 문학을 포괄하는 길은 마련한 셈이다.

즉 편의상 3분법의 장르에 해당되는 문학을 허구적 문학이라 하고, 제4장르를 주제적 문학이라고 명명한다. 제4장르인 주제적 문학은 사상 위주의 문학과 논픽션류를 포괄한 장르개념으로 볼 수 있다. 이는 바로 조동일이 내세운 4분법 체계와 맥을 같이 한다는 점에서 새로운 관점은 아니다. 그러나 김준오 나름의 4분법 체계의 근거를 마련하고 있다. 이런 근거 위에서 최재서, 김춘수, 김윤식, 조동일의 장르 체계를 검토하고 있다.

4. 최재서, 김춘수, 김윤식, 조동일의 장르 체계

장르비평의 작업이 문학의 질서화 작업임을 전제한다면, 이 질서화의 세계관을 가장 잘 실현한 비평가로 최재서를 지목한다. 특히 이 질서화의 기준으로 형식을 강조한 자가 최재서라는 것이 김준오의 판단이다. 최재서는 「문학의 내용과 형식 속(續)」에서 아리스토텔레스의 세 가지 기준인 모방의 수단과 대상과 방법을 차례로 소개하면서, 이 가운데서 세 번째 모방의 방법은 문학을 분류하는 데 가장 실질적인 표준이라고 못박았다고 보았다. 그런데 아리스토텔레스의 모방의 방법이란 소크라테스 담화의 세 가지 유형을 답습한 것으로서, 최재서는 여기에 근거해서 서구의 전통적 3분법 체계를 따르고 있다[5]는 것이다. 이 근거에 의해 최재서는 서정시, 설화문학, 극으로 분류했다.

---

5) 김준오, 앞의 책, 22쪽.

그런데 최재서가 3분법의 체계인 서정시, 설화문학, 극이라는 장르류를 분류하는 조건이 무엇이냐가 문제가 된다. 김준오는 이 조건이 최재서에게는 표현, 설화, 대화였다는 것이다. 그러나 최재서는 용어상 오류를 범하고 있음을 지적한다. 즉 3분법 체계에 의해 분류한 장르류를 종류라고 명명하고 있는 점을 비판한다. 종류는 원래 장르류가 아니고, 역사적 장르 곧 장르종을 가리키는 용어로 보아야 한다는 것이다. 이런 용어상의 혼란으로 최재서는 장르류는 불변적이라고 기술하면서, 동시에 그의 아종(亞種)을 본질인 역사적 산물이라고 정의함으로써 앞뒤가 모순되는 진술을 하고 있다는 것이다.

그러나 최재서의 장르 체계는 문학의 형식을 장르구분의 기준으로 가장 강조하면서도 때로는 철학적이거나 사회역사적인 장르비평의 입장을 취하고 있다고 보았다. 그러나 무엇보다 긍정적으로 평가해야 할 것은 최재서는 장르류 개념보다는 현대의 상황과 관련지어 풍자문학, 중·장편소설 등 여러 가지 당위적 문학장르들을 내세운 점은 긍정적으로 평가하고 있다.

장르 체계에서 이분법은 현실적 의미를 크게 지니지 못한다. 그런데도 김준오는 무의미시론을 중심한 김춘수 시인의 2분법 체계를 논의의 대상으로 삼고 있다. 김준오가 이를 논의 대상으로 삼은 이유는 김춘수의 시와 산문의 이분법이 예술과 삶의 분류와 등가관계에 놓이면서, 새로운 문제들을 많이 제기하고 있는 도전적인 시론이라고 판단했기 때문이다.

김춘수의 무의미시론은 사실 장르 체계로 논의할 성질이 아니다. 의미와 무의미는 문학의 종류를 구분하는 기준일 따름이기에. 그래서 김준오는 장르 체계의 차원에서는 김춘수의 장르의식은 시와 산문을 나누는 이분법임을 해명하고 있다. 그런데 김춘수의 이분법은 사르트르의 이분법을 배경으로 하고 있다는 점을 밝히면서, 사르트르의 참여와 비참여를 의미와 무의미로 치환시키면서, 여러 가지 기준에서 무의미가 시의 고유한 영역임을 역설한다[6]고 보았다. 그리고 이러한 김춘수의 무의미시로의 경도는 그의 체험으로부터 비롯되고 있음을 개인사를 통해 확인하고 있다. 역사는 이데올로기이고, 이데올로기는 허구이며 따라서 역사는 폭력이란 것이다. 그래서 김춘수는 관념을 중오하게 되고, 자기 시에서 의미를 배제하려는 시작태도를 갖게 되었다는 것이다. 이러한 역사적 인식 때문에 김춘수는 현실에 대해, 두 가지 태도를 가진다고 보았다. 도피적 자아와 참여적 자아가 그것이다. 도피적 자아는 서정적 자아이고, 참여적 자아는 산문의 자아이다. 그런데 전자가 무의미를 구현하고, 후자는 의미를 구현한다는 것이다.

김춘수는 이를 또 시의식과 시민의식으로도 구분하고[7] 있음에 주목한다. 이 두 가지 의식은 도피적 자아와 참여적 자아와 마찬가지로 두 가지 삶의 방식을 말한 것으로 해석한다. 삶의 비공유성과 공유성이 그것이다. 타인과 삶을 공유하지 않는 도피적 자아는 삶의 비공유라는 태도에, 일상생활 속에서 타인과 관계를 맺고 있는 참여적 자아는 삶의 공유성이라는 태도에 각각 대응된다는 것이다. 그런데 김춘수에게 있어, 이 각각의 대응적 태도로부터 비롯된, 시와 산문이라는 이분법적 장르의식은 조화되지 않고 갈등하거나 분리된 채 작용하고 있다고 보았다.

김춘수의 무의미시를 설명하는 또 다른 하나의 방식은 존재차원과 의미차원이다. 존재차원이란 언어로 의미화되기 이전의 상태, 그러니까 그냥 그대로의 사물의 세계요 구체적 존재의 세계다. 이에 반해서

---

6) 김준오, 앞의 책, 31쪽.
7) 김준오, 앞의 책, 35쪽.

의미차원이란 이 존재차원에 대한 해석된 내용, 그러니까 사물의 의미화된 세계요 추상적 세계다. 그런데 김춘수는 의미차원을 거부하며 존재차원에서 사물을 있는 그대로 보고자 한다. 무의미란 의미차원을 다시 존재차원으로 환원시킨 것이다. 의미차원을 존재차원으로 환원시킨 양식인 무의미시를 위해 김춘수는 훗설의 현상학적 개념을 도입한다고 설명한다. 그것이 현상학적 환원인데, 이 현상학적 환원의 상태가 김춘수의 허무이며 무의미[8]라는 것이다. 그런데 현상학적 환원이 시의 방법일 때, 이것은 이미지를 서술적으로 사용하는 것이라는 것. 김춘수는 이미지를 비유적 이미지와 서술적 이미지로 나누는데, 전자는 관념을 전달하기 위한 수단이지만, 후자는 이미지 그 자체를 위한 이미지, 곧 사물에 대한 일체의 판단이 중지된 이미지인데, 전자가 의미시가 되고 후자는 무의미시가 된다는 것이다.

마지막으로 김준오가 김춘수의 무의미시를 해명하는 잣대로 내세운 것이 유희성과 진지성이다. 김춘수에게 있어, 진지함은 논리고 의미차원이라면, 유희는 무의미요 존재차원이라는 것. 무의미는 작품 밖의 어떤 목적으로부터 해방된 상태이며, 공리적 목적을 의미라 한다면, 무의미시는 이 공리적 목적으로부터 자유로운 시이다. 그런데 김춘수에게 시작은 유희이며, 시작을 통해 그는 삶의 고통과 의미의 굴레로부터 해방이 된다는 것이다. 그래서 그에게 시작은 하나의 구원이며, 그 결과는 무의미시로 나타나고 있다는 것이다. 이 단계는 김춘수의 무의미시론의 극한이 되며, 노장처럼 언어회의론자가 된 단계로[9] 보았다. 이 단계는 시작이 구원이 되는 일종의 종교적 차원으로 볼 수 있다. 무의미시론을 통해 절대적 세계를 꿈꾸었다는 것이다. 김

---

8) 김준오, 앞의 책, 36쪽.
9) 김준오, 앞의 책, 41쪽.

춘수는 절대적 세계를 꿈꾸는 완전주의자였고, 김춘수의 무의미시는 이 완전주의의 시적변용이었다고 해석한다. 그러므로 김춘수의 무의미시는 필연적으로 반역사주의적이라는 것이다.

김준오는 이상과 같은 몇 가지 논의를 통해 김춘수의 장르구분의 기준들은 예술가의 태도를 비롯하여 언어용법과 작품의 형식 등 여러 관점에서 세워진 것들이라고 보고 있다. 그러나 무엇보다 중요한 것은 시와 산문의 이분법이 삶의 세계에 대한 분열된 반응에 뿌리박고 있다는 지적이다. 즉 김춘수는 산문을 인간의 삶과 연결시키고, 대신 시를 삶으로부터 해방시켜 예술성에만 고정시키거나 존재차원이라는 종교적이고 비인간적 세계에 한정시키고 있다는 점을 문제 삼는다. 이러한 서정양식에 대한 김춘수의 지나친 편애와 결백성은 시에서 삶을 제거하고 예술만 남기려 했고, 대신 산문에서는 예술을 제거하고 삶만을 남기려 했다는 것이다. 따라서 김춘수의 장르의식은 일방향적이고 극단적이라고 평가한다.

문학사 기술의 중요한 한 방법으로 장르를 인식한 자가 김윤식이다. 그러므로 그는 문학사 기술과 함께 「한국문학연구에 있어서의 장르의 문제점」(청파문학, 11집, 1973)에 관심을 가졌다. 김윤식의 장르비평에서 주목되는 것은 문학사 기술의 독자적 법칙이 장르발전의 어떤 법칙성이라고 보는 데 있다.

이 법칙성을 김준오는 역사적 상황과 대응한다는 상동론(Homologie)으로 집약할 수 있다고 보았다. 즉 김윤식에게 있어, 장르는 어디까지나 역사 · 사회적 상황의 산물이며, 예술가가 어떤 장르를 선택하는가 하는 문제는 이 상황에서 빚어진 일종의 강요사항이라고 보았다. 따라서 그는 어떤 한 장르의 변천과정보다 그 장르의 발생론적 측면에 관심의 초점이 가 있다는 점을 밝히고 있다. 또한 김윤식의 장르론은 헤겔, 루카치, 골드만의 이론, 특히 루카치의 역사주의 비평에 심취했다고 본다. 그리고 장르류 개념이 그의 장르비평에서 핵심적 역할을 하고 있음을 밝히고 있다.

그런데 김윤식은 장르류의 명칭을 슈타이거의 용어를 그대로 빌어와 사용하면서도, 그는 그 개념들을 헤겔의 정의로 대치하고, 아리스토텔레스의 모방의 방식 개념에도 연결시키는 혼선을 빚고 있다[10]고 비판한다. 즉 슈타이거의 태도의 유사성에 초점을 둔 표현론적 비평과 헤겔의 세계의 유사성에 초점을 둔 모방론적 비평, 그리고 아리스토텔레스의 화자를 기준으로 한 구조론적 유형이 지니는 3자의 근본적인 차이와 문제점을 철저히 인식하지 못하고 있다는 것이다.

그러나 김준오는 김윤식의 장르론에서 주목을 끄는 부분이 '인간성격의 묘출방법'이고, 이것이 지니는 역사적·사회적 의의라고 본다. 이는 김윤식의 모든 장르비평에서 되풀이해서 강조되고 있는 만큼 일관된 기준으로서 중대한 의의를 지닌다고 평가한다. 김윤식은 장르류가 근본적으로 인간성격의 두 가지 묘출방법의 차이에서 발생한다고 보았다. "인간이 그 발전에 있어 줄거리의 도움을 입어 완결된 성격으로 묘출하려 할 경우엔 우리 앞에 서사문학이 놓이며, 만일 자기 개개의 상태의 체험으로 줄거리 없이 순간적 파악으로 임할 때 서정시가 놓인다"는 것이다.

이러한 묘출방식은 치모프예프의 이론을 차용한 것인데, 김준오는 이 두 가지 묘출방식이 역사적 정황에 좌우된다는 점에 김윤식이 주목했다고 평가한다. 특히 장르류까지도 사회적·역사적 상황에 대응하여 선택된다는 입장에 서 있는 것이 김윤식이라는 것이다. 즉 김윤

---

10) 김준오, 앞의 책, 48쪽.

식 장르론의 핵심은 역사전개의 방향성이 보일 때 서사장르가 선택되고, 그렇지 못할 때 서정과 극의 장르가 선택되는데, 서정은 생의 순간적 파악이고, 극은 한 시대의 붕괴나 상승 그 자체를 집약적으로 드러낸 것이란 것. 그리고 이 경우 예술가의 역사의식도 필수적인 조건임은 물론이라는 것. 이것이 김윤식이 말한 장르선택은 사회적·역사적 상황과 상응한다는 상동론의 핵심이며, 그의 일관된 장르비평관임을 밝히고[11] 있다.

그러나 김윤식이 그의 장르의 법칙성으로 삼은 상동론은 도식적이고 기계적이란 측면에서, 김준오는 그 한계를 지적하고 있다. 특히 염상섭의 『표본실의 청개구리』를 두고, 처음에는 행위와 사건이 전혀 없는 수필적 감상문으로 규정했다가 나중에는 여로소설의 관점에서 긍정적으로 평가한 사실을 문제 삼고 있다. 그의 장르비평은 사회적·역사적 상황에 문학장르를 억지로 끌어다 붙이는, 그래서 여러 가지 모순이 빚어지는 오류를 극복하지 못하고 있다[12]는 것이다.

국문학 연구에 있어서, 조동일만큼 철저하고 본격적인 장르연구로 일관해온 자도 없다. 그는 4분법의 체계를 제시하고 있는데, 이를 위해 처음 내세운 기준이 '전환표현' 이다. 비특정 전환표현을 서정으로, 불완전 특정전환표현을 서사로, 완전 특정전환표현을 희곡으로, 비전환표현을 교술로 각각 분류했다. 그런데 김준오는 여기서 말하는 '전환표현' 은 아리스토텔레스의 미메시스 개념과 같으며, 전환표현의 구분은 아리스토텔레스의 미메시스의 방식을 발전시킨 것이라고 밝힌다. 그리고 전환여부, 완전여부, 특정여부로 구분되는 장르류는 아리스토텔레스와는 달리 일관되게 화자를 기준으로 하지 않고, 때로

---

11) 김준오, 앞의 책, 57쪽.
12) 김준오, 앞의 책, 54쪽.

는 화자를, 때로는 세계를 기준으로 하여 처리되고 있는 애매성을 노출시키고 있다[13]고 문제를 지적한다.

전환표현의 기준보다 획기적이고 또한 그만큼 쟁점이 되고 있는 장르구분의 기준이 자아와 세계의 관계다. 이 기준은 전환표현의 기준과 연결되면서, 그의 이론적 장르 체계를 완성시키고 있다[14]고 평가한다. 조동일은 작품에서의 대립적 구조는 무엇보다도 자아와 세계의 관계에 의해 이루어지는 것이 가장 포괄적 의의를 지니며, 이 양자의 대립이 보이는 몇 가지 양상에 의해 장르론이 성립된다는 것이다. 자아와 세계의 관계양상에 따라 4개의 장르류를 구분한다. 작품 외적 세계의 개입이 없는 세계의 자아화인 서정, 작품 외적 세계의 개입으로 이루어지는 자아의 세계화인 교술, 작품 외적 자아의 개입으로 이루어지는 자아와 세계의 대결인 서사, 작품 외적 자아의 개입 없는 자아와 세계의 대결인 희곡이 그것이다.

이러한 4개의 장르류 구분에 대해, 김준오는 이기철학에 기대고 있다는 점, 교술장르의 설정으로 3분법으로는 귀속시키지 못했던 작품들을 분류할 수 있다는 점에서는 장르 연구사에 커다란 의의를 지닌 이론으로 평가하고 있다. 그러나 4분법이 문학의 영역을 확대한 만큼 문학과 비문학의 경계선이 모호해지고 있어, 그 경계선을 명확히 규정해야 하는 작업이 남겨져 있다는 점을 김준오는 지적한다. 또한 그의 장르 체계가 이기철학에 근거하고 있으나, 그의 장르 체계는 서구의 장르이론들을 종합해서 이루어진 점을 배제할 수 없다고 본다. 조동일의 장르분류 기준인 전환표현과 자아와 세계의 관계는, 일관된 하나의 요소인 화자를 중심으로 장르 체계를 세운 것으로, 이는 서구

13) 김준오, 앞의 책, 64쪽.
14) 김준오, 앞의 책, 64쪽.

의 전통적인 장르 연구방법이기 때문에 그렇다는 것. 그래서 김준오는 조동일의 장르론의 기초로 삼고 있는 이기철학은 도입하지 않더라도 그의 장르론은 성립한다는 입장에서 이기철학은 한낱 장식에 불과할 가능성이 있다는 비판에 동조하고 있다. 그러나 조동일이 이기철학에 근거하면서 서구의 이론들을 변형, 발전시켜 최초로 체계시학의 포괄적 장르이론을 정립하고자 한 것은 아무리 높이 평가해도 지나치지 않는다[15]는 입장을 내보이고 있다.

이렇게 김준오는 최재서, 김춘수, 김윤식, 조동일이 제시한 장르론 논의들을 검토하여 극복해야 할 몇 가지 점을 제시하고 있다. 첫째는 우리 장르이론에서 구조론의 핵심인 화법개념이 간과되고 있다는 점이다. 물론 최재서와 조동일은 이것을 분류기준의 하나로 제시했지만, 이론적으로 심화하지 못했다는 것이다. 김준오가 특히 장르론에서 화법개념을 강조하는 이유는 모든 문학은 말하기와 보이기의 두 극단 사이에 놓이는데, 서정문학은 개인적 시점으로 말해지는 문학형태이며, 서사문학은 사적 시점과 인물 시각적 시점(혹은 각 인물들의 사적 시점)이 번갈아 교체되는 혼합화법의 문학형태이며, 극은 인물 시각적 시점에서 곧 대화의 형식으로 제시되는 문학형태이고, 주제문학은 관념을 사건이나 어떤 한 인물의 목소리에 관련시키지 않고서도 표상하는 주석적 시점의 문학형태라는 P. 헤르나디의 장르론에 기대어 있으며, 이를 타당하다고 보고 있기 때문이다.

둘째, 장르류의 개념을 설정하는 포괄적 장르 이론이 부족하다는 사실을 지적한다. 그동안 국문학 개론서나 문학개론서에서 장르론을 다루고 있지만, 그것은 분류만 해놓았지 장르류 개념을 이론화하지

---

15) 김준오, 앞의 책, 76쪽.

못하고 있다는 것을 문제로 지적한다.

셋째, 장르류와 장르종의 구분뿐만 아니라, 장르와 양식의 개념도 구분해야 한다는 것이다. 양식은 장르류도 장르종도 아니다. 이것은 어떤 장르나 개별 작품의 한 속성이다. 우리의 경우 장르류만이 양식화되고 있는데, 장르종도 양식화된다는 것이다. 다시 말하면, 장르류와 장르종은 양식화됨으로써 연속성을 띤다는 것이다. 특히 역사적 장르인 장르종은 소멸한 뒤에도 양식화되어 새로운 장르나 개별 작품의 한 요소로 살아난다는 것이다. 이 양식은 장르의 비순수성이나 혼합장르 그리고 장르의 변천을 기술하는 데 필수적 개념이 되는 것이며, 고정적 체계에 얽매이지 않는 개방적 태도를 갖게 하는 것이기에 논의가 필요하다는 것이다.

넷째, 제시형식의 면이 충분히 고려되지 않거나 거의 간과되고 있는 점도 극복의 과제로 제시된다. 제시형식 없이는 장르류의 개념뿐 아니라 역사적 장르의 변화를 올바로 기술할 수 없기 때문이란 것. 이상과 같은 문제를 제시하고 있다는 것은 김준오의 장르론의 관심이 구조론적이면서도 상당히 개방적인 입장에 서 있음을 확인할 수 있다.

5. 장르의 시대적 양상

장르연구에 있어서, 장르류에 대한 논의도 중요하지만, 장르종에 대한 논의 역시 매우 중요한 부분이다. 장르종에 대한 연구에서 가장 핵심이 되는 것은 장르의 변화에 관한 것이다. 김준오는 역사적 장르에 대한 논의에 앞서 장르변화의 요인으로 ① 장르종의 양식화, ② 장르 순위의 이동, ③ 장르의 수평적 관계, ④ 제시형식의 변화, ⑤ 외래 모델에 의한 변화 등을 제시하고, 이를 토대로 개화기, 30년대, 7·80년대를 중심으로 장르의 변화양상을 살피고 있다.

개화기 시가와 소설의 장르적 성격

개화기에는 실제로 한시, 시조, 가사, 창가, 신시, 그리고 민요 등이 존재하는데, 개화기 가사는 전통가사의 변형으로서 창가와 신시는 새로운 시 형태로서 주목을 받아온 대상으로 평가한다. 말하자면 이 세 장르가 개화기의 중심장르가 되고, 나머지는 주변장르가 된다고 보았다. 그런데 김준오는 개화기 시가에 대한 논란들을 세 가지 정도로 요약 정리한다. 첫째, 창가→신시, 이는 신시의 앞 단계 시가들을 창가로 포괄하는 견해이다. 둘째, 개화기 가사→창가→신시의 전개과정과 분류양상이다. 셋째, 개화시→개화가사→창가→신시의 전개과정과 분류양상이다. 각각의 논자들의 주장을 분석하면서, 김준오가 지닌 관심은 이런 분류의 혼란 원인은 기존장르들의 변화에 있다는, 장르의 역사성에 대한 인식이다. 그래서 그는 개화기 시에 있어 장르의 변형에 관심을 가진다. 창가와 신시는 새로운 장르의 창출이지만, 개화기 가사와 시조는 장르의 변형에 해당한다는 것이다.[16]

그리고 개화기 시가의 장르기술이 유난히 제시형식에 의존하고 있는 점도 두드러진 한 특징임을 지적한다. 제시형식은 개화기 시가를 분류하는 중요한 기준이며, 장르의 변화를 기술하는 참조틀이라는 것이다. 그래서 제시형식에 의존하지 않고는 개화기 시가의 장르적 성격을 제대로 규명할 수 없다는 입장이다. 이는 김준오가 역사적 장르의 변화요인으로 제시한 중요한 요소 중의 하나로 제시형식을 택하고

---

16) 김준오, 앞의 책, 105쪽.

있음과도 무관하지 않다. 이 제시형식과 연관되는 기능적 측면을 개화시가의 중요한 국면으로 본다. 즉 개화기 시가가 율격을 채용하고 노래로 불리도록 의도된 것은 개화기 시가가 문학보다 사회적 또는 정치적 운동의 수단이었다는 사실에 기인한다는 것이다.

김준오는 개화기 시가에 대한 가장 본격적인 장르비평적 접근을 시도한 자로 김윤식과 조동일을 지목한다. 김윤식은 개화기 문학연구가 문체와 양식과 장르의 세 단계로 이루어져야 한다고 보았다. 그가 장르의 앞 단계 연구로 문체와 양식의 연구를 선행시킨 것은 역설적으로 개화기 시가의 장르를 부정한 결과라고 본다. 그래서 김윤식은, 개화기 시가는 모두 장르가 아니라 율문 양식의 단계에 머물러 있으며, 따라서 개화가사든 창가든 편의상 붙인 율문양식의 명칭이지 장르명칭이 아닌 것으로 본다.

이에 반해 조동일은 개화기 시가의 중요한 역사적 장르로 가사와 창가를 지목하는데, 김준오는 개화기 시가를 교술시라고 규정한 점을 장르비평의 주목을 끄는 부분으로 평가한다. 즉 조동일은, 가사는 일정한 사실을 전달하거나 주장하는 것을 본질로 삼는 교술장르라는 것이다. 교술장르로서 가사는 개화기에 과거보다 오히려 더 중요한 역할을 하게 되었다고 본다. 이는 교술장르가 지니는 청자지향적인 성격 때문이라는 것. 이렇게 본다면, 김준오는 개화기 시가가 지닌 장르의 창출과 장르의 변형에 초점을 맞추어 이를 주로 제시형식이라는 측면에서 파악하고 있는 셈이다.

개화기 소설은 과도기적 소설 형태라는 명칭이 부여될 만큼 고대소설의 요소들이 잔존해 있다. 신구의 요소들만 공존하는 것이 아니라, 다른 장르의 요소들도 공존해 있다. 그러므로 개화기 소설도 장르비평의 관점에서 보면 매우 까다로운 많은 문제를 안고 있다고 본다.

그러나 개화기 소설논의는, 안확이나 김태준의 논의에서는 이분법을 벗어나지 못했다가 70년대에 들어 김윤식, 이재선, 조동일에 의해 본격논의가 이루어졌다고 본다.

김윤식의 경우, 그의 장르이론인 상동론을 통해 개화소설을 분석하고 있는데, 개화기 소설은 장르의 견고성 때문에 구시대의 문학장르라고 부정적인 평가를 내리는 반면, 이재선은 개화기 소설을 경험적 서사체와 허구적 서사체 그리고 희화우의적 서사체의 세 가지로 구분하고 있다는 것. 그리고 이재선은 개화기 소설의 공통된 요소로 교훈적인 소설을 지적했는데, 이것은 조동일의 4분법 체계로 정비된다고 보았다. 지금까지 막연히 소설로 처리된 개화기 산문작품들의 일부(역사 · 전기류, 정치소설)가 서사장르가 아닌 산문교술로 정비될 수 있다는 것이다.

김준오는 이렇게 교술장르의 설정으로 개화기 문학의 특성과 의의가 장르 본질적인 면에서 밝혀졌을 뿐 아니라, 무엇보다 문학의 영역이 합법적으로 확대되기에 이른 점을 획기적으로 평가한다.[17) 이러한 김준오의 긍정적 평가는 앞서 이론장르 논의에서, 조동일의 교술장르 설정에 대해 문학과 비문학의 경계에 대한 본질적 논의를 과제로 남기게 되었다는 문제점 제기와는 상당히 거리가 있어, 이론 장르와 역사적 장르논의 사이의 거리를 새삼 느끼게 된다.

개화기 소설에서 김준오가 관심을 가지는 부분은 정치소설에 대한 장르적 접근도 있지만, 토론소설과 역사 · 전기소설에 나타나는 장르 혼합 양상이다. 토론과 대화가 작품전체의 외적구조가 되어 있기 때문에 서사적 요소가 약화되어 있는 토론소설이 장르상 문제가 될 수

---

17) 김준오, 앞의 책, 124쪽.

밖에 없기 때문이며, 논설, 역사, 소설이 혼합되어 있는 역사·전기소설 역시 마찬가지라는 것이다. 이렇게 장르혼합이 그 어느 시기보다 극심하게 나타나는 것은, 개화기는 상황과 의식의 변화에 상응하여 문학의 변화가 일어난 시기라는 점, 통시적으로 신·구의 요소가 공존하고 공시적으로는 다른 장르적 요소들이 공존하기 때문이라고 보고 있다. 그래서 김준오는 개화기 장르비평에 있어서는, 장르외적 요인 못지않게 공시적이든 통시적이든 장르들 상호간의 관계에서 나타나는 장르 내적 요인들에 더욱 천착해야 할 필요성이 요청된다고 문제를 제기한다.

30년대 소설론의 장르적 성격

30년대 후반기는 위기의 시기이다. 위기의 시기일수록 이를 극복할 수 있는 문학형태에 대한 모색이 여러 각도에서 제기된다. 김준오 역시 이러한 시대적 위기에 대응하는 장르론으로 소설론에 주목한다. 우선 최재서가 다룬 박태원의 「천변풍경」과 이상의 「날개」론인 「리얼리즘의 확대와 심화」는 당대의 다른 비평가들과는 달리 사회·역사적 비평방법이 아니라, 철학적 비평방법으로 장르문제를 다루고 있는 것으로 긍정적으로 평가한다. 그러나 임화는 이 작품들에 대해 세태소설과 내성소설이라 명명하고, 이 두 소설은 전통소설이 해체된, 그러니까 소설의 위기 조짐으로 해석함으로써 비판적인 입장에 서 있음을 밝히고[18] 있다. 임화는 세태, 내성소설이 지닌 사상의 감퇴, 전형적 성격의 결여, 플롯의 미약 등을 들어 이를 비판하고 있다. 그러나 김준오는 임화가 예로 든 채만식의 「탁류」는 그가 제시한 3가지 한계를 벗

---

18) 김준오, 앞의 책, 143쪽.

어나 있기 때문에 임화의 세태소설론은 매우 한정적이라고 그 한계를 지적한다.

이와 함께 20년대 말에 쟁점으로 대두되었던 통속소설론이 30년대에 다시 재연되었음을 확인하고 있다. 30년대에 통속소설이 크게 문제가 되는 이유 중의 하나는 이것이 형태상 장편소설이었다는 점이고, 여기서 장르구분 기준의 하나인 양적 차이의 문제가 새로이 제기되기 때문이란 것이다. 이렇게 세태, 내성, 통속소설로 전락한 소설의 위기가 장편소설에 대한 탐구를 촉발시켰을 뿐만 아니라, 도리어 장편소설이 있어야 하는 당위적 장르로 인식되는 발전을 했다고 본다. 그래서 그 논의의 중심에 있었던 임화, 백철, 김남천 등의 로망개조론을 비판적으로 점검하고 있다. 그 결과, 상황과 소설의 위기의식에서 촉발된 1930년대 소설론은 장편소설에 대한 장르적 관심을 불러일으켰고, 그 성과는 장편소설의 본질을 인식하게 되었다고 본다. 그리고 리얼리즘 소설이라 부르든 총화소설, 서사적 소설이라 부르든 전형적인 정황 속에서 전형적인 인물을 창조하고, 이런 인물의 성격이 거대한 시간의 흐름을 타고 형성, 발전된다는 전체성으로 30년대 로망개조론은 의견이 집약되었다고 본다.

그러나 30년대 소설론자들은 성격의 관점(그것도 전형적 성격)에서만 소설의 본질에 접근하고, 비평의 관점도 최재서를 제외하고는 사회·역사주의의 마르크스 비평에 지나치게 의존해 있었다는 점을 비판한다. 또한 루카치의 이론이 이 시대의 중요한 이론적 배경이 되었지만, 제대로 수용되지 않아 혼란된 인상을 주고 있다는 점 역시 비판의 대상이 되고 있다. 이는 이 시대에 소설을 중심으로 장르적 관심은 고조되어 있었지만, 장르이론은 현저히 결여된 한계를 보여주고 있다는 것이다.

전달의 미학과 장시의 연희화

김준오는 장르논의에 있어서, 이론과 실제가 불일치하는 점과 장르적 경계선이 모호해지고, 중복되어 복잡한 혼합현상을 빚어내고 있는 현상이 두드러지게 나타나고 있는 현장을 시의 장형화에서 찾고 있다. 시의 장형화는 서사시, 서술시, 그리고 장시의 형태를 띠고 나타나고 있는데, 그 각각의 논자들(김우창, 오세영, 김종길, 홍기삼, 김재홍 등)의 논의 분석을 통해 장르의식을 점검하고 있다.

즉「국경의 밤」논의에서 비롯된 서사시의 개념규정과 서사시나 장시가 지닌 서술시의 성격, 그리고 시가 지닌 길이의 기준에 의한 장시를 장르적 성격과 관련해서 해명하고 있다. 그런데 김준오의 관심은 이러한 시의 형태상 구분보다는 집단적인 서사장르인 서사시는 청중에게 구연되는 제시형식이란 점에 있다. 제시형식 자체는 공적 전달 목적을 반영하고 있어, 서사시인은 당대사회와 민중의 대변자로 본다[19]는 것이다. 그 대표적인 경우로 김지하의 일련의 장시들을 지목한다. 김지하의 담시는 우리의 전통 구전인 판소리의 제시형식으로 연희화되고 있는 것이며, 현대의 장시는 이런 연희화를 의도하고 있다는 것이다.

그리고 현대 한국시의 장시화는 전통 서사시나 서정시의 변화로 본다. 그 변화는 가속화 되고 있고, 이런 변화의 가속화 때문에 장르는 비순수해지고, 장르의 용어를 정확하게 사용한다는 것은 가능하지도 않고, 또 바람직하지도 않다는 입장에 서 있다. 이는 매우 아이러니칼한 말이지만, 장르개념 규정은 정확한 용어보다 부정확한 용어가 더

---

19) 김준오, 앞의 책, 192쪽.

효과적일지 모른다는 파울러의 견해에 기대고 있는 것이다. 장르론의 중요한 기준의 하나로 내세웠던 제시형식의 잣대를 통해 장시의 장르적 성격을 파악하고 있는 셈이다.

장르해체와 장르변화

80년대의 장르해체 현상은 장르개념에 대한 근본적인 반성을 야기하는 시대이다. 그래서 김준오는 장르해체의식의 토대를 세 가지(낭만주의자의 유기체 시학, 문학에 대한 사회·역사적 태도, 반전통주의·반권위주의) 점에서 분석하면서, 가장 문제시되는 장르해체론으로 김도연의 「장르의 확산을 위하여」를 논의 대상으로 삼는다. 민중문학론의 연장선상에 놓이는 이 장르론은 문학을 무기화하고, 선전도구화하려는 목적문학적 성격은 개화기 문학을 상기시키며, 또한 모든 문학장르들이 한데 어우러져야 하고, 모든 예술장르가 결합된 총체적 문화양식을 모색하는 장르융합론이 탄생한다고 본다 그리고 장르조차 정치적 투쟁의 수단으로 이용하고자 한 이것을 장르의 매체화라고 명명했다. 80년대를 흔히 시의 시대라고 할 만큼 시를 주류적 장르로 생각하고, 수기, 일기, 서간 등의 변두리 장르들을, 특히 마당극 등의 연희장르를 격상시킨 것은 모두 장르의 매체화에 있었다고 해석한다. 그런데 김준오는 이러한 장르의 매체화 혹은 융합론은 장르의 퇴행이란 비난을 면하지 못한다는 평가를 내리고 있다.

그리고 김준오는 장르해체의 요인이 주변장르의 격상이라는 수직적 관계의 변화에서만 오는 것이 아니라, 장르들 사이의 수평적 관계에서도 장르변화가 일어난다는 점에 주목한다. 그 가장 중요한 변화

---

20) 김준오, 앞의 책, 213쪽.

요인이 장르혼합이라[20]는 것이다. 이것에 특별히 그가 관심을 두는 이유는 장르의 수평적 관계에서 오는 변화요인들은 장르 내적 요인들인데, 이 요인들이 장르연구의 본질적인 문제들이지만, 지금까지 장르비평에서 관심 밖에 놓여 있었기 때문이란 것이다. 그가 구체적으로 지목하는 장르혼합의 가장 두드러진 양상은 시의 서사화이다. 서정주의 「질마재의 신화」, 신경림의 「농무」, 김광규의 「어느 지사의 전기」 등에 나타난 서사적 구조를 문제 삼고 있다. 또한 그는 전통장르의 계승, 특히 판소리, 민요, 무가의 전통·구비장르의 부활은 현대문학의 중요한 변화요인이라고 보았다. 역사적 장르의 변화요인의 다양한 요소들을 구체적 작품을 통해 확인한 결과다.

6. 닫으면서

김준오는 장르를 통해 한국문학사를 꿰뚫어보고자 한 의욕을 가지고 있었다. 이를 위해 장르론에 대한 이론적 모색과 한국문학 속에서 장르비평 현장을 곰곰이 점검하는 기초작업을 했다. 그 기초작업의 큰 줄기가 지금까지 점검한 그의 저서 『한국현대장르비평론』에 나타나 있는 내용들이다. 장르를 통해 한국문학사를 통찰하기 위해서는 모든 시대의 역사적 장르 변화를 면밀하게 점검해야 한다. 그런데 김준오는 우선 장르의 변화가 뚜렷하고 분명하게 드러난 개화기, 30년대, 7·80년대를 논의 대상으로 삼아 앞으로 진행될 장르사의 이정표를 세웠다. 세워진 이정표들 사이에 숨겨지고, 드러나 있는 장르의 면모들을 다시 세세하게 메워가는 후속작업은 그에게 있어 자연스럽게 예견되는 작업이었다. 그러나 그는 그 의욕과 현실적 과제를 학문 후속세대들에게 남긴 채 유명을 달리했다. 유고집으로 남겨진 『문학사와 장르』를 읽어보면, 그는 장르사를 통해 한국문학사를 체계화하려는 의욕을 가지고 있었음을 확인할 수 있다. 그 의욕이 미완의 실천으로 끝나버린 현실을 안타까워하는 것은 단순히 개인적 학연 때문만은 아니다. 한국문학사를 새롭게 볼 수 있는 한 가능성을 잃어버린 것에 대한 상실감 때문이다. 학문 후속세대들에게는 이 상실감을 극복하고 남겨진 미완의 과제를 떠안아야 하는 숙제가 주어져 있는 셈이다.

김인환의 문학 연구 방법론

1.

　문학연구자들이 갖추어야 할 요건은 여러 가지다. 작품을 제대로 읽어낼 수 있는 텍스트에 대한 이해력과 해석력도 그 중의 하나이다. 그런데 어떻게 읽어내고, 해석할 것인가에 대한 방법론의 모색은 더욱 주요한 항목이다. 특히 인문학 연구에 있어서 방법론의 모색은 인문학 연구의 토대를 새롭게 할 수 있는 기초가 된다는 측면에서, 그 의미는 아무리 강조하더라도 지나치지 않다. 많은 연구자들이 연구에 필요한 새로운 텍스트를 찾아나서는 것 이상으로 방법론의 고구(考究)에 힘을 기울이는 이유는 방법론의 창안이 그만큼 연구에 있어 중요하기 때문이다. 국문학이 연구 대상의 학문으로 자리를 제대로 잡게 된 역사가 그렇게 길지 않다는 것은 상식이다. 그러나 짧은 연구 역사 속에서도 다양한 연구방법들이 원용되어 온 것이 한국문학 연구의 현실이다. 이런 연유로 국문학 연구의 현황은 다양한 방법론의 전시장 같은 양상도 펼쳐졌음을 부인하기 힘들다. 우리 문학을 우리식으로 연구할 수 있는 방법론의 모색보다는 서구 문학연구방법론을 원용하는 선에서 우리문학 연구가 진행되어 왔기 때문이다.

이런 측면에서 국문학 연구자들이 어떠한 방법론에 기초해서 우리 문학을 연구했으며, 또 현재 진행하고 있는지를 살피는 일은 우리 문학연구의 방향성 모색을 위해서도 필요한 작업이다. 연구란 선행연구자들이 남겨놓은 한계를 극복하는 선에서 진행되는 작업이기에 하나의 방법론이 지닌 한계를 넘어서는 문제제기가 언제나 가능하다. 이에 본고에서는 문학 비평과 문학 연구를 함께 병행하고 있는 김인환 교수의 경우를 통해 그의 연구 상황을 살펴보고자 한다. 그가 일차적으로 관심한 연구영역이 무엇이며, 그 구체적 실천의 흔적이 어떻게 남겨져 있는지를 파악해보고자 한다. 즉 그의 문학 연구방법론이 어디에 근거하고 있으며, 그 방법론에 의해 수행된 연구들이 남긴 의미를 비판적으로 점검해보고자 한다. 연구와 비평은 상호 소통하면서 공유하는 영역과 함께 서로 다른 차원의 변별적인 지점을 확보하고 있기에 각각의 논의가 필요할 것이다. 그래서 이 글에서는 연구 분야를 중심으로 논의를 전개하고자 한다.

2.

김인환 교수의 문학연구방법론의 근저는 우선 그의 번역서인 『문학의 해석』(홍성사, 1978)에서 찾아볼 수 있다. 김인환의 역서는 동서양에 걸쳐있는데, 동양역주서들의 내용이 작품해석에서 인용되고 있기는 하나, 문학연구방법론의 차원으로는 자리하지 못하고 있다. 이에 서양문학이론서의 번역인 이 책에 우선 주목해서 그의 문학연구방법론의 토대를 확인해보려 한다. 이 번역서는 미국에서 출판된 두 권의 소책자와 한 편의 논문을 번역하여 편한 것인데, 번역 대상의 선정에 역자의 입장이 개재(介在)되어 있기에 자신이 관심을 둔 문학연구방법에 대한 견해가 상당히 투영되어 있는 것으로 볼 수 있다. 지금으로서는 그렇게 새롭다든가 신선한 방법론으로 인식될 내용들은 아니지만, 70년대 후반기만 하더라도 이러한 정도의 방법론 소개는 새로움으로 인식될 수밖에 없었다. 그리고 그 소개 내용이 문학연구에 필요한 전반적인 중요 사항을 다루고 있기에 당시에는 새롭게 다가설 수밖에 없었다.

이 책에는 문학해석의 기저국면으로서 윌리엄 G. 모울튼의 「언어과학」, 문학해석의 예비국면으로서 프레드슨 바우어즈의 「원본비평」, 문학해석의 본질적 국면으로서 로버트 E. 스필러의 「문학사」, N. 프라이의 「문학비평」, 문학해석의 응용적 국면으로서 A. R. 맥키넌의 「언어교육」과 N. 프라이의 「문학교육」, 그리고 문학해석의 사회적 국면을 다룬 위르겐 하버마스의 「대학교육」으로 구성되어 있다. 이 번역서는 한 권의 책을 번역한 것이 아니라, 김인환 교수가 자신의 문학연구에 필요하겠다고 판단하여 선택한 글들이 번역되었기에 번역자의 문학연구에 대한 입장이 분명하게 투영되어 있다.[21] 즉 김인환 교수는 문학연구에 필요한 그리고 길잡이가 될 만한 내용을 찾아 번역함으로써 자신의 문학연구의 터전으로 삼고자 한 것이다.

---

21) 노드럽 프라이 외/김인환 역, 『문학의 해석』, 홍성사, 1978, 205쪽. 김인환은 역자의 말을 통해 "나는 우선 손쉬운 대로 미국에서 발간된 책들 중에서 문학을 연구하는 길잡이가 될 수 있다고 생각되는 저서와 논문들을 모으려고 애써왔다. 요령을 얻었다고 느껴지는 내용은 역시 찾아내기 어려운 것이 대부분이었으나, 간명하고 흥미로운 소책자 두 권을 발견하여 여기에 번역해 보았다"고 밝히고 있다.

그러므로 이 번역서에 실린 7항목의 글들은 문학연구에서 반드시 고려되어야 할 대상들이다. 그 대상들을 다시 몇 항목으로 압축해본다면, 핵심은 우선 언어와 원본비평에 대한 관심이며, 다음은 문학사와 문학비평이다. 그리고 마지막으로 문학교육에 대한 관심으로 분류해볼 수 있다. 이러한 그의 문학연구를 위한 관심사는 다음 단계로 넘어서면 몇 분야로 심화 확대된다. 그것이 정신분석학, 문학의 사회적 맥락, 그리고 문학교육에 대한 관심이다.

3.

김인환의 언어에 대한 관심은 남다르다. 그런데 그의 언어에 대한 관심은 단순히 『언어학의 이해』(N. R. 캐틀, 홍성사, 1978)를 넘어선다. 언어를 통해 드러나는 인간의 욕망에 관심하기 때문이다. 그것이 김인환을 라캉의 욕망이론에 기대게 한다. 즉 언어를 통해 인간의 근원적 욕망을 해명해보려는 정신분석 이론에 깊이 가닿아 있다. 그는 우선 「언어와 욕망」, 「문학과 정신분석」 등의 글에서 프로이드를 넘어 라캉의 욕망이론을 나름대로 자기화한다.

어린 아이는 언어 속에서 욕망을 소외시키는 한에서만 사회의 구성원이 될 수 있다고 본다. 상상의 세계에서 상징의 세계로 나아가야 한다는 것이다. 라캉은 인간과 세계, 나와 남, 자기와 자아를 명백하게 구별하지 못하는 존재 양식을 상상세계라고 이름지었는데, 이 세계는 존재의 결여를 채우기 위한 지칠 줄 모르는 탐욕으로 가득 차 있다[22]

---

22) 김인환, 성민엽, 정과리 엮음 『문학의 새로운 이해』, 문학과지성사, 1996, 219쪽.

는 것이다. 그래서 이 세계에서는 무의식의 소원들은 아무런 방해도 받지 않고 존재양식을 실험하는 곳으로 인식된다. 그런데 주체가 주체로서 존립하려면 상상세계에 차이와 구별의 개념을 도입해야 한다는 것이다. 차이와 대립의 개념이 도입되는 세계가 바로 상징세계이다. 이 세계에서는 서로 다른 주체들이 자기를 주장하고 서로 대립하며, 상호작용의 그물에 의존하여 자기를 다시 발견하는 공동의 터전으로 본다. 이러한 세계로 이행하기 위해서는 어쩔 수 없이 상상세계를 억압하고 상상세계에 고유한 유연성을 응고시켜야 한다는 것이다. 사회 구성원이 되기 위해 어린 아이는 관습과 문화의 용광로 속에서 자신의 산 경험을 일정한 형식에 맞추어 변형하지 않을 수 없는 것이다.[23] 자신의 욕망을 요구로 변형하지 않을 수 없는 것은 이런 이유 때문이다.

그래서 어린 아이는 상징세계를 정복함에 의해서가 아니라, 상징세계에 복종함으로써 사회의 구성원이 된다는 것이다. 어린 아이가 선택할 수 있는 것은 상징세계에 맞추어 자기를 억제하거나 아니면 병드는 길밖에 없다는 것이다. 주체의 진실은 환유나 은유로 검열을 피하면서 농담이나 말실수와 같이 의식적 담론에 나 있는 틈으로 은밀하게 자신을 작동할 수 있을 뿐이라고 본다. 그래서 상징세계에 굴복한 주체의 역사는 자기의 중심에서 끊임없이 이탈하면서 자기를 찾는 부질없는 탐구의 변증법이라고 명명한다.

이런 입장에서 김인환은 자본주의 사회 속에 있는 욕망의 문제에 관심을 가진다. 김인환은 욕망의 문제를 단순히 한 개인이 가지는 내면의 문제로 치부해버리지는 않는다. 개인이 내면적으로 지닌 욕망의

---

23) 김인환, 『한국문학이론의 연구』, 을유문화사, 1986, 283쪽.

문제가 그 개인이 살고 있는 사회 속에서 어떻게 작용하는지에 대한 관심을 놓치지 않고 있다. 즉 김인환은 인간이 가지는 욕망의 문제를 자본주의 사회의 특성과 관련지어 논하고 있다.

자본의 논리는 인간을 자본사회의 기성규칙들에 속박시키려고 하므로, 이 속박을 벗어나려는 욕망은 필연적으로 자본사회와 마찰하지 않을 수 없다[24]는 것이다. 그래서 자본의 논리와 접하는 욕망의 공간은 그 논리에 전적으로 의지함으로써 확보된 입각지라기보다도 자본사회의 의문성을 부단히 자각하면서 자본사회를 초월해야 비로소 개척되는 창조적 물음의 영역으로 본다. 김인환은 이러한 전복적 욕망의 표현을 민주적 담론이라고 명명한다.[25] 문제는 현실이 자본의 논리에 지배되고 있기 때문에 우리의 욕망도 자본의 논리를 완전히 폐기하지는 못한다는 점이다. 그러나 저항이 있는 곳에서만 본래적으로 활동할 수 있는 욕망은 인간으로 하여금 지식을 이용하기만 하려는 나태한 습관에서 벗어나 자기의 가혹한 운명 속으로 되돌아오게 할 수 있다고 본다. 이러한 김인환의 자본주의 사회와 욕망과의 관계 설정은 욕망을 욕구와 구별해서 사용하는 개념 정립에서부터 비롯된다.

김인환은 욕망이 욕구와 다르다는 입장에 서 있다. 식욕, 성욕, 명예욕 등의 욕구는 자기와 다른 것을 자기화하려 하지만, 욕망은 자기가 제나를 지우고 남을 통하여 자기를 다시 보려는 인간심리의 원초적 성향을 가리킨다고 본다.[26] 욕망은 모든 한계를 꿰뚫고 분열과 모순을 자체 내에 보존하는 끝없는 의욕이며, 깊은 정열에 의하여 특별하게 충격된 심적 운동의 끊임없는 항상성으로 본다. 그래서 그것은

24) 김인환, 『상상력과 원근법』, 문학과지성사, 1993, 253쪽.
25) 김인환, 같은 책, 253쪽.
26) 김인환, 같은 책, 252쪽.

개별 사물에 대한 소망이 아니라, 현실 정세의 어긋남을 자각하고 그 어긋남을 극복하려는 신체의 자발적인 운동이라는 것이다. 이러한 욕망의 속성 때문에 욕망은 결코 대상으로 관찰되지 않으며, 욕망은 결코 현실을 대상으로 분석하지 않는다고 본다. 단지 움직이는 감정을 속속들이 반영하는 눈길, 내면의 율동을 드러내는 높고 낮은 목소리, 그리고 피가 통하는 따뜻한 손길 주변으로 전자장치처럼 퍼져나가는, 섬세하기 그지없는 감각과 감정의 뉘앙스가 바로 욕망의 집[27]이라는 것이다.

이렇게 김인환은 욕망의 문제를 정신분석의 차원에서 다룰 뿐만 아니라, 「현대문학의 학제적 연구 현황과 과제」(어문학 제79호, 2003)에서는 국문학과 정신분석을 학제적 연구라는 차원에서 다루고 있다. 그는 한국현대문학과 정신분석 사이의 학제적 연구는 계속 수행되어 왔으며, 그러한 논문의 수효가 점차로 늘어가는 추세에 있다고 평가하고, 그러한 연구의 주요한 목록을 제시하고, 그 연구들을 연구사적 측면에서 검토하고 있다. 검토대상이 된 연구물들은 정귀영의 「이상의 날개―정신분석학적 시론」(현대문학, 1979년 7월호), 김인환의 「언어와 욕망」(세계의문학 37호, 1985), 신범순의 「이상문학에 있어서의 분열증적 욕망과 우화」(국어국문학 103호, 1990), 전봉관의 「이상문학에 드러난 실어증적 징후」(한국학보, 1994년 12월호), 고원의 「사이와 차이― 이인성의 장편소설에 대한 실험적 정신분석」(세계의문학, 1997년 5월), 이정호의 「오감도에 나타난 기호의 질주」(이상문학연구 60년, 문학사상사, 1998), 최애영의 「창부의 본색과 현빈의 꿈」(현대비평과이론 15호, 1998), 조두영의 「프로이드와 한국문학」(일조각, 1999) 등이다.

---

27) 김인환, 같은 책, 253쪽.

이들의 논의에 대해 김인환은 우선 정귀영은 「날개」의 상황을 타나토스의 상황으로 해석하였다고 보았다. 죽음의 욕동은 주인공의 피학증적 상황과 연관되는데, 박제가 되어버린 천재에서 박제는 무기물의 상태이고 죽음의 상항이란 것이다. 이것은 유아기로 퇴행한 주인공의 오이디푸스적 욕망을 나타낸 것으로 해석한다.[28] 여기에 비해 신범순은 「날개」에 나오는 방을 성이 결여되고 노동이 제거된 공간으로 보고, 주인공의 권태에 대하여 무의지의 의지를 의지하는 반항의 의미가 내재된 행위로 보았다는 것이다. 안락한 거주지도 아니고 외부로 향한 통로도 아닌 공간에 코드화된 상징체계를 반대하는 욕망기계를 보지 못하고 오이디푸스 상황에 「날개」를 맞추려는 것은 무리한 해석이라는 것이 신범순의 판단[29]이란 것이다. 전봉관의 연구는 이상의 소설에서 언어의 은유적 사용에 대한 거부가 이상문학의 특징이라는 것에 초점이 맞추어져 있다. 이상의 소설에서 단어들은 고유성을 상실하고 유사성이 아니라 인접성에 의하여 연결되는데, 숫자의 긴 연쇄는 기호표현이 기호표현으로 이동하는 극단적인 양상을 보여준다는 것이다. 그래서 안정된 것은 통사구조 뿐이며 선택의 장애와 유사성의 장애로 인해서 이상의 글쓰기에는 환유만 남게 되었다[30]는 것이다. 고원은 이인성의 소설에서 화자는 어머니의 자궁으로 돌아가고자 하는 욕망을 드러낸다고 보았다. 그리고 이정호의 「오감도」 해석은 아버지를 상징체계로 해석했다고 본다. 그리고 화자가 아버지를 수직적으로 압도한다는 표현은 시대에 대한 반항을 의미한다는 것이다. 이상의 시에 친부살해의 모티브가 내재되어 있다는 것이 이정호

---

28) 김인환, 「현대문학의 학제적 연구 현황과 과제」, 어문학, 제79집, 2003, 91쪽.
29) 김인환, 같은 논문, 91쪽.
30) 김인환, 같은 논문, 91쪽.

의 판단이라고 본다. 그래서 이상의 시에는 기호표현과 기호내용이 분리되는 텍스트 해체현상이 나타나 있다는 것이다.[31]

최애영은 이문열의 소설 「선택」에서 서술하는 주체와 주체의 서술 내적 역학을 분석하고 있다고 보았다. 장씨 부인이라는 하나의 이름으로 지칭되는 화자와 주인공 사이에는 갈등과 타협이 공존한다는 것이다. 조두영은 이상의 「12월 12일」에서 버림받은 아이의 상처를 읽어내고 있는데, 소설에 나오는 세 번의 방화는 부모의 권위에 대한 무의식의 복수 행위를 나타낸다는 것이다.[32]

김인환은 이렇게 몇 편의 정신분석학적 연구를 검토하고는, 현대 한국문학의 정신분석학적 연구는 새롭고 흥미 있는 해석을 보여주고는 있으나, 객관적인 해석이라기보다는 너무나 자의적인 판단을 많이 드러내고 있다고 평가한다. 그리고 그 원인을 문학연구가들은 정신분석에 대하여 무지하고 정신과 의사들은 문학에 대하여 무지한 데에 있다고 판단한다. 이는 문학과 정신분석학 사이의 학제적인 연구가 절실히 필요함을 말한다. 그래서 김인환은 이광수의 작품 「무정」, 「재생」, 「유정」, 「사랑」 등의 작품을 논하면서, 이광수에게 소설은 무의식의 표현이 아니라 무의식의 억압이었다는 점을 환기시키면서, 이광수 소설의 정신분석적 연구는 바로 이 점을 해명해야 한다고 강조한다. 즉 김인환이 강조하는 바는 작가의 정신분석과 구별되는 작품의 정신분석이 한국문학 연구가들이 해결해야 할 학제적 연구의 과제라는 것이다. 그러나 진작 김인환은 이러한 문제제기를 설득력 있게 하기는 했지만, 국문학 작품 연구를 본인이 제기한 문제를 극복하는 선에서 실천한 문학연구와 정신분석학의 학제적 연구가 보이지 않는다는 점

---

31) 김인환, 같은 논문, 92쪽.
32) 김인환, 같은 논문, 93쪽.

이 아쉽다. 그는 「언어와 욕망」에서 프로이드와 라캉의 언어분석을 통해 무의식의 의미작용이 어떻게 환유와 은유를 통해 드러나며, 인간의 욕망이 어떻게 억압되고 배제되는지를 섬세하게 해명하고는 있지만, 이를 문학작품에 정교하게 적용한 문학의 정신분석학적 연구의 모형이 될 만한 글은 보여주지 못하고 있다. 문학연구에 있어, 이론의 제기와 그 이론의 실천이란 그만큼 힘든 것임을 보게 된다.

4.

김인환의 문학연구에 있어서 또 다른 관심사의 하나는 문학과 사회와의 관계성 속에서 확인되는 문학연구이다. 즉 문학과 사회의 학제적 연구인데, 김인환에게 있어서는 주로 마르크스주의 문학론의 논의를 말한다. 이 논의가 한국현대문학에 가장 큰 영향을 끼친 문학연구방법으로 본다. 그래서 김인환은 마르크스주의 문학이론이 하나의 학문으로 자리 잡게 만든 루카치와 아도르노와 벤야민의 문학논의를 먼저 소개하고, 한국에서의 마르크스주의 문학이론의 흐름을 3단계로 구분하여 정리하고 있다.[33] 1단계는 김기진이 주도하였고, 2단계는 임화가 주도하였으며, 3단계는 김남천이 주도하였다고 보았다. 이들을 한국 리얼리즘의 3단계로 본다. 한국문학의 리얼리즘 단계를 이렇게 3단계로만 구분할 수 있느냐 하는 반론이 제기될 수 있으나, 카프 내에서의 흐름에 관한 논의는 편의상 이런 구분도 가능하리라고 본다.

---

33) 김인환, 같은 논문, 99~101쪽.

우선 김기진은 사물의 운동을 객관적으로 파악하되, 사회적인 원인을 구체적으로 구명하고 전체와의 연관을 계급적으로 해명하라고 작가들에게 권고하였다는 점에 주목한다. 그래서 김기진은 농민들 거의 전부는 무식한 사람들이니 그들이 귀로만 듣고도 이해할 수 있는 글이 되어야 하고, 제재를 농민의 생활에서 취하고 지주, 자본가, 소시민의 생활은 반드시 농민생활과 대조로서만 취해야 하고, 성격의 세밀한 묘사를 버리고 사건의 갈등과 인정세태의 유로를 뚜렷하게 보여주어야 한다는 것이 그의 주장이었다는 것이다. 이러한 김기진의 주장은 한국비평사에서 현실인식의 중요성을 처음으로 내세우기는 했지만, 고정된 세계관과 계몽적 표현 양식을 결합하려 한 시도의 한계는 너무나 분명한 것이었다고 평가한다.

이러한 한계를 넘어서는 사회주의 사실주의를 임화가 주창했다고 본다. 현실의 다양성을 강조하기 위하여 마르크스주의의 원칙에 해롭지 않은 것이면 제재와 수법과 양식을 자유롭게 선택할 수 있도록 하자는 데 2단계 리얼리즘 논의의 특색이 있다는 것이다. 임화는 사회주의 사실주의의 목적이 현실의 역동적 구조를 드러내는 데 있음을 확인하고 낭만정신을 사회주의 사실주의의 불가결한 요소로 규정하였다. 임화는 역사주의적 입장에서 인류사회의 역사적 현재를 미래로 변혁하는 정신을 낭만정신이라고 보았다는 것이다. 그러나 후에 임화가 주체의 문제를 낭만주의로 이해한 자신의 과오를 인정하였지만, 그의 리얼리즘은 악당들과 편집광들로 가득 찬 발자크의 소설조차 분석할 수 없을 정도로 엉성하다고 평가한다.

김남천의 3단계 리얼리즘론은 김기진과 임화의 한계에 대한 인식에서 출발하였다고 본다. 세계관은 방법을 한정하고 현실은 방법을 개방하므로 세계관보다 현실을 중시해야 한다는 점에서 그의 리얼리즘론은 전 단계의 리얼리즘론과 구별된다고 평가한다. 김남천은 리얼리즘에 적합한 전형창조방법을 원심적 형상화라고 생각했다는 것이다. 구심적 형상화는 회색적, 내성적 관점으로서 생산양식과 가족구조의 동태를 파악하지 못하지만, 원심적 형상화는 작가에게 자기영토를 넘어서 자기 격파의 방향을 취하여 현실을 폭넓게 묘사할 수 있도록 하기 때문이라는 것이다. 작가가 자기의 소시민성을 스스로 고발하고 격파할 때에 비로소 역사의 터전에 들어설 수 있기 때문이다.

이렇게 리얼리즘을 자기고발과 모럴 관찰로 규정한 김남천의 리얼리즘론은 20세기 전반기 문학비평의 가장 높은 수준을 대표하는 것으로 평가한다. 그러나 김인환은 김남천의 논의에도 리얼리즘 논의의 핵심이 결여되어 있다는 사실을 지적한다. 그것은 그의 평론에 근대의 이해 또는 근대성의 인식이 분명하게 나타나 있지 않다는 점이다. 이러한 김인환의 비판은 나름의 의미를 가지나, 본인이 내세운 근대성의 잣대가 무엇인지가 밝혀지지 않은 상태에서 근대성 결여의 판단은 카프 문학 자체가 지녔던 근대성을 무조건 무화시키는 평가라는 점에서 변론이 뒤따라야 할 부분으로 보인다.

그리고 해방 이후는 남북한의 리얼리즘 방향이 각각 다른 방향으로 나아갔음을 정리하고 있다. 북한의 마르크스주의 문학이론이 레닌이나 모택동의 문학론을 범례로 하여 형성되었다면 남한의 마르크스주의 문학이론은 루카치, 아도르노, 벤야민을 범례로 하여 형성되었다는 것이다. 그래서 남한의 사회비평은 마르크스의 영향은 받았지만, 마르크스주의를 옳다고 내세우지 않는다는 점에서 그것을 마르크스주의 문학이론이라고 부르기보다는 마르크스주의체 문학이론이라고 부르는 것이 나을 듯하다고 이름 짓고 있다. 그리고 남한의 비평가 중 김우종, 김병걸, 홍사중, 임중빈, 홍기삼, 이철범, 임헌영, 구중서,

백낙청 등을 사회비평의 시각에서 한국현대문학을 해석한 자들로 명명하고 있다. 그런데 남북한문학 속에서의 마르크스주의 문학론의 흐름의 범례를 명쾌하게 이원적으로 개관하고 있다는 점은 인상적이지만, 남북한의 마르크스주의 문학론이 기계적으로 이렇게 정리될 수있는가 라는 점에서는 유보적인 상황이 많다고 생각한다. 북한문학론의 흐름은 주체문예사상이 제기되고 난 이후로는 레닌이나 모택동에서 벗어나 있으며, 남한의 마르크스주의 문학론도 다양한 이론가들의 논의들이 수용되었기 때문이다.

그러나 김인환은 한국의 마르크주의 문학론의 논의를 통해, 문학과 사회의 학제적 연구를 위한 과제를 새롭게 제시하고 있다는 점에서 의미를 지닌다. 그가 제시하고 있는 학제적 연구의 방법론이 문학연구에서 우리가 추구해야 할 온당한 지향점이기 때문이다. 그는 마르크스주의 문학이론을 일반화하여 문학의 사회사 또는 사회비평의 방법으로 변형할 필요가 있다고 과제를 제안하면서, 프로이드에 대하여 언급하지 않고도 정신분석을 이용할 수 있듯이 마르크스주의 문학이론도 마르크스에 대하여 언급하지 않고도 이용할 수 있는 일반이론이 되어야 한다[34]고 말하고 있기 때문이다. 이는 어떤 이론 하나를 문학작품에 그대로 대입하는 식의 문학연구는 바람직하지 않다는 것을 밝히고 있는 부분이다. 그러면 김인환의 문학연구에서 이러한 문학연구 형태를 만날 수 있는가?

김지하의 시를 다룬 「정치와 시」와 황지우의 시를 통해 정치적 무의식을 다룬 「구조와 실천」에서 작품의 해석과 사회적 인식이 어느 정도 조화롭게 교직되어 있는 모습을 만난다. 두 편 모두 시를 현실정

---

34) 김인환, 같은 논문, 108쪽.

치와 관련해서 해석하고 있는 글인데, 시에 나타나는 현실정치의 문제가 작품해석 속에 무리 없이 잘 융해되고 있기 때문이다. 김지하의 시를 통해 김인환은 구체적인 현실에 뿌리를 내리면서도 열린 미래를 잊지 않는, 그리고 역사의 어두움에 용해되지 않고 어떠한 고난에도 좌절하지 않는 김지하의 시정신을 읽어내고 있다. 이를 김지하 담론의 화법을 통해 무리 없이 풀어내고 있다는 점에서 정치와 시의 담론이 조화롭게 만나는 장면을 연출하고 있다. 또한 황지우의 시를 논하면서, 김인환은 황지우의 지형학에서 가장 인상적인 것은 균형감각임을 밝히고 있다. 사회계급들의 대립과 연합, 사회계급들과 국가권력의 상호작용을 살피면서 깊은 절망에 가라앉을 때에도 그는 상반된 것들을 일정한 거리에서 응시하는 균형감각을 상실하지 않는다고 평가함으로써 시와 정치의식의 적절한 조화를 시 읽기에서 놓치지 않고 있음을 볼 수 있다.

이는 문학연구에서 학제적 연구가 빠지기 쉬운 점인, 어느 한 영역으로 기울어짐으로써 빚어지는 문제를 어느 정도는 간파한 결과라고 본다.

5.

김인환의 문학교육에 대한 관심은 그가 문학교육의 현황과 문제점을 파악하기 위하여 국어국문학회 회원들에게 보낸 설문지를 중심으로 분석한 글인 「문학교육비판」에서 비롯된다. 60항목으로 구성된 이 설문은 당시 대학문학교육의 현황에 대한 설문이기는 하지만, 문학교육 현실을 구체적으로 파악하고 그 문제점들을 제기했다는 점에서 의미가 있다. 문항을 분석해보면 크게 문학교육의 목표와 함께 문학교육의 주변문제와 문학교육의 근본문제로 나뉘는데, 이들 중 현재적인 의미를 갖는 몇 문항을 중심으로 그의 문학교육에 대한 연구의 일단을 검토해보고자 한다.

우선 문학교육의 주변문제에서 "사회과학과 비교하여 국문학 연구의 성격은 어떠하다고 보십니까?"라는 질문에 대해 ①학문적 성격이 다소 미약하다(14%) ②완전한 인문학의 하나이다(52%) ③더 중요한 학문이다(32%) ④학문이라기보다 예술에 가깝다(2%) 로 각각 응답했다. 여기에 대해 김인환은, 문학연구가 사회과학의 계량적 방법보다 훨씬 보편적이고 문학의 본질에 적합한 그 나름의 고유한 방법을 갖추고 있다고 보았다. 객체로서의 인간만이 아니라 객체로서의 인간과 함께 주체로서의 인간까지 다룰 수 있다는 데에 문학연구의 보편적인 성격이 있다는 것이다. 그래서 대부분의 연구자들이 문학을 완전한 인문학의 하나로 보고 있다[35]는 것이다. 그리고 사회과학보다 더 중요한 학문이라는 응답을 상당수가 하고 있다고 본다. 그러나 중요한 인식은 사회과학이 문학연구에 이용되어서는 안 될 것은 없으나, 학문의 성격상 사회과학과 문학연구는 대립하는 위치에 있다고 보는 것이 더 온당한 판단일 것이라는 사실이다. 이러한 학문영역의 독자성과 자율성의 인정 때문에 김인환은 문학연구에서 학제적 연구의 필요성을 하나의 과제로 제시하고 있는 것이다. 그러나 사회과학 연구가 보여주는 학문적 체계나 방법론에 비하면, 문학연구의 방법론이 지닌 주관성을 완전히 불식시키기는 힘들다. 이런 점에서 국문학 연구가 학문적 성격이 다소 미약하다는 응답에 대해서도 그 보완책이

---

35) 김인환, 『한국문학이론의 연구』, 을유문화사, 1986, 361쪽.

논의되어야 한다. 그것은 바로 문학연구의 객관성을 담보해줄 수 있는 방법론의 고구이다.

이제 문학교육의 근본문제 중 한 항목인 비평교육에 대한 부분을 살펴본다. 이 부분의 논의 속에서 김인환은 문학연구의 방법에 대한 자신의 구체적인 입장을 선명히 드러내고 있기 때문이다. 설문내용에서 96%에 해당하는 응답자가 현대비평과목이 필요하다고 응답한 것으로 나타난다. 그리고 현대비평교육에 있어, 가장 어려운 점으로 구체적이지 못하고 추상적임을 지적하고 있다고 분석한다. 비평교육의 교과서로는 문학연구의 방법을 풀이한 저서(40%)와 대표적인 비평을 뽑아 편찬한 비평선집(28%)이 주류를 이루고 있으며, 비평교육의 방법에 대해서는 문학연구에 필요한 방법과 개념을 알게 함(43%)과 20세기 전반기의 비평을 분석함(28%)에 비중이 놓여 있다. 그리고 비평교육의 평가는 문학작품의 분석능력을 측정함(71%)에 초점이 맞추어져 있는 것으로 나타났다. 이러한 설문응답 결과를 두고 김인환은 우리 비평교육이 주로 작품 분석에 유용한 방법과 개념을 가르치고, 학생들에게 배운 내용을 작품 분석에 응용하도록 하는 형태로 수업을 진행하고 있다고 보았다.

그리고 김인환은 이러한 설문의 결과를 토대로 비평교육의 구체적인 방향을 제안하고 있다. 그것이 작품분석에 필요한 기본개념을 제시하고, 이를 중심으로 작품을 읽어내게 하는 방법이다. 그가 제시하고 있는 비평개념은 시에서는 운율과 은유이며, 소설에서는 구성과 문체다. 그는 이 개념이 비평가들이 가장 많이 사용하는 개념이란 것이다.

이 개념과 함께 김인환은 우리 문학연구의 기본개념으로 노동의 개념을 하나 더 추가한다.[36] 이 개념은 작품분석에 적극적으로 적용될 수 없는 개념이지만, 문학을 균형 있게 이해하는 데 필요한 개념이란 것이다. 노동의 개념은 임금과 이윤의 상호작용을 매개하고 상품과 상품의 상호작용을 매개해 주며, 작품 분석에 직접 작용하지는 않고 간접적으로 작용하지만, 이 개념을 문학연구의 기본개념으로 고려할 필요가 있다는 것이다. 이러한 노동개념은 사회분석의 기본개념일 뿐 아니라, 정신분석의 기본개념이기도 한 점을 강조하고 있다. 그리고 이러한 기본 개념을 문학비평을 위해 사용한다면, 비평교육의 수업형태는 다음과 같이 진행될 수 있다고 하나의 수업모형을 제시한다.

> 첫째, 담당교수가 학급 전체에게 운율과 비유, 구성과 문체, 그리고 노동의 개념을 간략하게 소개해준다.
> 둘째, 학급을 다섯 명 단위의 작은 집단으로 나누고, 집단마다 비평집 한 권을 맡겨 그 안에 이상의 기본 개념들이 어떻게 다루어져 있는가를 검토하게 한다.
> 셋째, 집단 중의 한 사람에게 검토한 결과를 발표하게 하고 발표 내용을 학급 전체에게 토의하게 한다.
> 넷째, 담당교수가 토의의 결과를 정리해준다.

이러한 수업형태는 하나의 모형이기에 똑같은 수업형태를 비평방법과 작품분석을 결합하는 데 사용할 수도 있다고 밝히고 있다. 그러나 우리의 비평교육 현실은 아직까지 이러한 비평수업이 가능하게 할 수 있는 완벽한 비평교재 하나 제대로 갖고 있지 못하다는 측면에서 이러한 모형제시가 지니는 의의와 함께 한계를 느끼게 된다. 특이한

---

36) 김인환, 같은 책, 386쪽.

것은 김인환은 문학의 기본개념에 노동의 개념을 문학연구의 중요한 하나의 개념으로 설정하고자 한 점이다. 이는 그의 관심사 중의 하나가 경제학이었다는 사실과 무관하지 않은 것 같다. 현대문학은 자본주의 사회 속에서의 구체적인 삶의 논리를 문학에서 함께 읽어내야 한다는 것은 당위적인 명제이기 때문이다. 그러나 그의 작품 연구의 태도가 노동의 개념을 작품에 끌어들이되, 한 부분을 너무 확대해석하여 작품의 구조를 이지러지게 하는 것에는 문제가 있다는 인식에 근거하고 있어, 문학연구의 폭을 그만큼 견실하게 확대하고 있다고 할 수 있다. 그러나 그가 자주 사용하고 있는 기호가 문학연구의 체계화에는 도움을 주는지는 몰라도 문장을 읽는 독자들에게는 독해에 어려움을 주고 있다는 점을 부인하기는 힘들다. 인문학의 연구는 단순한 기호논리에 의거하기보다는 역시 문장과 만나야 하는 것이 가야 할 정도가 아닐까 하는 생각을 떨칠 수 없다.

북한문학 연구의 현황과 과제

　남한에서의 북한문학에 대한 논의는 박남수의 『적치 6년의 북한 문학』(국민사상지도원, 보고사, 1952)에서 시작된다. 그러나 이는 실증적인 자료를 소개하는 차원이기에 이를 본격적인 연구로 보기는 힘들다. 그리고 1970년대 중반에 정부기관에서 나온 보고서 형태의 문건인 『북괴문예정책 및 현황』(중앙정보부, 1974), 『북한의 문학 연구』(국토통일원, 1978) 등이 있었다. 이들 역시 1972년 7 · 4 공동성명 이후에 나온 일회성 보고에 그치는 문건으로 본격적인 연구에 다가서지 못했다.

　북한문학 연구가 본격화된 것은 1988년 월북문인에 대한 해금조치가 이루어진 이후로 볼 수 있다. 해금조치가 이루어지자 연구자들뿐만 아니라 대중독자들에게도 북한문학 작품이 소개되었기 때문이다. 그러나 이 당시에 나온 북한 문학 연구들은 소개차원과 함께 연구의 방법론에 있어 분명한 한계를 지니고 있었다. 성기조의 『주체사상을 위한 혁명적 무기의 역할—시부문』(신원문화사, 1989), 『북한 비평문학 40년』(신원문화사, 1990), 한국비평문학회 『혁명전통의 부산물』
(신원문화사, 1989), 권영민 편의 『북한의 문학』(을유문화사, 1989), 이형
기외 『북한의 현대문학1』(고려원, 1990), 윤재근 · 박상천의 『북한의
현대문학 2』(고려원, 1990) 등이 이에 해당한다. 이 연구들은 북한 연
구의 접근법[37] 가운데 전체주의 접근법에 의한 북한문학의 이해로
서, 냉전적 사고에서 완전히 자유롭지 못한 모습을 보인다. 그러나 권
영민 편 『북한의 문학』은 이 시대 다른 저술과는 달리 북한문학의 단
순한 소개차원을 넘어 북한문학의 성격을 더 총체적으로 밝혀주고
있다는 점에서, 그 의미가 있다. 그렇지만 남북한 문학의 동질성의 확
인보다는 이질성을 강조하는 입장을 취하고 있다는 점에서 전체주의
적 접근법에서 크게 벗어나지 못한다.

    그러나 김윤식의 『한국현대 현실주의소설 연구』(문학과지성사,
1990), 민족문학사 연구소 지음 『북한의 우리문학사 인식』(창작과비평
사, 1991)과 김재용의 『북한문학의 역사적 이해』(문학과지성사, 1994),
최동호의 『남북한 현대문학사』(나남출판, 1995), 김윤식의 『북한문학사
론』(새미, 1996), 신형기의 『북한소설의 이해』(실천문학사, 1996), 이명

---

37) 북한 연구의 접근법 가운데 1980년대 중반 이전까지 사실상 독보적인 위치를 점하고
   있었던 접근법은 바로 전체주의 접근법이다. 이는 프리드리히(Carl J. Friedrich)와 브레진
   스키(Z.K Brezezinski)에 의해서 본격적으로 제시된 것으로 사회주의 · 공산주의의 분석의
   기본틀로서 2차 세계대전 이후 제일 먼저 등장하였다. 나치즘과 파시즘의 본질로 파악되
   었던 전체주의 개념을 사회주의 국가까지 확대시킨 이 관점은 기본적으로 냉전시대의 산
   물로서 자본주의 대 사회주의의 대결을 인류공동체의 절대선인 민주주의 대 절대악인 전
   체주의의 대결로 치환하는 극단적인 이분법적 발상에 기초하고 있다. 스탈린식 전체주의
   특성이 사회주의 일반의 모든 국가들에서 지배 · 관철되는 것으로 파악하고 북한 사회를
   전체주의적 독재체제로 규정함으로써 북한사회를 이해하고자 한다. 이 접근법은 특히 역
   대 남한 정치권력의 전략적 이념과 결부된 냉전주의에 경도되어 철저한 반공주의 시각에
   서 북한사회 전체를 특징지으려는 기조를 띤다. 노동일 · 김진향, 「북한 연구방법론 고찰」,
   경북대학교 평화문제 연구소, 『평화연구』 제23집, 1998, 91~92쪽.

재 편 『북한문학의 이념과 실체』(국학자료원, 1998), 김종회 편 『북한문학의 이해』(청동거울, 1999)에 오면 내재적 접근법[38]에 기초한 논의들이 이루어진다.

이 시기에 나타난 북한문학 연구 결과물의 특징은 개인적인 연구와 집단적인 연구로 양분된다는 점이다. 김윤식, 김재용, 신형기 등의 연구가 전자에 해당된다면, 민족문학 연구소편, 최동호, 이명재, 김종회편의 연구가 후자에 해당된다. 김윤식의 『한국현대 현실주의 소설 연구』는 작가론, 작품론, 북한의 현실주의 소설론, 현실주의와 유토피아 등 4부로 나뉘어져 있는데, 작가론이 중심에 놓인다. 이기영, 한설야, 최명익, 박태원, 황건을 다루고 있는데, 이기영론에서는 『고향』과 『두만강』을, 한설야론에서는 『설봉산』을 중심으로, 최명익론에서는 『서산대사』를, 박태원론에서는 『갑오농민전쟁』을, 황건론에서는 『개마고원』을 중심으로 그 의미를 분석하고 있다. 그런데 이들 작가들이 북한문학사에서 높이 평가된 1세대 작가들이라는 점에서, 그 논의 대상들을 넓혀가야 하는 과제를 안고 있다.

---

38) 북한사회에 대한 기존의 연구를 비판하면서 등장한 내재적 접근법은 송두율이 1988년 『사회와사상』 12월호 「북한사회를 어떻게 볼 것인가」라는 논문에서 제기했다. 내재적 연구의 권위자는 E. H Carr이며, 내재적 접근이란 한 사회가 내적으로 지향하는 목표와 이념, 즉 내적 작동논리를 잣대로 삼아 그 사회와 사회현상을 이해하고 설명하거나 비판하는 접근법을 의미한다. 자본주의와 사회주의는 근본적으로 사회조직논리가 다르기 때문에 자본주의 논리로 당연시되는 잣대로 사회주의 사회의 여러 현상을 평가하고 가늠한다면 사회주의 사회의 역동성을 제대로 규명하지 못한다는 것이다. 즉 북한은 사회주의 사회이고 사회주의를 지향하고 있기 때문에 사회주의가 지향하는 목적과 이념에 입각하여 북한의 사회현상을 설명하거나 비판하는 것이 바로 내재적 접근이라는 것이다. 이 방법에 의하면 북한은 사회주의 국가이기 때문에 북한체제가 사회주의 국가로서의 자기발전논리를 갖고 있다는 것을 인정해야 한다. 그리고 그 바탕에서 북한사회의 특수한 상황과 조건, 고유한 경험을 통해서 일상화된 특수한 발전경로를 탐색하자는 것이다. 즉 북한체제에 대한 연구는 사회주의 발전의 일반적인 측면(보편성)과 특수한 측면(특수성)의 고려 속에서 이 두 가지 측면의 결합을 관찰해야 한다는 것이다. 노동일 · 김진향, 같은 논문, 97~98쪽.

김재용의 『북한문학의 역사적 이해』는 북한문학 연구에 대한 내재적 접근이 필요함을 철저하게 인식하고 쓴 북한문학에 대한 이해라는 점에서 이전의 연구와는 분명한 변별성을 지닌다. 1967년 유일사상체계 확립의 시기를 중심으로 북한문학의 성격을 1부와 2부로 나누어 논하고 있는 이 연구는 북한문학의 성격을 전체적으로 조망해 볼 수 있는 하나의 창을 제시하고 있다. 이러한 창을 어느 정도 마련할 수 있었던 바탕은 그가 북한문학 이해를 위한 나름의 시각을 가지고 있었기에 가능한 일이었다. 그는 첫째, 북한문학을 한국 근대 민족문학의 역사적 도정에서 검토해야 하며, 둘째, 탈냉전의 시각을 가져야 하며, 셋째, 리얼리즘의 본래적 의미에 입각하여 검토해야 하며, 넷째, 북한의 전반적인 문예정책 내에서 개인들이 가질 수 있는 자율성을 고려해야 하며, 다섯째, 소련문학의 영향이 검토되어야 하며, 여섯째, 연구자는 역사주의적 시각을 가져야 하며, 일곱 번째, 텍스트 비판의 문제라는 시각을 제시하고 있다. 이러한 문제의식에서 정리된 북한문학의 이해이기에 북한문학 연구에 새로운 면을 보여주었다. 그러나 연구내용 전체가 이러한 의도들을 무리 없이 보여주고 있느냐 하는 점에서는 부분적인 문제도 지적된다.[39]

신형기의 『북한소설의 이해』는 북한에서의 주체시대의 소설 중 1970년도 초에서 1990년대 초에 이르는 기간에 발표된 장편과 중편들을 분석한 것이다. 이 저술 역시 내재적 접근법에 기초해 있다는 점에서, 그리고 북한문학사에서 중요하게 논의되는 작품들을 공산주의 인간학의 관점에서 풀어내고 있다는 점에서 의미가 있다. 10장으로

---

39) 김경숙은 김재용의 이 연구가 북한문학사를 양자의 역학관계 속에서 입체적으로 조망하지 못하고 평면적이고 도식적으로 서술되었다고 보고 있다, 김경숙, 『북한현대시사』, 태학사, 2004, 17쪽.

구성된 이 저술은 1장과 9, 10장에서 주체소설의 배경과 성격, 주체소설의 형태학, 주체소설의 장래를 논하는 것 외는 구체적인 작품론이다. 『녀당원』, 『불멸의 역사』, 『피바다』, 『아침 해』, 『평양시간』, 『탐구자의 한 생』, 『봄은 아직 멀리에』, 『청춘의 시작과 끝은 언제』, 『푸른 이삭』 등의 작품을 분석해서 주체소설의 성격을 해명하고 있다. 1970년대에서 1990년대까지 펼쳐져 있는 중요작품들만을 평면적으로 나열하고 있는 선을 넘어서 입체적인 논의가 부가되었으면 하는 아쉬움이 있다.

김윤식의 『북한문학사론』은 해방 이전부터 작품활동을 해온 재북 혹은 월북 카프작가들에 대한 관심이 중심을 이룬다. 그는 주체문예이론 이전의 북한문학을 카프문학의 정통성에 기초한 것으로 규정하고, 주체문예이론의 등장이 카프문학 전통의 몰락과 직접 관련되어 있는 것으로 이해한다. 그래서 그의 연구의 중심은 카프작가들이 해방 이후 북한에서 어떻게 활동했는가를 추적하는 일이 된다. 이러한 북한의 문학사 정리는 카프 외의 작가들, 특히 신진작가들의 활동상에 관심을 갖지 않음으로써, 북한문학의 주체가 카프작가들로부터 어떠한 경로를 거쳐서 신진 작가들에게로 옮겨가고 있는지를 파악할 수 없는 한계를 보인다.[40]

민족문학사연구소에서 펴낸 『북한의 우리문학사 인식』은 북한의 문학사 가운데 남한에서 출판된 『조선문학통사』 상·하, 『조선문학사』 중 1·2·3권, 『조선문학사』 중 1권, 『조선문학 개관』 I·II 등 4종류의 북한문학사를 정리한 책이다. 검토대상은 남북분단 이전 시기인 1945년까지로 잡아 총론과 원시·고대·중세 문학사 서술의 특

---

40) 김경숙, 『북한현대시사』, 태학사, 2004, 17쪽.

징과 문제점, 그리고 근·현대 문학사 서술의 특징과 문제점을 제시하고 있다. 통일문학사를 지향해야 하는 입장에서 이러한 북한 문학사의 검토는 매우 의미 있는 작업이다. 그런데 이 작업이 공동의 작업과 동시에 각자 개인의 시각에 의해 북한문학사의 특징을 서술해야 하는 한계를 지닌다. 그러나 북한의 문학사가 역사주의적이고, 목적의식적이며, 남한의 문학사는 맹목적인 객체의 문학사라는 특징을 확인할 수 있다[41]는 것은 남북한 문학사의 시각차를 줄일 수 있는 바탕을 마련한다는 점에서 그 의의를 인정할 수 있다.

최동호 편 『남북한 현대문학사』 역시 공동의 작업으로 1945년부터 1995년까지의 남북한 문학사를 시도해보고 있다는 점에서 그 기획 자체가 지니는 의미는 크다. 그는 「남북한 현대문학사 서술을 위한 서설」에서 남북한 통일문학사를 구상하기 위해서는 첫째, 포괄의 논리, 둘째, 사실의 논리, 셋째, 근대성 극복의 논리, 넷째, 민족문학의 논리를 제시한다. 이러한 논리의 토대 위에서 모든 논의들이 정교하게 그 모습을 드러내고 있는 것은 아니지만, 남북한 문학사의 방향성에 대한 모색의 의미는 지닌다. 현대문학사 시대구분을 〈분단체제 성립〉(1945~1959), 〈분단체제의 심화〉(1960~1979), 〈분단체제의 변화와 반성〉(1990~1995)으로 나눈 거시적 시기구분의 근거와 각 시기마다의 논의 내용을 좀더 체계화해야 하는 한계를 지니고 있다.

이명재 편의 『북한문학의 이념과 실체』 역시 공동연구서로서 제1부 〈문학사 연구와 그 주변〉에서는 북한문학사 기술의 현황과 북한 문학사 서술의 변모양상, 그리고 북한의 문학론을 다루고 있으며, 2부에서는 〈시문학과 소설작품론〉을, 3부에서는 〈인물형상화와 기법

---

41) 민족문학사연구소 지음, 『북한의 우리문학사 인식』, 창작과비평사, 1991, 9쪽.

및 담론〉을 다루고 있다. 3부에서 〈전후 북한 희곡의 특성 연구〉나 〈
영화 「꽃파는 처녀」의 기법과 그 의도〉 등 논의 대상을 희곡과 영화
로 확대하고 있는 점은 연구영역의 확대라는 점에서 의미가 있으나,
연구자들간의 연구대상과 방법론의 일관성과 통일성이란 점에서, 공
동연구가 지니는 한계를 벗어나지 못하고 있다.

  김종회 편『북한문학의 이해』는 1부에서 시, 소설, 비평, 연극, 아
동문학 등 여러 장르를 대상으로 해방 이후부터 1980년대까지의 북
한문학을 정리하고 있다. 이렇게 다양한 장르를 대상으로 하고 있다
는 것은 그만큼 연구영역이 확대되고 있다는 것을 말한다. 2부에서는
항일혁명문학과 대표적인 시인, 소설가를 대상으로 하고 있다. 이 책
이 갖는 의의는 조기천, 백인준, 김철 등과 같은 시인들의 시세계를
소개함으로써 그 연구 대상을 넓혀가고 있다는 점이다. 그러나 이 책
에서도 북한의 문학예술과 당의 문예정책을 일원론적으로 인식하는
연구관점이 그대로 드러나고 있다는 점이 문제로 지적된다.[42]

  2000년대로 넘어서면, 개인연구로는 신형기 · 오성호의『북한문
학사』(평민사, 2000), 김재용의『분단구조와 북한문학』(소명출판, 2000),
김성수의『통일문학 비평의 논리』(책세상, 2001), 김경숙의『북한현대
시사』(태학사, 2004), 공동연구로는 김종회 편『북한문학의 이해 2』(청
동거울, 2002), 목원대학교 국어교육과 엮음『북한문학의 이해』(국학자
료원, 2002), 동국대학교 한국문학연구소 편『북한의 문학과 문예이
론』(동국대학교 출판부, 2003) 등이 주요한 북한문학 연구물이다. 신형
기 · 오성호의『북한문학사』는 남한에서 쓴 첫 북한문학사라는 점에
서 그 시도가 돋보인다. 특히 북한문학의 실증적 정리에 충실하면서,

---

  42) 김경숙, 앞의 책, 20쪽.

북한문학이 어떤 이야기를 만들어왔으며, 그것이 어떻게 변화해왔고, 또 굳어져갔는가를 밝히고 설명하려 했다. 즉 북한문학사를 이야기의 역사로 읽으려 한 것이다. 북한은 자기만의 이야기를 거듭해왔기에 이 이야기들의 역사를 정리함으로써 북한의 자기상을 들여다볼 수 있다는 것이다. 그런데 북한에서의 문학은 인간학으로 간주되어 왔기에 인간에 대한 탐구가 중심에 놓인다고 보았다. 그리고 인간이 되는 이야기는 지도자에 의한 구원의 이야기가 되었고, 곧 구원자인 지도자의 이야기가 되었다[43]는 것이다. 이러한 바탕 위에서 민주건설기(1919~1950), 조국해방전쟁기(1950~1953), 전후복구와 사회주의건설기(1953~1958), 천리마 대 고조기(1958~1967), 주체시대(1967~)로 나누어 북한문학사를 서술하고 있다. 그러나 문학사 서술에서 가장 중요한 시대구분의 원칙이 나름대로 설정되었다기보다는 북한의 기존문학사 시대구분을 그대로 준용하고 있는 입장이어서 독자적인 북한문학사 서술을 위해서는 반드시 해결해야 할 또 다른 과제를 남겨주고 있다.

  김재용의 『분단구조와 북한문학』은 그의 이전의 『북한문학의 이해』에 연속해 있으면서 진전된 논의구조를 보인다. 북한문학을 분단구조론의 시각에서 보려 한 점이다. 분단구조를 해체하기 위해서는 자기중심적 통합주의를 넘어서야 한다는 것, 즉 평양중심주의나 서울중심주의로서는 해결의 실마리를 얻기 힘들다는 것이다. 그래서 그가 제안하는 방향이 통일로서의 분단극복에서 벗어나 통합으로서의 분단극복 개념이다. 통일로서의 분단극복은 정치중심주의로서 다른 제반의 삶의 영역을 억압할 가능성이 높으며, 또한 장기적 전망보다

---

43) 신형기 · 오성호, 『북한문학사』, 평민사, 2000, 5쪽.

는 급변에 기대를 두고 있기에 민중의 삶에 치명적 훼손을 줄 가능성이 높다는 것, 따라서 이러한 통일으로서의 분단극복은 자기중심적 통합주의의 유혹에 강하게 노출되어 있다는 것이다. 반면에 통합으로서의 분단극복은 이러한 정치일원주의에서 벗어나 있을 뿐만 아니라 민중의 삶을 억압할 가능성이 높은 급변을 피해 민중의 자발성을 최대한 보장할 수 있다는 점에서 화해와 교류의 정신에 충실한 것이라 볼 수 있다. 그런 점에서 통합으로서의 분단 극복이란 새로운 사고 틀을 갈고 닦아야 할 것[44]이라고 주장한다. 그러나 이러한 방향성의 구체적 실천을 북한문학 연구에서 어떻게 실현해갈 것인가는 여전히 과제로 남겨지고 있다. 그러나 그의 연구가 북한의 서정시인 김순석론이나 북한의 여성문학을 다루는 선으로 구체화되고 있다는 점은 진전된 모습이다.

김성수의 『통일의 문학 비평의 논리』는 남북한 문학사의 통합논리를 찾기 위한 모색을 보여주는 연구이다. 1장 〈통일문학사를 위한 남북한 문학 통합논리〉, 2장 〈1920년대 신경향파 문학과 사회주의 리얼리즘의 발생〉, 3장 〈1920년대 카프의 목적의식론과 「낙동강」〉, 4장 〈1930년대 초의 리얼리즘론과 프로문학〉, 5장 〈1950년대 북한문학과 사회주의 리얼리즘〉, 6장 〈1960년대 북한문학과 대작 장편 창작방법 논쟁〉, 7장 〈1980년대 남한의 민족문학론과 사회변혁의 논리〉, 8장 〈1990년대 북한 문학과 주체 사실주의〉으로 구성되어 있는데, 1장의 내용이 이 연구서의 방향성을 분명히 보여주는 부분이다. 그가 여기에서 제시하는 남북한 통합문학사 기술을 위해 내세우고 있는 공통분모는 민족문학과 리얼리즘이다. 이를 문학사 통합의 한 기준으로

---

44) 김재용, 『분단구조와 북한문학』, 소명출판사, 2000, 23쪽.

설정하되 남북 문학사에 저마다 정당한 몫을 부여하는 방식이 갈등 해소론적 시각에서 하나의 대안으로 제시될 수 있다[45]고 본다. 그러나 이는 이미 여러 논자들의 논의 속에서 부분적으로 제시된 바 있는 내용이기도 하고,[46] 모형이 구체적으로 제시되어야 할 과제를 안고 있다.

김경숙의 『북한현대시사』는 1945년 해방 직후부터 1960년대 중반 주체사상 성립 이전까지의 북한시 중 중요한 서사시와 서정시를 다룬 연구이다. 리얼리즘의 관점에서 북한시를 입체적으로 다룬 이 연구는 북한의 서사시와 서정시를 집중적으로 다루었다는 점에서 의미를 지닌다. 북한의 시 양식이 다양하다는 점에서 서사시와 서정시만을 대상으로 했다는 한계점 외는 북한시 연구의 중요한 업적으로 평가된다.

공동연구로서 김종회 편 『북한문학의 이해2』는 1부 〈해방이후 북한문학의 사적 탐색〉, 2부 〈최근북한문학의 경향과 방향성〉, 3부 〈북한의 주요작가와 작품의 실상〉로 구성되어 있는데, 이전의 공동연구와 변별되는 점은 통일지향의 의식을 바탕으로 한 연구방향들이 많이 보인다는 점이다. 김종회의 「오늘의 북한문학, 어떻게 볼 것인가」, 홍용희의 「해방 이후 북한 시의 역사적 고찰」, 문흥술의 「최근 북한 소설에 나타난 통일문제」, 박덕규의 「통일지향 의식과 1990년대 남북한 소설」, 고봉준의 「남북한 시문학의 접점과 근대문학」 등에서 이러

---

45) 김성수, 『통일의 문학 비평의 논리』, 책세상, 2001, 41쪽.
46) 김윤식은 이미 '북한의 현실주의 소설'을 논하면서, "민족적 형식이 고정된 것이 아니라, 역사 전개의 단계적인 과정에서 사회주의적 내용 쪽과 변증법적 관계에 있다는 점을 남북이 함께 진지하게 논의할 수 있다면, 통일문학론의 실마리도 조금은 가능할지도 모를 일이다"라고 밝혔다. 김윤식, 『한국현대 현실주의 소설연구』, 문학과지성사, 1990, 404쪽.

한 모습을 읽어낼 수 있다. 그리고 3장에서는 북한의 주요 작가들의 작품론과 작가론이 제시되고 있는데, 이러한 연구 방향은 궁극적으로 통합문학사를 위한 토대작업이란 점에서 의미가 있다. 그러나 대상 작가나 작품선정이 시대별 혹은 성격별로 이루어지지 못하고, 개인 연구자에 의해 임의로 선정됨으로써 체계적인 연구 성과를 보여주지 못하고 있다.

목원대학교 국어교육과에서 엮어낸『북한문학의 이해』는 연수생들을 위한 교재원고라는 점과 북한문학의 순수한 이해를 돕기 위한 글들의 모음이란 점에서 특별히 새로운 것은 없다. 그러나 탈북문인 최진이의「북한에서 문학예술분야에 대한 당적 영도」,「북한의 아동문학」과 최동성의「수령형상문학의 형성과정」,「북한의 위대한 작가들에 대한 이야기」,「북한의 불후의 고전적 명작들」은 북한문학에 대한 소개글이지만, 필자들이 북한에서 직접 작가 활동을 하던 자들이란 점에서 그 현장성과 비판성이 돋보인다.

동국대학교 한국문학연구소 편『북한의 문학과 문예이론』은 북한문학을 규정하는 문학제도와 문예이론을 중심으로, 장르론과 작품론 그리고 연구전망 등을 담아내고 있다. 그러나 새롭게 논의되는 장르론과 작품론의 대상이 분명한 방향성이나 체계성을 보여주지 못하고 개별연구자의 임의적인 선택에 맡겨져 있는 형국이라 아쉬움을 남긴다.

지금까지의 북한문학 연구의 개관에서 나타나듯이 북한문학 연구는 개별적인 연구와 공동연구의 두 방향에서 진행되어왔는데, 그 궁극적인 방향은 남북한 통일문학사의 지향 혹은 통합문학사의 지향을 향해왔다고 할 수 있다. 이를 실현하기 위해서는 각 장르별 개별 작가론이나 작품론의 토대 위에 통합문학사 서술의 방법론적 모색이 구체화되어야 한다. 그러나 현재 북한문학 연구의 단계는 이제 개별 작가론이나 작품론 연구를 시작한 선으로 볼 수 있다. 그러므로 통합문학사를 서술하기까지는 감당해야 할 과제가 너무 많이 남아 있는 셈이다.

2000년대 북한 통일시의 한 양상
- 6·15가 소재가 된 시를 중심으로

1.

2000년 6·15 선언이 있은 이후, 지금까지 명명되어 오던 분단시대라는 명명은 6·15 시대로 명명되기 시작했다. 아직 이 명명이 분단시대라는 명명을 넘어설 정도로 일반화되지는 못하고 있지만 그 담론은 확산되어가고 있다.[47) 분단 55년 만에 남·북한 정상이 함께 만나 민족통일의 이정표를 다시 한번 확인했던 '6·15 남북 공동선언'은 분단을 극복하고 남북한이 하나로 나아갈 수 있는 새로운 계기가 되었기에 그 의미가 더욱 클 수밖에 없었다. 6·15 선언이 함축하는, 한반도의 통일이 베트남식 무력통일도, 독일식 흡수통일도 아닌 평화적이고 점진적인 과정이어야 한다는 합의는 그 자체가 유례없는 역사적 실험을 예고한 셈이고 그렇다면 통일이 일회적 사건이라기보다 평화와 화

---

47) 《창작과비평》은 2006년 봄호특집 「6·15시대, 무엇을 할 것인가」를 통해, 분단시대를 넘어설 시대 명칭으로 6·15시대라는 명칭을 사용하고 있다.

해, 교류과정의 연장선상에 있으리라는 전망이 가능하다[48]고 보기 때문이다.

이 선언 이후 북한의 핵개발 문제로 6·15 정신이 퇴색되는 것이 아닌가 하는 논란도 제기되고 있다. 그러나 6·15 이후 북한의 문학은 이 선언의 의미를 확대재생산하는 문학적 작업을 보여주고 있다. 북한 문학의 경우 '6·15 남북 공동선언' 이후 북한 시단에는 6·15를 소재로 한 시들이 많이 나타나기 시작했다. 그래서 6·15 정신을 기리며, 이를 실천, 고무하는 통일지향의 시들이 중요한 흐름을 형성하기 시작했다. 이는 그만큼 북한시가 정치성을 토대로 발표될 수밖에 없는 현실을 반영하는 것을 의미하며, 남한의 문학이 6·15에 대응하는 입장과는 다른 모습을 보인다는 점에서 논의의 필요성이 제기된다. 그래서 이 글에서는 6·15 이후 북한시가 보여주고 있는 통일지향시의 모습들을 6·15가 소재가 된 시를 중심으로 살펴보고자 한다.

2.

남북한의 통일을 위한 교류나 행사를 소재로 통일의지를 시로 많이 남긴 시인 중 한 사람이 리호근이다. 그는 "더는 쓰지 말아야 할 시, 그래도 쓰지 않을 수 없는 시"가 통일시라고 밝히면서, 그가 그동안 써온 통일시들을 『통일차표 팝니다』(문학예술출판사, 2005) 한 권으로 묶어내었다. 이 시집에는 1980년대, 1990년대, 2000년대, 그리고 그 이후의 행사시들이 실려 있다. 4부로 나뉘어져 있지만, 그 중심은

---

48) 유재건, 「역사적 실험으로서의 6·15시대」,《창작과비평》, 2006 봄호, 287~288쪽.

2000년대로 보인다. 2000년대 편의 내용은 6·15가 그 중심에 놓여 있기 때문이다. 이 시집의 서두에 실려 있는 서시 「통일차표 팝니다」역시 이를 보증하고 있다.

서울발 평양행 차표팝니다
평양발 서울행 차표팝니다
서둘러요 따라서요 늦지 말아요
어서어서 통일차표 끊어야지요

분렬로 끊겼던 철길입니다
6·15로 이어낸 철길입니다
북악산도 우줄우줄 춤추며 오고
대동강도 차창가에 어려옵니다

분렬의 비극을 가셔버리며
통일의 기쁨을 싣고 갑니다
온 세상이 다 듣게 울리는 기적
삼천리에 통일조국 불러옵니다
아, 통일차표 통일차표는
6·15, 6·15선언입니다

―리호근 「통일차표 팝니다」

6·15 선언이 통일차표라는 직설적 어법은 6·15가 어떤 의미를 지니는지를 선명하게 보여준다. 분렬과 분단을 넘어설 수 있는 매개가 되었다는 것이다. 통일이란 열차를 타기 위해서는 반드시 소유해야

할 표로 상징된다. 그만큼 통일로 가는 길에 6·15가 중요함을 선언하고 있다. 그래서 리호근 시인은 시집 『통일차표 팝니다』 제3편 〈아, 6월 15일!〉에서 남북한 정상들의 만남 이후의 순간들을 「60만 연도」, 「영빈관의 문」, 「평양온반」, 「북남공동선언」, 「"죽었다"가 살아난 이야기」, 「력사적인 수표」, 「팔걸이의자」, 「전설인가, 정설인가」, 「경진년 룡띠」 등으로 나누어 역사적 사건을 기록적 형식으로 형상화하고 있다. 이 시편들 중 역시 가장 중심에 놓이는 시편은 「북남공동선언」이다.

아, 북남공동선언문!
우리는 그 선언문을 들으면서
어찌하여 그렇게도 흥분했던가,
어찌하여 서로서로 부둥켜안고
울며 웃으며 몸부림을 쳤던가

그것은 보통문서가 아니다
오호, 그 한 장의 종이에 실려진
55년의 그 고통, 그 아픔을 아는가
그 한 장의 종이에 담겨진
7천만의 통일숙망, 그 피어린 무게
세상은 과연 아는가

북남공동선언!
그것은 분렬폭파의 뢰관이라 한다
그것은 통일출범의 돛폭이라 한다

오, 그것은 이 민족이 그토록 바라던
위대한 통일열쇠라고 한다

이제 그것은 통일의 정치적 좌표
제도도 정견도 따로 없는 민족공유의 것
온 인민적 신뢰의 담보이거니
오, 북남공동선언! 너는 되였구나
이 민족의 통일차표, 우리의 통일심장이!

　　　　　　　　　　　　　—리호근 「북남공동선언」

　　앞선 시에서는 6·15가 통일차표로 명명되었지만, 이 시에서는 통일열쇠로 변용되고 있다. 그러나 시인은 시의 마지막 부분에서 6·15가 끝내 이 민족의 통일차표라는 점을 다시 상기시킨다. 남북공동선언 자체가 지니는 역사적 의미가 얼마나 큰 현실적 변화로 받아들여지고 있는지를, 시의 전면에 드러나고 있는 흥분된 어조의 분위기를 통해 쉽게 느낄 수 있다. 그것은 반세기 이상의 분단을 넘어설 수 있는, 7천만의 통일여망을 풀어갈 수 있는 계기가 되었다고 보기 때문이다. 그 계기 마련이 시인의 가슴을 얼마나 흥분시키고 있는지는, 이 짧은 시 속에 사용된 네 번의 느낌표가 이를 잘 보여준다. 이러한 흥분과 들뜸의 어조는 6·15와 시간적 거리를 갖지 못한 결과로 보인다. 6·15를 시간의 거리를 가지고 노래한 오영재 시인의 시를 통해 6·15가 또 다른 차원에서 이미지화되고 있음을 본다.

　　분렬의 기나긴 세월
　　얼마만이냐 기다려 얼마만이냐

이밤에 솟아오른 6 · 15는
민족의 하늘에 뜬 밝은 달
3천리가 밝아지고
마음도 밝아진 희망의 달

반가운 달
고마운 달
사랑스런 달
밝아진 하늘을 쳐다보며
민족이 기뻐서 울던 달
7천만을 통일의 열기로 설레이게 한 달

북녘의 하늘에도 떠있고
남녘의 하늘에도 떠있고
머나먼 해외의 하늘에도 떠있는 6 · 15달
태양의 빛을 받아
이밤을 밝혀주는 하늘의 큰 거울

그 유정한 달빛아래
반세기 흩어졌던 가족들이 서로 만나고
우리 또한 아름다운 금강에서
민족은 영원히 하나임을 노래하니
이 얼마나 좋은가

비바람이 몰아쳐도 달은 떠있으리

화약내가 풍겨와도 달은 떠있으리

밝고밝은 민족의 달 6 · 15달을

언제고 마음에 안고

사랑하면 애국자

외면하면 반역자

우리 민족끼리 마음 다해

소중히 키워가자 6 · 15달을

구름이 가리우면 힘을 합쳐 걷어내자

이 달이 만월로 둥글어

하늘에서 웃으면 통일이 되리

빛나는 새 아침이 밝아오고

통일의 해님은 누리를 밝히리라

—주체91(2002)년 6월 15일 -금강산에서-

오영재 「6 · 15는 밝은 달」

리호근 시인은 6·15를 통일차표로 명명했지만, 오영재 시인은 6·15를 밝은 달로 이미지화하고 있다. 달로 이미지화된 것만큼 시의 분위기는 서정성을 지닌다. 뿐만 아니라 6·15 공동선언이 있은 지 2년이 지난 이후의 작품이라는 점에서, 6·15를 어느 정도는 객관화할 수 있는 시간적 거리를 지니고 있다. 그래서 6·15에 대한 의미부여가 다른 차원으로 확대되고 있다. 달을 반가운 달, 고마운 달, 사랑스런 달, 그리고 북녘의 하늘에도 떠 있고, 남녘의 하늘에도 떠 있고, 머나먼 해외의 하늘에도 떠있는 달로 이미지화함으로써 한 민족을 모두 부드럽게 포용하는 매개가 되고 있기 때문이다. 6·15가 지니는 이미지가 통일차표일 경우는 지상의 차원에서 수평적으로 통일을 바라본 결과라면, 달의 경우는 천상의 차원에서 수직적으로 통일을 바라보는 시각을 가지고 있다고 볼 수 있다. 만월로 이어지는 달이 지닌 자연 순환의 이미지에 통일의 미래를 겹쳐놓음으로써 통일 실현의지를 자연스럽게 표출하고 있다.

6·15 남북공동선언 이후 남북한 간의 교류가 빈번해지면서, 행사 때마다 6·15는 그 의미가 강조되는데, 북한의 시들은 이 점을 놓치지 않고 있다.

외세가 버티고 서있어서
장벽이 가로막혀서
평양과 서울은
달나라보다 더 멀었다
달나라는 갈 수 있어도
세상에 단 하나 오갈 수 없는 곳이었다

가슴터지는 이 비극을 안은채
20세기도 저물어가던 2000년
평양상봉이
장쾌한 6·15를 떠올렸거니
그날의 6·15가 열어준 대통로를 따라
오늘은 왔다, 한시간만에

하루도 아니요
반나절도 아니요

단 한시간만에
리별의 57년 세월을 당겨
이제 평양과 서울은 지척이 되었다

하거늘
6·15공동선언은
통일로 가는 곧은길
이 길에는
구배가 없다
올리막도 내리막도 없다

이 길에서
한자욱이라도 물러서면
천리만리로 멀어지고
후대들도 우리처럼
눈물의 세월을 강요당하리니

6·15를 눈동자처럼 아끼자
6·15를 목숨처럼 지키자
6·15가 열어준 이 길을 따라
하나로 가자, 단숨에!
통일을 이루자, 단숨에!

　　　　　　　　　　—장혜명「평양에서 떠나 다시 평양까지
　　　　　　　　　　- 8·15민족통일대회에 참가하고 -」중에서

장혜명 시인은 서울에서 열린 8·15민족통일대회에 참가하고는 6·15가 준 의미를 새롭게 되새기며, 이 시를 완성하고 있다. '련시' 형식에 담긴 긴 시 중, 인용된 부분의 이 시에서 장혜명 시인은 6·15 공동선언을 '통일로 가는 곧은 길'로 명명하고 있다. 구배도 없고 올리막도 내리막도 없는 통일로 가는 곧은 길이 6·15라는 것이다. 그래서 6·15를 눈동자처럼, 목숨처럼 아끼고 지키자고 강권한다. 6·15가 통일차표에서 달로, 그리고 곧은 길의 이미지로 변용되고 있음을 본다. 이들 이미지는 모두가 다 통일의지를 실현하고자 하는 매개로 기여하고 있다. 뿐만 아니라 6·15가 통일을 열망하는 북한시인들에게는 어떠한 시적 소재가 되고 있는지를 확인할 수 있다. 이러한 열정을 다음 시에서도 읽어낼 수 있다.

나는 꿈꾸었노라
남쪽으로 날아가는
기러기떼 바라보며
나는 이 봄날을 꿈꾸었노라

판문점 그 봄날에
피지 못한 꽃
산에 들에 꽃들은 피고 또 폈건만
그 봄날은 이 마음에 머물러 가지 않고
그 꽃망울은 이 마음에 망울채로 남아있어

봄꽃이 만발한 금강산 이 봄날에
그 봄날에 피지 못한 꽃

이 봄날에 피였구나
흰 명주필을 드리우며 구룡연을 내달아오고
일만이천봉우리도 발돋움하며 키를 솟구는 듯

이 땅엔 오기 힘든 이 봄날이고
이 땅에선 쉽지 않은 이 상봉이기에
6·15로 불타는 우리의 한마음
한번 폈거든 지지 않으리
한번 폈거든 향기를 떨치리
통일의 큰 열매를 맺으리

　　　　　　　　　　　　　　　—주체 93(2004)년 5월
　　　　　　　　　　　　박세옥 「이 봄날을 꿈꾸었노라」

　　이 시는 남과 북 그리고 해외작가들이 한 자리에 모여 민족문학작
가대회를 열기 위한 예비 모임을 위해 남측민족문학작가회의 대표들
과 만난 자리에서 읊은 시이다. 통일의 봄날을 고대해온 시인에게 있
어, 남북한 작가들의 만남은 그동안 봄이 오지 않아, 피지 못한 봄꽃들
이 필 수 있는 계기임을 확실히 인식하고 있다. 그런데 시인은 이러한
봄꽃이 필 수 있는 계기의 근원이 6·15임을 '6·15로 불타는 우리의
한마음'에서 밝히고 있다. 6·15의 정신이 남북한 작가들의 만남을 가
능하게 했고, 이 만남은 통일의 큰 열매를 맺을 수 있는 통일의 봄꽃이
될 수 있다는 기대를 노래하고 있다.
　　이러한 북한 시인들의 시편을 통해 확인해 볼 수 있는 것은 6·15남
북공동성명 이후 6·15는 북한시에서는 통일시의 중심소재로 등장하
고 있음이 확실하다. 그래서 일반 서정시에서뿐만 아니라 가사에서도

6·15를 다룬 시편들이 부지기수로 나타난다. 그 대표적인 몇 편을 살펴보자.

남들끼리 만들어낸 선언 때문에
남들끼리 그어놓은 분계선에 허리잘려
피눈물로 살아온 반세기 불사르고
우리 민족끼리 마주앉아 높이 든 선언
나서라 겨레여 6·15를 지키자
6·15선언은 민족의 생명

삼천리 이 강토에 북과 남 따로없이
7천만의 운명앞에 핵재난이 닥쳐온다
더 이상 남의 손에 겨레 목숨 맡길거냐
양키와 매국노를 6·15로 쳐부수자
나서라 겨레여 6·15를 높이 들자
6·15선언은 민족의 생명

우리 민족끼리 안아올린 통일설계도
자주의 선군총대 높이 들어 지켜가리
6·15를 지키여 민족의 운명 지키고
6·15를 관철하여 자주통일 이룩하리
나서라 겨레여 6·15를 관철하자
6·15선언은 민족의 생명
　　　　　　　　　　　　—김영애 「6·15선언은 민족의 생명」

이 가사에서는 6·15선언이 민족의 생명임을 힘주어 노래하고 있다. 우리 민족이 고난의 역사를 계속 이어가고 있는 이유는 남들의 선언 때문이라는 것. 그래서 우리끼리의 선언인6·15선언이 그만큼 중요하다는 것이다. 그 선언을 민족의 생명으로 명명하고 있다는 자체가 6·15의 중요성을 그만큼 강조하고 있음을 반증한다. 이러한 인식의 결과로 6·15는 모두 함께 지켜가야 할 명제로 노래된다.

이대로 못살아 더는 못살아
북과 남 하나로 손을 잡았네
우리 민족 주인되여 통일 이루자
평양의 하늘아래 다진 그 약속
모두 함께 지켜가자 6 · 15공동선언

통일조국 원하는 사람이라면
누구나 받들어갈 통일의 강령
7천만이 안겨살 새날을 열자
평양의 하늘아래 다진 그 약속
모두 함께 지켜가자 6 · 15공동선언

6 · 15를 따르면 애국자되고
6 · 15를 버리면 매국노되리
민족의 화해와 단합 이루자
평양의 하늘아래 다진 그 약속
모두 함께 지켜가자 6 · 15공동선언
―전광철「지켜가자 6 · 15공동선언」

우리 민족이 주인이 되어 통일을 이루어가려면, 6·15공동선언의 약속을 지켜가야 함을 노래하고 있다. 이 선언을 따르면 애국자이고, 버리면 매국노라는 단순 이분법에 의해 노선선택을 분명하게 노래함으로써, 선언을 지켜나가야 한다는 강한 의지를 보이고 있다. 이렇게 6·15공동선언에 대한 북한문학의 특별한 관심은 남한과 비교해볼 때, 상당한 열기를 함께 느낀다. 평생 통일의 문제를 가슴에 안고 살면서 남한에서 통일시를 창작해온 김규동 시인의 시편과 비교하면, 이를 쉽게 간취할 수 있다.

> 나무
> 너 느릅나무
> 50년 전 나와 작별한 나무
> 지금도 우물가 그 자리에 서서
> 늘어진 머리채 흔들고 있느냐
> 아름드리로 자라
> 희멀건 하늘 떠받들고 있느냐
> 8·15 때 소련병정 녀석이 따발총 안은 채
> 네 그늘 밑에 누워
> 낮잠 달게 자던 나무
> 우리 집 가족사와 고향 소식을
> 너만큼 잘 알고 있는 존재는
> 이제 아무 데도 없다
> 그래 맞아
> 너의 기억력은 백과사전이지
> 어린 시절 동무들은 어찌 되었나

산 목숨보다 죽은 목숨 더 많을

세찬 세월 이야기

하나도 빼지 말고 들려다오

죽기 전에 못 가면

죽어서 날아가마

나무야

옛날처럼

조용조용 지나간 날들의

가슴 울렁이는 이야기를

들려다오

나무, 나의 느릅나무.

　　　　　　　　　　　　　　　─김규동 「느릅나무에게」

　이 시는 북에 살면서 어린 시절 함께 했던 느릅나무에 대한 기억을 통해 통일에의 의지를 내면화하고 있다. 북한 시들이 보이는 강한 의지가 외면화된 직설적인 어조보다는 나무를 통해 내면화하면서 드러내는 의지가 더욱 인상적이다. 그래서 죽기 전에 통일이 되지 않는다면, "죽어서 날아가마"라는 시적 자아의 의지는 강렬한 통일의지로 자연스럽게 다가선다. 이러한 모습이 북한의 통일지향의 시와는 변별되는 부분이다.

　북한이 6·15 공동선언을 기점으로 6·15를 시에 적극적으로 활용하는 이유는, 북한체제가 그동안 고수해온 우리민족 자주에 의해 통일을 해결해가야 한다는 노선과 6·15 남북공동선언이 맥을 같이 하기 때문이며, 분명 통일의 물꼬를 6·15가 열었다는 인식의 결과로 보인다. 또한 6·15 이후 남북한 간의 교류가 그 이전보다는 현실화되고 있는 사정과도 무관하지 않은 것 같다. 그리고 6·15 정신에 의해 남한에 억류되어 있던 비전향장기수들을 북한으로 돌려보낸 뒤에 북한에서는 비전향장기수들에 대한 시편들이 쏟아지게 된 상황도 6·15 관련 시편의 양산과도 무관하지 않아 보인다. 이런 측면에서, 북한시에서 6·15는 통일시의 중심소재로서 2000년대 시의 주요한 한 흐름을 형성하고 있다고 본다.

1990년대 소설의 한 양상
−소설가가 주인공인 소설을 중심으로

1. 여는 말

지난 1990년대는 문학사적인 측면에서 볼 때, 분명한 하나의 전환기로 명명할 수 있다. 80년대 문학의 흐름이나 성격과 비교해볼 때, 분명한 변화가 있었다는 의미이다. 소위 리얼리즘으로 대변되던 80년대 문학의 주류가 90년대에 들어서 해체되면서, 다원화된 양상을 보여주었기 때문이다. 이데올로기의 붕괴와 새로운 문화적 상황의 전개로 문학의 지형은 많이 변했다. 문화적 상황이 바뀌면서 문학적 토대도 변하기 시작한 것이다. 문학적 토대가 되었던 문화적 상황이 변하면, 기존의 문화적 상황에 근거해서 자신의 세계를 형성해오던 작가들은 새로운 문학적 토대 위에서 자신의 정체성을 다시 확인하고 모색할 수밖에 없다. 급변하는 사회 · 문화적 상황의 변화는 기존의 가치체계에 기대고 있던 작가들에게 새로운 가치체계를 요청하기 때문이다. 그래서 작가들은 소설쓰기에 대한 근본적인 질문을 다시 하게 된다.

이는 기존의 소설양식으로는 재현할 수 없는 세계의 변화가 있었기 때문에 일어나는 현상이다. 이러한 때에는 소설가 스스로 자기존재의 정체성을 확인하기 위해 새로운 소설양식을 모색하게 된다. 이런 측면에서 1990년대 소설도 문명한 전환기의 양상을 보인다. 그 중의 하나가 소설 속에 소설가를 주인공으로 등장시켜 소설쓰기에 대한 내용을 소설로 보여주고 있는 현상이다. 이는 넓은 의미의 메타픽션으로 볼 수도 있지만, 소설의 정체성을 다시 확인하고 소설가의 글쓰기 위기를 내밀하게 보여준다는 점에서 자성소설, 재귀적 소설, 소설가 소설 등[49]으로 명명되고 있다. 그래서 본고에서는 이러한 양상을 보여주는 소설작품을 살펴보고, 이들이 1990년대의 소설의 한 유형으로 자리할 수 있을지를 논의해보고자 한다. 그 논의 대상으로는 조성기의 「우리 시대의 소설가」, 양귀자의 「숨은 꽃」, 김영현의 「해남 가는 길」, 주인석의 『검은 상처의 블루스—소설가 구보씨의 하루』, 정찬의 「신성한 집」 등이다. 이 작품들은 공통적으로 소설 속에 소설가 주인공을 등장시켜 소설쓰기에 대한 자의식을 보여주고 있기 때문이다.

2. 소설가가 주인공인 소설의 여러 양상

1) 조성기의 「우리 시대의 소설가」–독자로부터 도전 받는 소설가

---

49) 자성소설이란 명명은 김경수의 「자성소설의 대두와 그 의미」에서 제기되고 있으며, 재귀적 소설은 Michael Boyd의 *The Reflexive Novel*에서, 소설가 소설은 한혜선 외 공저한 『소설가 소설 연구』에서 집중적으로 논의되고 있다.

조성기의 「우리 시대의 소설가」는 소설가 강만우가 쓴 소설을 읽고, 실망한 한 독자가 작가에게 끈질기게 책값을 환불해 줄 것을 요구하는 이야기이다. 즉 작가가 이제는 독자들의 취향이나 입장을 고려하는 소설쓰기에 시달리게 된 현실을 풍자하면서, 이 시대 작가들의 소설쓰기의 어려움을 드러내고 있다.

독자로부터 걸려온 다음 전화 내용은 작가가 지금까지 누려온 작가의 권위인 전통적 작가상이 흔들리고 있음을 잘 보여준다.

이 사람이 소설을 쓰면서 말귀를 못 알아듣네. 당신 소설 읽느라 괜히 시간을 낭비했으니, 소설을 쓴 당신이 환불을 해주어야 된다. 이 말이오. 내 말 이제 알아 듣겠소?

좁아터진 마루와 방에서 생활하면서 칼럼니스트보다 못한 경제적 대접을 받고 사는 소설가 강만우에게 독자는 자신이 산 책값을 환불해 줄 것을 요구한다. 이러한 독자의 문제제기는, 작가에게는 견디기 힘들 정도로 자존심을 훼손당하는 일이다. 그래서 그는 구사하고 있는 소설 「말의 섶」을 더 이상 쓰지 못하는 반응을 보인다. 작품을 쓰지 못하는 괴로움을 해소하기 위해 그는 외출을 시도한다. 그러므로 이 외출은 작가가 현재 직면한, 작품을 쓰지 못함으로 인해 빚어진 작가로서의 자기 정체성 상실이라는 문제를 해결하기 위한 하나의 방안일 수도 있다. 지금까지 글을 쓰던 공간을 떠나 새로운 공간으로 이동하여 현재 당면한 문제를 해결할 수 있는 길을 모색하고 있는 것이다.

하루 종일 쏘다니다가 소주에 고주망태가 되어 한밤중 집으로 돌아와 꿈을 꾸고 난 다음 날 강만우는 다시 작품쓰기를 계속한다. 그러나 또 다시 독자로부터 걸려오는 전화로 작품을 쓰지 못하는 고통을 받는다. 이렇게 끈질기게 독자가 작가에게 환불을 요구하는 이유 중의 하나는 독자가 가진 작가에 대한 그리고 작품에 대한 인식이 바뀌었기 때문이다.

　　이제 책에 대한 관념을 바꿀 때가 되었다는 것입니다. 우리나라는 오랜 유교전통과 사농공상의 문화적 질서 속에서 일단 책이라 하면 대부분 존경하는 풍토가 있어 왔습니다. 어느 정도 수준 있는 책을 저술하고 소설을 쓰고 시를 쓴다고 하면, 고상한 선비류에 속하는 것으로 여겨 왔단 말입니다. 그러나 이제 책도 엄연히 하나의 상품으로 경제구조 속에서 유통되고 있는 점을 감안할 때, 소비자의 권리가 강화되어야 한다고 보는 것입니다.

　독자가 강만우의 소설책에 대해 환불을 요구하는 시대적 근거를 자본주의 사회 속에서의 상품논리로 설명하고 있다. 책도 이제는 하나의 상품이기에 독자의 권리가 강화되어야 한다는 것이다. 이러한 독자의 주장은 작가들이 어떻게 작품을 써야 할지에 대한 부담으로 작용할 수밖에 없다. 즉 상품논리에 철저히 따라야 할 것인지, 그것에 관계없이 작가가 생각하는 작품세계를 보여주어야 할지 고민할 수밖에 없다.

　그런데 소설가 강만우는 독자의 환불 요구에 대해 독자와 직접 만나 논쟁도 하고 끝까지 환불을 거부하는 모습을 보인다. 문제는 이 환불 거부가 작가 강만우가 현재 당면한 독자로부터 끊임없이 위협받고 있는 작가의 전통적인 위상을 지켜 줄 수 있는 최상의 방법인가 하는 점에 대한 의구심을 떨쳐버리기 힘들다는 것이다. 즉 근원적으로 책(작품)이 상품논리를 넘어설 수 있는 방안이 무엇인지에 대한 해답을 줄 수 있느냐 하는 점이다. 독자의 환불 요구에 대해 작가가 자존심에 상처를 입고 소설쓰기를 제대로 진행할 수 없는 상황을 만나기도 하지만, 그가 「말의 섶」을 완성시켰다는 점에서, 독자의 요구에 관계없이 작가의 글쓰기 작업을 지속하고 있는 작가상을 보여준다고 해석할 수 있다. 그러나 작가 강만우가 보여주는 여러 양상들-마음에 내키지도 않는 창작 과외지도를 돈 때문에 계속할 수밖에 없는 상황, 김수옥 여사와의 관계 등-을 고려한다면, 이러한 작가의 환불 거부 고집은 작품 전체로 보면 풍자로 받아들여진다.[50] 이는 작가가 당면한 위기적 상황을 정공법으로 대응하고 있는 모습이 아니라 위기적 상황만을 보여주는 데 더 초점이 맞추어져 있다고 볼 수 있다. 즉 소설가들의 자리가 자본의 논리와 독자들의 의식 때문에 어떻게 흔들리고 있는지를 강만우라는 한 소설가를 등장시켜 보여주고 있는 것이다.

2) 양귀자의 「숨은 꽃」 – 원시적 생명력을 통한 자기 회복

이 소설은 글쓰기에 피로해진 작가(나)가 귀신사(歸神寺)를 여행하며 김종구를 만남으로써 소설쓰기에 대한 새로운 좌표를 세우는 내용으로 짜여져 있다.

여행 동기는 써야 할 단편 때문이다. 단편이란 양식의 글쓰기를 제대로 실천하지 못하고, 그로부터 누적된 피로를 감당하지 못해 여행을 떠난다. 글을 쓸 수 없는 상황을 극복하기 위한 하나의 방편으로 여

---

50) 김현실은 「배꼽 위에 걸려 있는 우리 시대의 소설가」에서 작가 강만우가 잘못 사온 「염소의 배꼽」을 한번 읽어보고 싶다고 느끼는 이 작품의 결말은 형이상학적 노래보다 형이하학적 배꼽에 더 열광하는 이 시대의 선정적 독서방향으로부터 그 자신의 삶이나 소설 또한 그다지 멀지 않음을 자각하게 되는 풍자적 대목이 아닐까 라고 보고 있다. 김현실, 『소설가 소설 연구』, 국학자료원, 1999, 183쪽.

행이 선택된다. 이러한 시도는 앞서 조성기의 작품에서 확인된, 소설 쓰기를 할 수 없어 외출을 시도하는 양상과 닮아 있다.

　　누가 뭐라 말하든, 나로서는, 단편이란 양식의 소설이란 작가의 고백에 다름 아니라고 생각해 왔었다. 어떤 내용을 담았건 그것은 작가의 고백이거나 기도 같은 것이었다. 멈춘 기도를 잇고 싶은 마음이야 간절했지만, 그 일을 시작하는 일은 너무 버거웠다. 그때부터 나의 피로는 누적되기 시작했다. 나는 번번이 두 손을 늘어뜨리고 기계 앞에서 물러났다.

　　어쩌다 느닷없는 자신감에 힘입어 다시 기계 앞에 앉아도 첫 문장을 맺기도 전에 이게 아닌데, 라는 마음속의 말이 내 손을 멈춰 버리곤 했다. 이게 아닌데, 이것은 아니다, 라는 것 하나만 분명하고 그 외는 다 오리무중인 나날이 한 달간 계속되었다.

　　내가 생전 하지 않던 짓을 해보겠다고 여행을 나선 것도 모두 이게 아닌데, 라는 내 속의 외침을 잠재우기 위한 버둥거림의 결과였다. 더 솔직히 말하자면 어디 먼 곳에라도 가서 그 지긋지긋한 내 속의 외침을 땅 속 깊이 파묻어 버리고 혼자만 도망쳐 올 수는 없을까 해서 꾸민 음모였다.

문제는 소설가인 내가 이렇게 시도한 여행을 통해 자신의 가슴을 짓누르고 있던 글쓰기에 대한 피로감을 씻어낼 수 있었느냐 하는 점이다.

주인공은 귀신사에 들러 김종구란 생각 밖의 한 인물을 만난다. 그는 주인공이 15년 전 섬에 교사로 있을 때 만났던 인물이다. 그는 섬을 떠나 노동판을 돌아다니며 사는, 자유인이라 할 수 있는 인물로 설정되어 있다. 그러므로 그는 주민등록증이나 신원증명을 요구하는 직장에는 애시당초 흥미도 관심도 없었다. 뿐만 아니라 그는 고기를 입에도 안 댄다는 점에서 자연인에 가까운 삶의 모습을 보인다. 그래서 그는 문명과는 거리가 있는 삶을 사는 자로 묘사된다.

평생 변함없이 간직하고 있는 신조가 하나 있다면, 그게 뭔 줄 아세요. 머리 속에 먹을 달아놓고 주위에 검정을 뿌려대는 인간하고는 길게 상종하지 말 것, 바로 그겁니다. 잠깐은 되지만 하지만 길게는 안 돼요…… 머리 속에 뭐가 들어 있다는 것이 욕이예요. 그건 모두 쓰레기거든요. 버리는 즉시 청소를 해줘야 합니다. 그래야 진짜 알맹이를 발견했을 때 얼른 쓸어담지요. 곰팡이가 가득 차기 시작하면 정말 끝장이예요.

문명과는 거리가 있는 삶을 사는 김종구의 삶의 방식이 작가에게는 새로운 하나의 충격이 되고 있다.

나는 이제까지 나와 연루된 모든 것들, 한마디로 뭉뚱그려 높은 도덕과 긴 역사의 문화라고 하는 것들이 이들 앞에서 얼마나 하찮게 무너지는 가를 절감했다.

문화라고 하는 것들이 김종구가 보여주는 삶 앞에서는 왜 하찮게 무너질 수밖에 없는가. 문화는 인간의 인위적 산물이다. 인위적인 것은 원시적 생명력을 가지고 있지 못하다. 그 인위적인 틀에서 벗어나 아무런 구속도 없이 자유로운 삶을 살고 있는 김종구의 길들여지지 않은 야성, 즉 생명력의 측면에서 보면 비문화적이라 할 수 있는 김종구의 삶이 훨씬 강력한 생명력을 지니고 있기 때문이다. 그래서 자신보다는 김종구가 생명의 소리에 더 민감해 있다고 판단한다. 그런데 김종구가 내보이는 생명력은 식물적 생명력이란 점에서 더 근원적이고 본질적이다.

나이가 들면 하늘을 많이 보게 돼요. 젊어선 땅만 쳐다보고 살지요. 이제는 땅을 보러가도 풀이나 나무, 꽃이 무슨 말을 하는지 그런데 더 관심이 간답니다. 어느 땐 풀이 무슨 말을 하는지 알아들을 수 있을 것 같아서 길을 가다가도 우뚝 멈춰 서곤 하지요.

이러한 식물적 생명력에 귀 기울이는 김종구의 삶의 자세에 끌려 생명의 근원에 가닿는 경험을 함으로써, 나는 서울로 귀가하여 글쓰기를 다시 시도할 수 있을 것이라는 확신을 갖게 된다.

이렇게 소설쓰기에 피로해진 자신을 추스르고 소설에 대한 의욕을 갖게 하는 데 작용한 또 다른 인물들이 있다. 그들이 지브란과 산에 미쳤다는 의사다. 지브란은 천재적 재능을 가진 자로 세상의 변혁을 꿈꾸는 자였다. 그런데 변혁운동을 하다가 고문당한 후유증으로 정신이상이 된 자다. 집으로 돌아오는 기차간에서 그를 만난 기억을 떠올림으로써 주인공은 자신이 지향해야 할 글쓰기의 출구를 찾아내고 있다. 즉 지브란이 하는 말을 꽃말로 인식하고 그 꽃말을 알 수 있다면 자신이 빠져 있는 미로에서 헤어 나올 수 있을 것으로 본다. 그래서 지브란이 무슨 꽃말을 간직하고 있는지 알고 싶어 함으로써 나는 작가로서 감당해야 할 새로운 의욕을 가진다. 그리고 산을 좋아하는 의사가 들려주는 수술에 관한 불가사의를 통해 떨림을 경험하고는 미로에서 출구를 찾아 나아가야 한다는 의욕을 가진다. 즉 작품에 대한 작가의 자기 의지를 확인하고 있다.

기차는 자꾸 달린다. 아직 뿌옇기는 하지만, 서울에 닿으면 그래도 나는 기계 앞에 앉기는 할 것이다. 나는 아마도 한 거인을 그리려고 덤 빌지도 모르겠다. 와해된 세계의 폐허 어딘가에 숨어사는 거인, 결코 세상에 출몰하지 않는 거인의 초상. 그의 그 있는 꽃들의 꽃말 찾기.

소설쓰기에 지치고 피로해진 작가가 자연인으로 살아가고 있는 김종구를 만나고, 지브란의 삶과 산을 좋아하는 의사의 수술이야기를 통해 다시 소설을 쓸 수 있을 것이라는 확신을 갖게 되었다. 소설을 쓸 수 있는 근원적 생명력을 확인한 결과이다. 야생적 생명력을 지닌 김종구, 비범한 천재성을 지닌 지브란, 가난하게 살면서도 늘 산에 취해 사는 의사 등은 일상의 삶에 길들여진 평범한 인물들이다. 이들의 삶과 만나는 과정을 통해 소설을 쓸 수 있는 근원적 힘을 확인한다. 즉 이 시대 작가들의 글쓰기에 대한 피로감이 어디에서 비롯되고 있는지를 확인시켜주며, 그 피로감을 극복하는 하나의 방향성을 보여준다고 할 수 있다. 그러나 이는 어디까지나 내적 확인임과 동시에 모색이라는 점에서 여전히 하나의 길 찾기에 불과한 것이다.

3) 김영현의 「해남 가는 길」-불꽃에서 풀꽃으로의 인식 전환

이 작품에서 소설가 문성태를 통해 완성시키려는 하나의 작품세계는 현실적 방화사건을 상징적이고 정치적으로 해석하여 전망 없이 허덕이는 우리 시대의 한 단면을 그려보는 것이다. 그러나 이러한 글쓰기가 의도대로 잘 진행되지 못함으로써 작가는 자신의 글쓰기 행위에 대한 근본적인 회의까지 느끼고 있다.

소설가 문성태는 그 연쇄방화사건이 지닌 상징성을 통해 전망 없이 허덕이는 우리 시대의 한 단면을 그려볼 작정이었다. 소재가 안고 있는 복잡성이 그의 이러한 계획에 어느 정도 희망을 주었다.

그러나 차츰 글을 진행해 가는 동안 그는 어떤 늪 같은 곳에 자신이 자꾸 빠져들고 있음을 알았다.

주인공은 서울 도심 곳곳에서 동시다발적으로 벌어졌던 일명 도깨비불이라는 방화사건이 지니는 의미를 여러 가지 상징적인 함축성을 가질 수 있게 그려낼 수 있으리라 기대했다. 그러나 실제 소설을 구성해 가는 과정 속에서 작가의 의도대로 잘 진행되지 않았음을 고백하고 있다. 그래서 소설 속의 작가 문성태는 마치 출구가 없는 기다란 원통 속에 갇힌 것처럼 그 소설의 덫에 걸려 근 한달을 허우적거리고 있다. 급기야는 이 작품을 폐기처분함으로써 이 덫에서 자유로워질 것인가, 아니면 좀더 끈질기게 매달려볼 것인가 하는 기로에 서 있는 상황이다. 이는 바로 작가가 만난, 소설쓰기에 대한 위기를 보여주는 장면이다.

이 위기로부터 탈출할 수 있는 계기를 마련해주는 사건이 고정희 시인의 죽음 소식이다. 자신이 쓴 소설 첫머리를 읽고 있는 중에 그 소식을 접하게 되고, 장례식에 참여하기 위해 해남으로 떠나게 되며, 그곳에서 세계에 대한 새로운 인식을 하게 되기 때문이다. 그런데 소설쓰기에 대한 위기를 느끼고 이를 초극하기 위한 길을 떠나는 여로형 소설의 모습은 양귀자의 「숨은 꽃」에서와 동일하게 나타난다. 그러나 양귀자의 경우는 작가 스스로 여행을 작심하고 떠나지만, 김영현의 「해남 가는 길」은 여행 동기가 타인의 죽음에 의해 이루어지고 있다는 점에서 그 변별점을 확인할 수 있다.

그런데 우리가 더 관심을 가져야 할 부분은 무엇이 작가로 하여금 현재의 위기상황을 극복할 수 있는 매개로 작용하고 있는가 하는 점이다. 광주로 향하는 버스 안에서 생각하는 현실적인 많은 시국사건과 꿈속에서의 다양한 장면들, 고정희와의 만남 등은 매우 중요한 과거사이면서도 작가에게 새로운 세계인식 전환의 동기를 마련해주지 못한다. 오직 과거사는 불꽃으로 인식될 따름이다. 작가에게 새로운 인식 전환을 가져다주는 것은 고정희 시인의 장례식을 마치고 난 뒤 몇 백 년 된 해송을 구경하러 가는 도중에 오랜만에 만난 은숙과 나누는 대화 속에서 나타난다.

"은숙씨, 저 풀들 좀 보세요. 불꽃에는 뿌리가 없지만 저 풀꽃들에겐 뿌리가 있잖아요. 불꽃은 그저 정처 없는 분노일 뿐이거든요." "……." "이젠 우리가 그 불꽃에다 뿌리를 달아주지 않으면 안 돼요. 그 뿌리들이 대지의 가슴에 깊이 내리도록 도와주지 않으면 안 돼요. 우리들의 눈물로 그 죽음을 씻고 새로 시작하는 거예요. 불꽃만으론 결코 이길 수가 없어요."

대화내용을 토대로 한다면, 소설가 문성태가 방화사건을 소재로 해서 써보려는 소설은 어쩌면 불꽃의 세계를 지향하고 있었다고 볼 수 있다. 그리고 많은 시국사건과 그것에 관련된 자들, 고정희 시인 역시 불꽃같은 삶을 살았던 자들로 해석할 수 있다. 그러나 불꽃은 긴 생명력을 지니지 못한다는 새로운 인식, 세상은 불의 것이 아니라 대지의 품에 뿌리를 내리고 있는 풀의 것이라는 인식에 도달하고 있다. 그래서 뿌리 깊은 풀들을 보며 이제 그 우울하고 괴로웠던 불의 덫에서 빠져나와야 할 때가 되었다고 생각한다. 그 결과 이제는 고정희도, 쓰다만 '도깨비불' 이야기도 모두 잊어버려야겠다는 결심에 이른다. 이것이 소설가 문성태가 소설을 쓰지 못하는 현실적인 자기 위기를 탈출하는 인식 전환이다. 즉 바람에 비틀어지고 꼬이면서 몇 백 년을 버팅겨온 거대한 소나무 한 그루를 소설의 마지막 장면에 부각시켜 생명의 근원을 뿌리 깊은 소나무를 통해 확인하고 있다. 풀꽃을 통해 인식한 생명력을 뿌리 깊은 소나무를 통해 다시 확인하고 있는 것이다. 이 생명력의 확인은 소설을 구상은 했으나 쓰지 못하는 작가의 소설 쓰기의 위기를 극복해갈 수 있는 근원적 힘으로 여겨진다. 그런데 이 생명력은 양귀자의 「숨은 꽃」에서처럼 사람을 통해 확인하는 생명력이 아니고 자연에서 확인하는 생명력이란 점에서 차이가 있다. 그러나 작가는 이 작품에서 식물적 생명력을 통해 새로운 자기 전환의 계기는 마련하고 있지만, 새로운 글쓰기를 시작할 수 있을 것이라는 자기 확인까지는 보여주지 못하고 있다.

4) 주인석의 『검은 상처의 블루스―소설가 구보씨의 하루』
　―소설가의 신명(생리) 회복

　주인석의 소설에서 주인공이 소설가로 등장하는 작품은 연작 「옛날이야기를 좋아하면 가난하게 산단다」, 「사잇길로 접어든 역사」, 「그때 시라노는 달나라로 떠나가고」, 「한국문학의 현단계, 1992년 겨울」, 「지옥의 복수가 네 마음을 불타게 한다」 등이다. 이 작품들은 30년대 박태원의 「小說家 仇甫氏의 一日」과 70년대 최인훈의 「小說家 丘甫氏의 一日」을 패러디한 모습을 띠고 있다.[51]
　「옛날이야기…」는 구보씨가 소설을 쓰지 못하고 있는 중 발견한 사진 한 장을 매개로, 구보씨가 자신의 고향을 찾는 내용으로서 소설 쓰기란 무엇인지에 대한 작가의식이 개인적인 삶과 관련해서 제시되고 있다. 즉 소설을 옛날이야기를 통해 드러나는 반성적 의식의 결과물로 보고 있다. 「사잇길로…」에서는 사회의식과 관련한 소설가의 소설인식을 읽어낼 수 있다. 즉 소설은 좌절한 의식이 소산이며, 그 좌절한 의식이 세계에 대해 복수하는 것이 소설이란 것이다. 「그때 시라노…」는 죽은 도형기의 장례식에 참여하고 그의 삶과 죽음을 돌아보는 것을 통해 작가의식을 보여주고 있으며, 「한국문학의 현단계…」는 출판사에 들르는 구보씨의 하루 일정을 통해 한국문학이 당면한 여러 문제들을 풀어내고 있다. 「지옥의 복수…」에서는 역사적인 사건이 있었던 날을 모두가 다 잊어버리고 있음에 대하여 분노하여 집을 나선 구보씨가 화가를 만나 술을 마시고 취해 경회루에서 하룻밤을 자면서 꿈꾼 내용이다.

그런데 이 연작들 중 소설가 구보씨가 소설을 거의 쓰지 못하고 있는 날의 이야기와 소설을 다시 쓸 수 있을 것이라는 새로운 각성을 하는 내용은 「한국문학의 현단계…」와 「지옥의 복수…」이다. 그래서 이 두 연작을 중심으로 소설가 구보씨가 만난 글쓰기에 대한 위기와 그 극복 모습을 살펴보고자 한다.

연작 「옛날이야기…」, 「사잇길…」, 「그때 시라노…」 등에서는 글쓰기가 힘들어도 항상 둘 이상의 원고와 두 권 이상의 책이 구보씨의 책상에 놓여 있었지만, 「한국문학의 현단계…」에서는 이것조차 볼 수 없는 지경이 된다.

---

51) 오경복, 「주인석 '구보'의 세상읽기와 소설쓰기」, 『소설가 소설연구』, 국학자료원, 1999, 54쪽.

그는 한 동안 원고를 쓰지도 책을 읽지도 않았던 것이다. 가끔 원고를 써주겠느냐는 전화가 오지만 거절한다. 왜 요즘 발표되는 작품이 없느냐고 묻는 친구도 있다. 그러면 구보씨는 겨울이잖아. 우리집은 겨울이 되면 너무 추워 손이 얼어서 원고를 쓸 수 없다네. 조선의 겨울은 추워 라고 엄살을 피우고 만다.

겨울이기에 추워서 원고를 쓸 수 없다는 주인공 구보씨의 엄살은 상징적이면서도 현실적인 이유를 말하고 있다. 이는 소설가를 둘러싸고 있는, 글을 쓸 수 없는 부정적인 환경이라고 할 수 있다. 사실 글 쓰는 사람들에게 겨울이라고 할 수 있는 문단적 상황들이 많이 제기되었다. 그런데 이러한 문단적이고 외부적인 상황이 구보씨가 소설을 못쓰는 절대적인 이유는 아니라고 본다.

구보씨는 소설 쓸 기분이 아니다. 바꾸어 말하자면 소설적 긴장이 생기지 않는다고나 할까. 너무 막연한 감이 있지만, 그렇게 말할 수밖에 없다.

소설적 긴장이라, 그건 어떤 종류의 긴장인가. ……그건 소설가가 소설을 쓰고 싶어 도저히 견딜 수 없는 기분, 일종의 신명이라고나 할까. 뭐 그런 것일 터이다.

구보씨는 신명이 나질 않는다. 아무 이야기도 그를 감동시키지 않는다. 그러니 아무 이야기도 하고 싶지 않다. 어떤 문장도 그를 흥에 겹게 만들지 못한다. 그러니 어떤 문장도 쓰고 싶지 않다. 짜증만 나고, 모든 것이 영 헛된 것만 같다. 소설을 써서 어쩌자는 건가. 나는 왜 반성만 하고 있어야 하나.

소설을 쓰지 않으면 안 되는, 소설에 대한 신명을 잃었기 때문에 소설을 쓸 수 없다는 것이다. 소설가가 소설을 쓸 수밖에 없는 내적 욕구를 가져야 소설을 쓸 수 있는데, 그렇지 못하다는 것이다. 그래서 구보씨는 소설에 대해 회의할 뿐만 아니라, 그 회의 자체에 대해서도 회의하는 지경에 이르고 있다. 이러한 소설에 대한 근원적인 회의는 급기야 자기가 소설가가 아닌 것 같다는 근본적인 회의에 시달리게 된다.

구보씨는 자기가 쓰는 소설이란 남들이 잊으려 하는 혹은 잊고 있는 어떤 것을 기억시키고 반성시키는 그리고 그 반성을 다시금 반성시키는 운명적인 직업이라고 생각했었다. 그 때 구보씨는 사실은 구보씨가 아니지만 소설가 구보씨였던 것이다. 그런데 언제부턴가 소설이 씌어지지 않게 되고서부터였겠지만, 점점 운명이란 것이 반성이란 것이 따라서 소설이라는 것도 별거 아니라는 생각이 드는 거였다. 아니 사실은 소설이란 자기가 생각해왔던 것과는 다른 것이고, 자기는 한번도 소설을 써 본 적이 없었던 것이었다.

소설이 씌어지지 않고, 자신이 생각하는 소설관이 무의미해졌기에 구보씨는 자신이 지금까지 써온 소설을 전부 부정하고 있다. 그런데 소설가 구보씨는 화가와 만나 술을 마시고, 꿈을 통해 자신이 고통당하는 경험을 하고 난 이후 소설 쓰는 생리를 회복하고 있다.

그날 이후 구보씨는 소설을 다시 쓰고 있다. 다시 소설가 구보씨가 된 것이다. 그건 왜냐고 묻는다면, 글쎄, 다시 생리가 시작되었으므로, 라고 대답할 수밖에.

다시 소설을 쓰기 시작했다는 것은 소설을 쓸 수 있는 신명을 회복했다는 의미다. 그런데 그 회복의 계기가 꿈인지 현실인지 구분할 수 없는 사건들이 전개되는 장면을 통해서 이루어지고 있다는 점에서 몇 가지를 생각하게 한다. 우선은 지옥에서 구보씨가 화가와 함께 당한 고통은 마음을 불타게 한다는 점에서 다시 글을 쓸 수밖에 없는 소설적 긴장이나 신명을 제공할 수 있는 모티브로 작용할 수 있다고 본다. 특히 구보씨가 고문기술자 이근안으로부터 고문을 받은 것은 그러한 동인을 충분히 제공하고 있다. 그러나 이러한 경험이 구보씨가 술에 만취한 상태에서 이루어지고 있다는 점에서, 소설가가 당면한 소설쓰기의 위기극복을 근본적으로 보장해줄 수 있는 진정성을 확보할 수 있을까 하는 의문이 남는다. 즉 신명을 회복하는 공간이 환상적인 시공간이란 점에서 어느 정도 현실성을 가질 수 있을까가 풀어야 할 과제이다.

5) 정찬의 「신성한 집」-가시를 통한 자기 정체성 확인

이 작품은 마르샤스와 아폴론 이야기가 지닌 상징성을 해석해보는 작품을 쓰고 있는 작가가 소설에 대해 회의하고, 소설가로서 자기 정체성을 다시 확인하는 내용이다. 작가가 그리스 신화를 새롭게 해석한 작품의 요지는 다음과 같다.

마르샤스의 처참한 형벌은 신성에 대한 불경에서가 아니라, 신성을 지키려 했음에서 비롯되었다는 것이다 . 작가가 마르샤스 이야기에서 확인한 것은 권력의 원형적 얼굴이다. 권력을 향한 인간의 욕망은 역사의 주름 곳곳에서 발견되는데, 마르샤스와 아폴론의 관계 역시 이러한 해석이 가능하다는 점이다. 인간이 신이 되고자 하는 욕망이었다는 것이다. 그래서 정치적 권력자의 상징인 아폴론은 샤먼인 마르샤스에게 신성 부여를 요구했으나, 마르샤스의 눈에는 그가 신이 아니었기에 그 요구를 거부하고, 그 결과 동굴 속에 유폐되었다는 것이다.

이상의 이야기 내용에서 작가는 권력과 예술의 관계를 압축적으로 보여주는 상징의 빛을 발견했고, 그 상징의 빛을 소설로써 육화시키려 했다. 이러한 접근을 시도하게 된 동기는, 예술의 원형적 얼굴을 엿보고자 하는 욕망이 예술의 본질에 접근하고자 하는 자라면 누구나 한번씩 가지는 자연스러운 욕망이기 때문이라고 한다.

그런데 문제는 이렇게 작품을 써 놓고 다시 들추어 읽는 작가가 이 작품에 대해 실망을 하게 된다는 점에 있다. 신화에 대한 새로운 해석을 통해 하나의 의미 있는 작품을 완성했다고 보았는데, 그 결과는 만족보다는 실망으로 나타난다.

그런데 그 소설을 다시 들추어 읽으니 마치 마른 낙엽을 만지는 것처럼 메마르고 황량했다. 나는 고개를 저었다.

분명히 이 소설 한편의 뼈대를 세우기 위해 오랜 시간동안 머리를 쥐어짰으며, 그 뼈대 위에 깊고 아름답고, 강인한 생명의 형상을 만들기 위해 작가 자신의 정신을 혹사시켰다. 그래서 작가 스스로는 날카로운 칼끝으로 만든 정신이 세계와 사물 속으로 파고들어 황금빛 이미지를 끄집어 낼 때의 짜릿한 쾌감, 황홀 등도 경험했다고 고백한다. 그런데 다시 그 작품을 읽으니, 그 황금빛 이미지가 녹이 되어 뚝뚝 떨어지고 있는 형상으로 감각되고 있다. 그래서 작가는 당황하고 있으며, 허망해 하고 고통스러운 표정을 감출 수 없고, 괴로운 나날을 보내고 있는 형국으로 묘사되고 있다.

작가는 자신의 작품에 대해 불만스러워하고 힘들어하기 때문에 이를 해결하기 위해서 외출을 시도한다. 외출해서 K형을 만나게 되고, 그와의 대화를 통해 현재 소설이 만난 위기를 논하게 되고, 그 극복을 위한 방향을 찾아 나서고 있다.

K형은 소설로써 세상을 변혁시키려는 민중적 관념론자들을 용납하지 않는 자이다. 사람살이의 부대낌 속에서 우러나오는 일종의 신명에 바탕을 두고 소설을 쓰는 작가인데, 그의 신명은 구체적 생활 속에서 건져 올리는 세상의 살아있는 모습에서 싱싱하게 솟구쳐 오르는 것이다. K형의 이러한 소설에 대한 입장에 비해 작가 나는 조금 다른 입장에 서 있다. 그것을 작가인 내가 정신만으로 세상을 앓았다면, 소설가 K형은 육체의 앓음을 동반한 상태라고 설명한다.

그런데 소설에 대한 입장 차이가 다른 두 작가 모두 다 소설이 위축되고 있다는 위기를 느끼고 있다. 이들이 파악하고 있는 소설에 대한 위기 진단은 두 가지 방향에서 이루어지고 있다.

하나는 자본주의 사회가 빚어낸 물신성이며 다른 하나는 작가의 책임이다. 자본주의 사회의 다양한 교환가치들 속에서 소설 역시 한 상품으로 전락된 지 오래되어 물신성에 빠져 있다는 것이다. 그 결과 소설에 대한 신비감이나 문학이 스스로 발하는 신성한 빛에 대한 외경이 사라졌다는 것이다. 자본주의라는 사회적 변화가 소설위축의 큰 원인 중 하나라는 인식이다. 그리고 작가들 역시 여기에 덩달아 어떻게 하면 잘 팔릴 수 있는 상품을 만들까 하는 편에 신경을 쓰고 있으니 문제라는 것이다. 소설쓰기의 위기 원인을 시대상황과 작가의 내면의식 양 측면에서 파악하고 있다.

그러면 이렇게 소설이 당면한 위기 극복을 위해 작가는 어떤 자세를 보여주고 있는가. 작가는 꿈 혹은 환상 속에서 가시를 통해 자기 정체성을 확인하고 있다. 이는 소설쓰기에 대한 위기 극복의 방향을 작가의 내면의식에서 찾고 있음을 말한다.

이상한 일이었다. 그것은 꿈이었던가. 아니면 환상의 풍경이었던가…….

—그것이 무엇인지 아느냐

별 없는 허공 위에서 낯선 목소리가 내려갔다. 그 목소리는 기계 속에서 울려 나오는 것처럼 차갑고 음산했다. 나는 목을 꺾고 허공을 쳐다보았다. 아무것도 보이지 않았다.

—그것이 가시이다.

—신이 퍼낸 이 세계는 훼손되어 있고, 훼손된 저마다의 영혼 속에 그 가시가 있다. 훼손의 영혼이 스스로 그것을 만들어 낸 것이다. 마치 짐승의 머리 위로 돋아 오르게 하는 뿔처럼, 이 가시는 물질이면서 동시에 생명이다. 훼손된 세계, 훼손된 영혼을 받아들일 때 가시는 그저 물질일 뿐이다. 그것은 아문 상처 딱지처럼 영혼 속에 죽은 듯이 누워있다. 존재하지도 않는 것처럼. 그러나 훼손된 세계, 훼손된 영혼을 거부할 때 가시는 눈을 뜬다. 그리고 싸늘한 몸뚱이를 일으켜 세워 영혼의 살을 찌른다.

저들을 보아라. 저들은 문명과 문명이 요구하는 욕망과 탐진을 숭배하기 때문에 그들의 영혼 속에 가시가 있는지도 모른다. 모두가 즐겁고 행복하다. 네가 이 광야로 들어설 때 너의 적은 누구인지 아느냐? 어둠도 아니고, 들짐승도 아니다. 목마름도 아니고, 굶주림도 아니다. 네 영혼 속에 있는 가시이다. 마르샤스의 동굴은 이 가시의 고통 너머에 있다.

소설이 위축되고, 자신이 쓴 소설에 대해 회의와 절망의 시간을 경험한 작가가 이를 극복하는 방향으로 모색하고 있는 것이 허공 속에서 들려오는 낯선 목소리를 통해 가시를 인식하고, 그 가시의 아픔을 느끼는 일임을 보여주고 있다. 문제는 가시가 지니는 상징적인 의미이다. 훼손된 세계나 영혼을 거부할 때 가시가 눈을 뜬다는 사실을 역으로 해석하면, 가시를 의식한다는 것은 훼손되지 않은 온전한 세계나 영혼을 지향한다는 의미이다. 그러므로 가시는 작가의 정체성을 늘 확인시켜주는 소설쓰기의 근원적 동인이 되는 매개라 할 수도 있다.

이는 이 작가가 현재 위축된 소설과 문학의 돌파구를 결국 작가 자신의 내적 동인에서 찾고 있다는 말이다. 그런데 꿈 혹은 환상을 통한 자기정체성 확인이 지니는 주관성이 문제가 될 수 있다. 즉 이러한 자기 확인은 관념으로 떨어져버릴 가능성을 내재하고 있기에 자기 확인이 실질적이고 현실적인 방안 모색으로 이어지지 않으면 정체성의 위기극복이 실질성을 가지기가 힘들다는 것이다. 이는 앞서 논한 주인석의 작품에 나타나는, 소설가가 환상적 시공간 속에서 작가의 신명을 확인하는 계기를 마련하고 있는 양상과 닮아 있는 부분이다.

3. 소설가가 주인공인 소설의 갈래

지금까지 살핀, 1990년대에 나타나는 소설가가 주인공으로 등장하는 소설은 이전의 소설과는 변별되는 요소를 지니고 있을 뿐만 아니라 동일한 양상을 드러내고 있는 작품들이 상당히 많다[52]는 점에서 역사적 장르로서 논의되어야 될 필요가 있다. 즉 소설가를 주인공으로 내세워 소설쓰기의 위기를 보여주면서, 그 극복의 방향을 모색해

보고 있는 일련의 작품들을 한 갈래로 분류함으로써 1990년대 소설을 이해하는 데 적절한 하나의 창을 마련할 필요가 있다는 것이다.

한 시대의 소설을 논하면서 소설의 갈래론적 접근을 하는 것은 이런 접근이 한 소설작품의 성향, 구조 및 서술상황에 있어서 전반적으로 작용하는 결정적인 것, 본질적인 것을 교시해주고, 소설 안에서 서술되고 있는 것이 어떤 전제조건 안에서 받아들여지고 이해되어야 할 것인가를 제시해주기 때문이다.[53]

그런데 우선 소설의 갈래적 접근을 구체화하기 전에 왜 소설가 자신의 소설쓰기 문제가 소설 속에 등장하게 되었는가를 살펴볼 필요가 있다. 현대소설을 두고 소설은 죽었다는 표현을 많이 한다. 그 이유는 여러 가지가 있지만, 현실적으로 일어나고 있는 일들이 소설보다 훨씬 재미있고, 드라마틱하기 때문이기도 하다. 그래서 현재는 소설쓰기가 불가능하다고 말하기도 한다. 모든 소설의 가능한 부분을 다 사용했고 소모해버렸기 때문이다. 그래서 오직 쓸 것이 없다는 것을 쓰는 것을 계속 할 따름이다[54] 라고 말한다.

이는 바로 소설가들이 현실적으로 소설쓰기의 위기에 직면해 있음을 말할 뿐만 아니라, 이 위기극복을 위해서 소설을 쓰는 행위 자체가 소설 내용으로 등장하는 현실이 되었음을 말한다. 그래서 현대소설이 자기반영적인 메타픽션적인 요소를 강하게 지니게 된 것이다.

---

52) 이런 유형의 작품들이 여러 작가에 의해 많이 창작되었을 뿐만 아니라, 박상우의 경우는 꽁트집 『소설가는 유서를 남기지 않는다』(예문, 1996)를 통해 소설가를 주인공으로 등장시킨 작품들을 보여주고 있다. 꽁트의 대상이 되었던 것은 그만큼 이러한 이야기의 유형이 유행하였음을 보여준다.

53) 조남현, 『한국현대소설의 유형』, 집문당, 1999, 17쪽.

54) Raynond Federman, *Critifictions*, State of University of New York press, 1993, 35쪽.

일반적으로 소설이 관심하고 있는 두 세계는 인간의 내면세계와 외부세계이다. 그런데 외부세계가 급격히 변화하여 거기에 관심하던 작가들이 그 세계를 재현할 언어적 진신을 잃어버릴 때 작가들을 자기 자신의 세계로 회귀하게 된다.[55]

1990년대 한국 소설에 나타난 소설가 자신이 소설의 주인공으로 등장하여 소설쓰기의 위기와 그 극복의 방향을 모색하는 모습은 이러한 소설가의 자기 자신에게로의 회귀를 볼 수 있다. 그러면 이런 양상을 보이는 소설들을 어떻게 갈래지을 것인가.

서구 소설의 경우를 먼저 살펴보면, 이미 서구에서는 60년대 이후에 작가가 소설의 중심인물이 되어 소설 쓰는 행위 자체를 보여주는 소설이 등장하여, 이를 Reflexive novel로 명명하기도 했다.[56]

그러나 이들 소설들은 상당한 부분 소설쓰기 자체를 비평적 시각으로 접근하고 있어 1990년대 한국 소설에 나타나는 소설가가 주인공인 소설의 양상과 바로 동일시하기는 힘들다. 그러나 소설쓰는 행위 자체가 소설의 내용으로 대상화되고 있다는 점에서는 참고 할 수 있는 부분이 있다고 본다.

국내에서는 ①한 편의 소설이 그 내용에 있어서 작가인 스스로를 등장시켜 자신의 글쓰기와 연관된 자신의 자의식을 내보이는 소설이라 해서 자성소설로 명명하기도 하고,[57] ②지식인 소설의 동위개념 혹은 하위개념으로 보기도 하고,[58] ③예술가 소설의 하위 범주로 보

---

55) 앞의 책, 2쪽.
56) Reflexive Novel은 소설 쓰는 행위 자체가 중심인 소설이다. 그러므로 작가가 소설 속에 주 인물이 되고, 그들의 소설쓰기가 중심 이야기가 된다. Michael Boyd. *The Reflexive Novel*, Associated University press, 1983, 7쪽.
57) 김경수, 「자성소설의 대두와 그 의미」, 『문학의 편견』, 세계사, 1994, 65쪽.
58) 조남현, 『한국 현대소설 유형 연구』, 집문당, 1999, 3쪽.

아 시인이나 작가를 포함한 예술가의 내면 풍경과 존재방식 그리고 그 드러냄의 양식까지를 포괄하는 것으로 보기도 한다.[59]

이러한 명명들은 각각 나름의 의의를 가지나, 자성소설, 지식인 소설, 예술가 소설은 이미 사용하고 있는 유형이란 점에서 이 명명을 그대로 수용하려고 하면, 기존 이러한 소설들이 보여주는 양상과 1990년대 소설가가 주인공으로 등장하는 소설이 보여주는 양상과의 비교 검토가 이루어져야 한다. 그러나 1990년대 나타난 소설들을 자성소설이나 지식인 소설, 예술가 소설의 하위개념으로 분류하기에는 드러난 경향이나 정도가 너무나 뚜렷하고 변별되는 요소가 있기에 새로운 명명이 필요하다고 본다. 소설가가 주인공으로 등장하는 소설은 소설가 자신이 자신의 글쓰기 행위를 통해 자신을 돌아보고 있다는 점에서 자성소설로 분류해 볼 수 있지만, 자성이 소설쓰기 자체의 위기로부터 비롯되고, 그 극복의 방향을 모색하고 있다는 점에서 자성소설로만 묶기에는 어려운 점이 있다. 그리고 지식인 소설 역시 작가가 지식인이라는 점에서 그 범주 속에 넣을 수도 있지만, 단순히 지식인의 초상만을 그리는 데 주안점이 놓여 있는 것이 아니라, 소설가의 소설쓰기 위기의 문제에 초점이 놓여 있다는 점에서 지식인 소설로만 묶기에는 불충분하다. 또한 가장 공통점을 많이 가지고 있다고 보아지는 예술가 소설과 소설가가 주인공으로 등장하는 소설은 다음과 같은 변별성을 가지고 있다는 점을 무시할 수 없다.

작가가 문학, 소설이라는 특정 양식보다는 음악이나 미술 같은 유사 예술에 빗대어 자신의 내면과 예술의 존재방식을 탐구하는 포괄적인

---

59) 우찬제, 「세계를 불지르는 예술혼의 대장간」, 『어린 잠, 깊은 꿈, 예술가 소설선』, 태성출판사, 311쪽.

예술가 소설은 보다 넓은 시공간에 걸쳐 소설가들을 사로잡았던 보편적 양식이었던 반면, 소설가 자신이 직접 주인공이거나 화자인 소설가 소설의 경우는 "근대시민 사회의 성격과 연결된 근대적 소설 형식의 발전"에 보다 밀접히 연계되어 좀 더 그 범위가 한정되고 그 시대 사회적 의미와 양식의 측면에서 독자적 의의를 지닌다. 무엇보다 전통적인 예술가 소설은 주인공이나 작중화자가 대체로 소설가 자신은 아니라는 점에서 그 허구성과 서사성의 틀이 매우 확고한 반면, 소설가 주인공인 소설가 소설의 경우는 자칫 허구적 현실과 실제 현실 사이의 경계가 모호해지거나 소설 일반론 및 소설의 존재의의라는 관념적 주제에 접근하기 쉽다는 점에서 소설이 자기 반영적 특성, 메타픽션적 특성으로 나아갈 가능성이 열려 있다는 것이 가장 큰 차이점이다.[60]

소설 속에 소설가를 등장시킨 1990년대 소설은 예술가 소설과는 다르기 때문에 소설가 소설이라고 분류해야 한다는 주장을 하고 있다. 이렇게 예술가 소설과 소설가 소설이 지니는 변별성이 인정된다고 하면, 예술가 소설의 하위개념이나, 지식인 소설의 하위개념으로 분류하기보다는 소설가 소설의 독자성을 인정해주는 것이 필요하다. 그러나 그 갈래는 소설양식의 하위개념의 하나인 유형으로 보는 것이 좋을 것 같다. 소설유형을 결정할 수 있는 근거가 비슷한 경향이 확인될 수 있는 데에 있다면, 1990년대 소설가가 주인공으로 등장하는 소설들은 소설 속에 등장하는 인물이 소설가라는 공통적 경향을 내세울 수 있다. 이런 측면에서 1990년대에 나타난 주인공이 소설가로 설정된 소설들을 소설가 소설이라는 소설유형으로 기술해볼 수도 있는 것이다.

---

60) 김현실, 「우리시대 소설가 소설의 지형도」, 『소설가 소설 연구』, 국학자료원, 1999, 11~12쪽.

4. 맺음말

이상에서 살펴본 1990년대에 소설가가 주인공으로 등장하는 소설들은 소설가들이 소설쓰기에 대한 회의, 피로감, 상업성 등에 시달려 소설쓰기에 대한 위기감에 시달리고 있다는 공통적인 주제를 가지고 있다. 이는 바로 소설가 자신이 소설의 위기를 절실하게 인식하고 있다는 점이다. 그런데 이 위기를 극복하기 위해서 소설가들이 취하는 공통적인 몸짓은 현재 소설을 쓰는 공간(집)을 탈출하고 있다는 점이다. 이는 이들 소설에서 확인되는 하나의 패턴이다. 그리고 외출이나 여행 중에 만나는 대상들을 통해 새로운 각성이나 인식을 하고 있다. 그 각성이나 새로운 인식이 쓰지 못하고 있는 소설을 새롭게 시작할 수 있는 계기를 마련해주거나 자기정체성 확인에 이르게 한다. 그리고 그 각성이나 인식이 작가 내면에서 이루어지기도 하고, 꿈이나 환상 속에서 실현되기도 한다. 문제는 이러한 각성이나 인식이 어느 정도 현실성을 가질 수 있을 것인가 하는 점이다. 현실성을 가질 수 없을 때, 작가의 위기 극복이 작품으로 실현되는 것 역시 기대하기가 힘들기 때문이다. 그러나 이러한 소설의 양상이 하나의 유형을 이루고 있다는 점에서 장르적 접근이 필요하다고 본다. 이 문제는 좀더 깊이 있게 논의되어야 할 과제로 남겨져 있다.

2부

시인·작가 만나기

때 묻은 말 씻기와 자연의 깊은 소리 드러내기
—정희성·안도현

'밤의 시론'을 위하여—정영태

일상의 비애와 울분을 넘어 풀꽃의 희망을—박태문

생명정신이 빚는 생동의 장면들—강은교

시의 등불을 앞세우고 살아온 삶의 길—강남주

귀가의 진정한 의미와 그 근원적 힘—신진

현실 부조리를 넘어서는 초월적인 힘—이규정

삶의 진정성을 찾아가는 도정의 풍경들—정인

새로운 이야기 방식과 현실인식—박민규

때 묻은 말 씻기와 자연의 깊은 소리 드러내기—정희성·안도현

　　시인들의 관심이 자연으로 향한 지도 제법 된 것 같다. 문명이 빚어내는 인위와 작위가 우리의 삶을 왜곡시켜 삶의 진정성을 훼손시켰기 때문이다. 시인들이 자연을 새롭게 인식하고 있다는 것은 우리시에 있어서 하나의 변화임에 틀림없다. 문제는 자연으로 향하고 있다는 사실이 중요한 것이 아니라, 어떤 시선으로 자연에 접근하며, 그 의미를 또한 어떻게 건져올려 독자에게 자연의 진정성을 보여주고 있느냐 하는 점이다. 즉 자연 그 자체만을 노래하는 시에 대해서는 이제 큰 의미를 부여할 수 없다. 자연과 인간, 자연과 자연, 인간과 인간과의 온당한 관계 속에서 자연이 서야 할 자리를 마련해야 한다. 정희성, 안도현 두 시인의 시집을 통해 이러한 관계성을 논의해 볼 수 있는 근거들을 찾을 수 있다.

　　정희성 시인의 시집 『詩를 찾아서』는 그의 세 번째 시집인 『한 그리움이 다른 그리움에게』(창작과비평사, 1991)를 펴낸 지 10년 만에 나온 시집이다. 쏟아내듯 시집을 펴내는 현재의 출판 사정을 감안한다면, 정 시인은 남달리 그동안 침묵의 시간을 많이 가졌다고 할 수 있다. 그래서 그의 시편에는 이전의 시들과는 다른 모습의 시를 만나게 되며, 「시가 오는 새벽」, 「시를 찾아서」, 「차라리 시를 가슴에 묻는다」 등과 같은 시에 대한 자의식을 드러내는 작품들이 유난히 눈에 띈다. 오랜 동안의 침묵을 통해 시를 새롭게 생각한 결과로 보인다. 그가 오랜 동안 침묵한 이유를 다음과 같이 노래하고 있다.

> 세상에 입 가진 자 저마다 떠들어대서
> 나는 오랫동안 참고 말 안 하는 버릇을 들이다가
> 이제는 말도 잊어버리고 말하는 재미도 잊어버리고
> 그것이 그렇게 마음 편해서
> 마침내는 시를 쓰는 것도 잊어버리고 살다가
> 그것이 그렇게 마음 편해서
> 마침내는 시를 쓰는 것도 잊어버리고 살다가
> 시인이 시를 안 쓰고 말도 안 하면
> 무엇에 쓰겠냐고 누가 혀를 차는 바람에
> 그도 그렇겠다 싶어 원고지 앞에 다시 앉으니
> 도무지 말을 처음 배우는 어린애마냥
> 서투르고 그 말이라는 게 신기하기만 하다
> 나는 말하는 법을 새로 배워야겠다

—「말」 전문

시란 말하기다. 이런 점에서 말을 잊어버린다는 것은 시를 쓸 수 없게 된 상황을 말한다. 그 상황을 재미있게 노래하고 있다. 너무 말이 많아서라고. 말이 많다는 말을 뒤집어보면, 그 본래의 참뜻은 진정성을 담보할 수 있는 말이 많지 않다는 말이다. 시인의 존재성은 말의 진정성을 찾아내는 데 있다. 그런데 말 많은 세상이 되어 말의 진정성이 사라져버렸으니, 시인이 할 수 있는 길은 말을 안 하는 수밖에 다른 길이 없는 것이다. 그러다가 말을 잊어버리고, 시를 잊어버리고 살아가는 존재가 되었다고 고백한다. 그러나 시인은 이 훼손된 말의 진정성을 회복해야 할 숙명을 지닌 자들이다. 말하지 않으면 시인의 존재성은 찾을 길이 없다. 그래서 말하는 법을 새로 배워야겠다는 시인의 결심은 시인의 자리를 또 다른 차원에서 새롭게 열어보겠다는 다짐으로 해석된다. 그러면 시인이 새롭게 배우고자 하는 그 말은 어떤 말인가? 시인은 어린애의 말을 지향하고 있다.

다섯살 배기 딸 민지
민지가 아침 일찍 눈 비비고 일어나
저보다 큰 물뿌리개를 나한테 들리고
질경이, 나싱개 토끼풀 억새
………
이런 풀들에게 물을 주며
잘 잤니, 인사를 하는 것이었다
그게 뭔데 거기다 물을 주니?
꽃이야 하고 민지가 대답했다.
그건 잡초야. 라고 말하려던 내 입이 다물어졌다
내 말은 때가 묻어
천지와 귀신을 감동시키지 못하는데
꽃이야. 하는 그 애의 말 한마디가

풀잎의 풋풋한 잠을 흔들어 깨우는 것이었다.

—「민지의 꽃」 중에서

　말 많은 세상 사람들의 말은 세속화되어 때가 묻기 마련이다. 그
때를 씻어내고 살아 있는 생명을, 그 생명 자체로 확인할 수 있는 언어
를 시인은 다섯 살 어린애의 말에서 찾고 있다. 어른의 눈에 잡초로 보
이는 대상을 꽃으로 볼 수 있는 시선, 이것이 시인이 추구해야 할 말하
는 법이란 것이다. 이는 주관과 선입관의 시선으로 자연을 보는 시선
이 아니라, 대상을 그 존재성 자체로 보려는 시선이다. 주체의 시선으
로 대상을 일방적으로 왜곡하는 것이 아니라, 그 대상을 있는 그대로
보려는 순수함에서 비롯되는 결과이다. 이 순수한 시선을 간직하기
위해 마음 다스리는 일을 실천하는 모습을 보인다. 「저너머」,「첫고
백」에서 이러한 정신을 엿본다.

　　가을물 여위어
　　소리도 정갈한데

　　묵은 때 벗고저
　　운문사 오르는 길

　　不二門 저 너머
　　하늘대는 흰 빨래

—「저너머」 전문

　순수한 시선을 간직하기 위해서는 우선 채우고자 하는 욕망을 버

려야 한다. 주체의 욕망은 언제나 자신이 바라보는 대상을 자기 입장에서 왜곡시키는 시선으로 작용할 수 있기 때문이다. 시인이 묵은 때를 벗기 위해 가고 있는 운문사 오르는 길의 분위기를 여위어가는 가을물로 인식하고 있는데, 이는 시인이 묵은 때를 벗고자하는 마음과 결코 무관하지 않다. 계곡을 충만하게 흘러넘치는 물이 아니라, 야위어 가는 물로 인식함으로써 그 물은 넘쳐흐를 때보다는 깨끗하고 순수할 수 있다. 그러므로 가을물의 흐르는 소리가 정갈하다고 감각하는 분위기와 여윈 가을물의 이미지는 조화롭게 맞물려 있는 것이다.

운문사 오르는 길을 둘러싸고 있는 자연의 이러한 분위기가 묵은 때같이 덕지덕지 붙어 있어 자기중심주의로부터 벗어날 수 없는 인간의 욕망을 씻어줄 수 있는 하나의 시적 분위기를 형성하고 있다. 충만을 바라고 채우는 것이 아니라, 버릴 때 불이문 저너머에 하늘대는 순수의 세계를 상징하는 흰 빨래를 만나게 된다. 흰 빨래 같은 마음은 어린애의 마음과 닮아 있는 것이다. 그래서 시인은 「첫고백」에서 자신의 내면에 꽉 차 있는 증오를 없애기 위해 신부님이 주문한 주기도문을 어린애의 마음이 되어 외우고 있다.

이러한 시인의 마음 바탕 때문에, 시인의 시선에 잡히는 자연은 살아 숨쉬는 존재로 생기를 얻게 된다. 즉 시인은 달이 숨쉬는 소리(「애월」)를 듣게 되며, 천둥번개 비바람 몰아쳐 천지를 휩쓸어오고 미류나무 숲이 환호작약하며 雲雨의 정을 나누고 있는 것을 보고, "나도 벌거벗고 벼락 맞으러 달려나가고 싶다"(「소나기」)고 자연과 인간이 하나되는 모습을 보이고 있다. 이런 정 시인의 시의 모습은 그의 초기시에 비하면 참으로 많이 달라진 것이 사실이다. 저항이 시인의 영원한 몫인 줄 알았던(「세상이 달라졌다」) 그였기에. 그러나 정 시인의 근원적 저항은 여전하다고 본다. 자연이 지닌 순수지향을 통해 인위와 작위스러운 것들에 대해 저항하고 있는 모습을 이 시집에서 보여주고 있기에.

　안도현 시인의 시집 『아무것도 아닌 것에 대하여』를 읽으면, 시인이 시적 대상을 노래하고 있다기보다는 시적 대상이 스스로 독자에게 노래를 들려주고 있는 것처럼 느껴진다. 이는 시인이 일방적으로 대상을 해석하는 것이 아니라, 시적 대상이 스스로를 현현하도록 시에 생명을 부여하고 있기 때문이다. 그래서 그가 노래하는 자연들은 각각 다양한 모습으로 제 목소리를 내고 있다. 그런데 그 목소리들이 자연이 지닌 이미지와 인간 삶이 함축하고 있는 이미지들이 하나로 어우러져 합일된 모습을 보여줌으로써 인간과 자연 사이의 간극은 찾아볼 수가 없다. 「가을산」은 이런 모습을 극명하게 보여준다.

　　어느 계집이 제 서답을 빨지도 않고
　　능선마다 스리슬쩍 펼쳐놓았느냐

　　용두질 끝난 뒤에도 식지 않은, 벌겋게 달아오른 그것을
　　햇볕 아래 서서 꺼내 말리는 단풍나무들

　단풍으로 붉게 물든 가을산의 형상을 어느 계집의 빨지도 않은 서답으로 이미지화함으로써 빨지 않은 서답이 지닌 이미지와 가을산 단풍이 제 각각의 모습을 갖추고 있으면서 하나로 융합되어 시가 살아 숨쉬듯 생기를 얻고 있다. 그리고 그의 시에서 어떤 때는 인간과 자연과의 관계가 대화적 관계를 유지하는 모습을 보이기도 한다.

그리하여 삶이란 화투판에서 밑천 다 날리고
새벽, 마루 끝에 앉아 냉수 한 사발 들이켜는 것
몸뚱이 하나, 혹은 불알 두 쪽만 남았다는 생각이 들 때
저 겨울 나무들을 바라볼 일이다
....
겨울 나무들, 이 악물고 떨지도 않고 말한다
두 손 치켜들고 아침을 맞으려면 아직도, 아직도 멀었다고
　　　　　　　　　　　—「겨울 나무들한테 배운다」 중에서

　　겨울 나무가 인간에게 말을 건네는 화법을 차용함으로써 인간과
자연(나무)과의 거리를 완전히 없애고 있다. 이는 나무와 인간과의 대
화를 가능하게 하는 시적 장치를 마련한 결과이다. 이런 장치를 통해
시인이 나무를 일방적으로 바라보고 해석하는 인간중심주의를 벗어
나 있다. 인간과 나무가 함께 공존할 수 있는 바탕을 마련하고 있는 것
이다. 이것이 바로 소위 생태학적 사유의 시적 실천이라 할 수 있다.
이러한 실천은 철저히 시인의 의식이 자연의 입장에 서 있어야 가능
한 것이다. 즉 자연에 인간과 똑 같은 생명을 부여할 때 가능한 것이
다. 이 점에서 안도현 시인은 뛰어난 시적 감수성과 상상력으로 인간
과 자연이 분리되지 않고 하나가 되어 있는 모습을 이번 시집에서도
보여주고 있다. 특히 안 시인은 소리에 대한 감각을 적절히 활용함으
로써 자연에 생명을 새롭게 부여하고, 그 자연이 고유한 자기 목소리
를 낼 수 있게 시적 분위기를 창출하고 있다.

　1) 마당에 풋감 하나가 쿵, 하고 떨어진다

쿵, 하는 그 소리는 무엇인가
그것은 탕아가 때늦게 제 이마를 치는 소리 같기도 하고
낯선 지구의 산기슭에 별똥별이나 번갯불이 머리를 부딪히는 소리
같기도 한데
어쨌거나 나하고는 상관없는 일이거니 했는데
                                        ─「늦여름 저녁」중에서

2) 톡, 하고
   살구 한 알이 가지를 붙잡고 있던 손을 놓는다
   (나는 엎드려 朴龍來 詩集을 읽는다)

   토독, 톡, 하고
   살구 두 알이 덩달아 떨어진다
   (풀벌레 소리가 잦아들기 시작한다)
                                        ─「소나기」중에서

3) 꽃대가 뿌리 속에 숨어서 쌔근쌔근 숨쉬는 소리
   방안에서 이불 뒤집어쓰고 누웠어도 들린다
                                        ─「大雪」중에서

4) 나무 속에
   보일러가 들어 있다 뜨거운 물이
   겨울에도 나무의 몸 속을 그르렁그르렁 돌아다닌다
                                        ─「시인」중에서

5) 나 혼자 잠든 척하면서 그 누나들의
　치맛자락이 방바닥을 쓰는 소리까지 다 듣던 귀로, 나는
　빗소리를 듣네

　빗소리는 마당이 빗방울을 깨물어 먹는
　소리

　　　　　　　　　　　　　　　　　─「빗소리 듣는 동안」 중에서

　시인의 청각이 자연의 소리를 이렇게 섬세하게 건져 올리고 있기
에 그 시적 대상들은 생명력을 갖게 된다. 그런데 시인에 의해 생명력
을 가지는 대상들이 아무것도 아닌 것, 혹은 헛것에 가까운 것들이란
점에 주목해야 한다. 즉 사소한 것들에 생명을 불어넣어 그들이 제 각
각의 목소리를 가지고 살아나고 있는 장면을 이 시집에서 만나게 된
다. 잊어버린 우주 속의 다양한 화음을 듣는 즐거움을 경험하게 되는
이유가 여기에 있다. 이것은 시인의 뛰어난 감각적 상상력이 독자에
게 베푸는 소리의 생기이다.
　정희성 시인이 달이 숨쉬는 소리를 들으며, 우주와 하나가 되듯이
안도현 시인은 세계에 산재한 사소한 소리를 감각함으로써 생기발랄
한 소리의 생명성을 부각시키고 있다. 두 시인의 자연을 대상으로 한
노래가 전통적인 자연시와 변별되는 지점이 여기에 있다.

'밤의 시론'을 위하여 — 정영태

— 폭설 속의 야간비행

1.

영태 형! 형이 지구를 떠나 저 우주로 비행을 시작하던 때는 춘삼월이었소. 2005년 3월 6일 오전 8시 20분에 형은 지구를 떠났다고 세상 사람들은 말하고 있지만, 형은 이미 아침이 오기 전에 폭설 속의 야간비행을 시작하고 있었소. 형이 야간비행을 시작하던 시간에 부산에는 100년만의 폭설이, 그것도 춘삼월에 내리고 있었소. 37cm라는 믿어지지 않는 적설양이 부산 땅을 덮었으니, 천지개벽이 이루어진 것이지요. 눈을 그렇게도 즐겨 시적 대상으로 삼던 형은 3월 5일 저녁때부터 쏟아지던 눈발에 마구 뛰기 시작하는 시인의 심장을 어찌할 수 없었겠지요. 형은 눈에 미친 시인이었소. 처음부터 눈에 미친 것은 아니지만, 눈에 대한 관심은 첫 시집 『결국 우리의 아픈 침묵 속에』(시문학사, 1986)서부터 내보이고 있습니다. 「눈 오는 날」, 「除雪」 두 편을 첫 시집에서 선보이고, 두 번째 시집에도 「첫눈·1」, 「첫눈·2」 두 편을 보여주고 있죠. 그런데 세 번째 시집인 『꿈의 끝이 여기에 있다』(문학세계사, 1989)에 오면, 「설경·1」, 「설경·2」, 「설야·1」, 「설야·2」, 「설야·3」, 「설야·4」, 「설야·5」, 「설야·6」, 「싸락눈·1」, 「싸락눈·2」, 「싸락눈·3」, 「싸락눈·4」, 「싸락눈·5」, 「싸락눈·6」, 「싸락눈·7」, 「싸락눈·8」, 「싸락눈·9」 등 무려 17편의 연작시를 폭설처럼 쏟아내고 있습니다.

형은 이 시집에 특별하게 눈에 대한 시가 많은 것에 대해 변명을 하고 있죠. 군복무 시절에 부산에서는 도저히 볼 수 없는 폭설에서 받은 충격이 도처에 남아 있기 때문이라고……. 그래서 한치 앞도 볼 수 없었던 폭설의 추억 속에서 상상력의 극대화를 추구해본 것이 이 시들이라고요. 추억 속에 남겨져 있던 폭설이 부산에서 현실화되었으니, 형의 마음이 어떠했을까 하는 것은 조금은 짐작이 갑니다. 몸은 불편했지만, 마음은 폭설이 실어다준 상상력에 그대로 있지를 못했을 것입니다. 밤늦게까지 시를 위한 메모를 계속했다는, 지상에서의 마지막 밤의 형의 모습에 대한 전언들은 이를 충분히 상상할 수 있게 만듭니다. 형이 지상을 떠나기 전에 폭설을 통해 어떤 세계를 상상했는지는 알 수가 없습니다. 그러나 이전에 남겨놓은 형의 시들을 통해 이를 충분히 상상해볼 수가 있습니다.

높은 곳에서 떨어질수록
더 가속화된다.
그렇다면
끝도 없는 고통의 세계에서 오는
저 눈송이들은
超光速으로 땅에 부딪친단 말인가.

뉴톤의 잔인한 운동 제2법칙,
오, 지구여
지구 위의 인간이여,
위험하다

인간들은 달아난다.
저마다의 혹성탈출,
슈퍼맨의 꿈을 갖고
중력이 뒤틀려 있을 혹성으로 간다.
잠의 캡슐을 타고
은밀히 줄행랑을 치는 모습들.

드디어 아무도 남지 않는다.
텅빈 지구 위에
눈송이는 무용수처럼 가볍게 내려앉는다.
그리고는 배를 잡고 깔깔댄다.

한밤중의
거대한 눈물방울
지구가 머리 위를 아득히 떠가고 있다.
뉴톤의 허무한 운동법칙을 비웃는
눈송이의 깔깔거림만 싣고서.

―「설야・6」

형은 『밤을 위한 시론』(전망, 1994)에서 하현식 시인의 시집 『모딜리아니의 노을』(청하, 1986)에 나오는 「모딜리아니의 겨울」을 해석하면서, "눈은 스스로 순결의 상징이면서 또한 다른 것을 순결하게 정화시키는 성질이 있다"고 말했습니다. 눈은 자신의 흰색으로 주위의 다른 사물을 희게 덮어버릴 능력이 있다는 것이죠. 세상을 바꾸어버릴 놀라운 힘을 말합니다. 그러나 형이 위의 시에서 노래한 밤에 내리는 눈은 순결하고 부드러운 이미지로 다가오지는 않습니다. 오히려 폭력적인 이미지가 강하게 전달되어 옵니다. 초광속으로 땅에 부딪히기에 지구 위의 인간이 위험한 상태가 된다고 노래하고 있습니다. 이 위험을 피해 지구를 탈출하여 인간들이 달아나고 있다고 상상합니다. 그래서 지구는 텅 빈 상태가 되어버린 형국입니다. 그 텅 빈 지구 위에 눈송이는 무용수처럼 가볍게 내려앉으면서 배를 잡고 깔깔댄다고 노래합니다. 형이 즐겨 사용하는 상상력이 빚은 또 다른 하나의 세계입니다.

　형도 폭설이 쏟아지던 그날 밤, 눈에 쫓겨 또 다른 혹성으로 줄행랑을 칠 준비를 하고 있었는지요. 온통 눈 세상이 되어 텅 비어버린 지구를 바라보며, 형도 지구를 떠나야겠다는 생각을 한 것인가요. 그래도 형은 가족을 남달리 아끼고 생각하는 모습을 보입니다. "꿈속에 내리는 눈을 맞지 않게 하려고" "아내와 자식에게 이불을 덮어주"(「설야·1」)는 자상함을 보이고 있기 때문입니다. 형은 이렇게 눈을 폭력적인 이미지로 받아들이기에 눈은 맞아서는 안 될 대상이 되고 있습니다. 대부분의 사람들이 맞고자 하는 눈을 형은 좀은 다른 입장에서 노래하고 있습니다. 눈에 대한 상식적인 인식을 넘어서 있습니다. 왜 눈을 바라보며 이런 상식 밖의 상상을 하고 있었던 것이죠. 형이 남겨놓은 눈을 소재로 한 여러 시편들을 읽다가, 「싸락눈·5」에 시선이 머물었습니다. 그 이유가 조금은 이해되었기 때문입니다.

　　우주인의 공격이다.
　　지상에 레이다에는 걸리지 않는 그들.

　　그들은 내려서 늘어선다.
　　흰 전투복의 위험한 방문객,
　　바다와 들, 산과 도시에
　　그들의 후손의 알을 깔아 놓는다.
　　부화되면
　　우리 몸 속으로 들어와 번식할
　　에일리언,
　　소름끼치는 외계인의 일종.

　　그들의 정체를 모르는
　　이 지구인은 그들을 반긴다.
　　그들의 환영 플래카드 위에 씌어진
　　순결, 희망, 축복, 사랑……,

　　천만에, 미안하지만 아니다.
　　지구인의 고독과 허무를 파먹고 사는
　　극히 은밀한 족속이다.
　　지구가 태어나기 전부터
　　우주를 지배하던.

한 사람의 지구인까지
내장을 속속들이 파먹고 난 후에
그들은 돌아갈 것이다.
다른 행성을 찾아
고독과 허무를 번식시킬 것이다.
한 사람도 그 정체를 알지 못한 채.

—「싸락눈 · 5」

이 시를 읽고 나면, 형이 왜 눈을 폭력적인 이미지로, 사랑하는 가족들이 맞아서는 안 되는 대상으로 인식하고 있었는지를 어느 정도 이해할 수 있게 됩니다. 눈을 지구를 공격해오는 외계인의 일종으로 보고 있으며, 지상을 공격하는 흰 전투복의 위험한 방문객으로 상상하고 있기 때문입니다. 지구인들은 눈을 순결, 희망, 축복, 사랑의 상징으로 인식하고 있지만, 눈의 정체는 결코 그렇지 않다는 것이죠. 눈을 지구인의 고독과 허무를 파먹고 사는 족속으로 보고 있습니다. 그래서 한 사람의 지구인까지 내장을 속속들이 파먹고 난 후에 눈은 또 다른 행성을 찾아 떠날 존재로 보고 있습니다. 형에게 있어 눈은, 아름답거나 낭만적인 세상을 만들어주는 대상이 아니라, "지구를 일순간에 초토화하"(「싸락눈 · 8」)는 폭력과 죽음을 수반하는 상상의 매개가 되고 있습니다. 그래서 지구인들은 눈의 정체를 모르고 그들을 환영하고 있지만, 결코 환영할 일이 아니라는 것이죠.

형이 갑자기 지구를 떠날 수밖에 없었던 것은 이런 폭설을 만났기 때문이라고 밖에는 할 말이 없습니다. 때 아닌 춘삼월에 지구를 습격해온 우주인의 공격을 형은 혼자 감당하기가 힘들었던 것이죠. 그러나 형은 폭설이 난무하던, 우주인의 공격이 너무나 심하던 그 밤을 혼자 힘들게 견디어냈습니다. 형의 고독과 허무의 심장을 겨냥하던 눈의 공격을 밤새도록 견디어냈습니다. 그 밤 형이 고투하며, 폭설과 너무 힘들게 싸웠기에 아침이 밝아오자 형의 기력은 더 이상 이 지상에 남아 있을 수 없을 정도로 쇠잔해졌습니다. 밝아오는 햇살과 함께 지상을 공격했던 눈들이, 또 다른 행성을 공격하기 위해서 다른 행성을 찾아서 서서히 물러갈 채비를 하기 시작했지만, 형은 끝내 기진해서 일어나지를 못했습니다. 눈은 물러갔지만, 형은 지상의 사람이 아니었습니다. 형이 즐겨 노래하던 우주 공간을 향해 비상해 가버렸습니다. 허공을 향해 비상해버렸습니다.

2.

형은 『밤을 위한 시론』에서 「야간비행」론을 다각적으로 펼쳐놓고 있습니다. 시인이란 언제나 일상에서 밤 속으로 떠나는 존재임을 우선적으로 강조합니다. 야간비행을 통해 시인은 참된 자유를 만날 수 있다는 것이죠. 그런데 그 비행을 수평이동과 수직비행으로 나누고 있습니다. 어떤 시인들은 수평이동을 통해 얼마나 가까이 다가가는가에 관심하기도 하지만, 높이의 문제인 수직비행도 이루어진다는 것. 지상의 사물과 이야기 나누기를 거부하고, 혼자만의 절대세계를 찾아 수직으로 비상한다는 것입니다. 그래서 형은 수평이동의 비행보다는 수직비행을 선호하고 있었습니다. 수직비행을 보여주는 이형기 시인의 시에 관심하고 있는 것은 이런 연유이죠.

말은 옆으로만 퍼지는 게 아니다.

때로는 이웃을 거부하고
혼자 위로만 솟구쳐 오르는 몸부림
수직의 언어여.

황사 뿌옇게 하늘을 가린
지난 봄 어느 날
교외의 보리밭가에서 종다리 한 마리가
내게 그것을 가르쳐 주었다.

수직의 언어는 귀로 듣지 못한다.

그날 내 相界의 저쪽에서
마침내 불꽃으로 타 버린 종다리
다만 마음 하나로 우리는
그 뜨거움을 확인할 뿐이다.

그러나 어느새 봄이 가고
이 세상 종다리 모두 씨 말라 버렸을 때
문득 쳐다본 밤하늘
거기서 우리는 다시 만난다.
은하처럼 증식한 수직의 언어들을.

─이형기의 「垂直의 言語」

형은 이형기 시인의 이 시를 해석하면서, 수직의 언어는 시인을 비행하게 하는 힘을 갖게 한다고 말합니다. 시인의 고독한 수직언어는 때로는 이웃을 거부하고, 단절되고 고립된 세계를 지향한다는 것. 그런 세계는 지상에 없기에, 혼자 위로만 솟구쳐 오르는 몸부림이 토해내는 언어는 그날 내 시계의 저쪽에서 마침내 불꽃으로 타버린 종다리가 있는, 황사 뿌옇게 가린 하늘에 있다는 것입니다. 그 수직언어는 귀로 듣지 못하고, 다만 마음 하나로 그 뜨거움을 확인할 뿐이라고 노래하고 있습니다. 그 노래에 형은 동감하고 있습니다.

그래서 수직언어를 가르쳐준 종다리가 불꽃으로 타버리고 나면, 밤하늘에서 은하처럼 증식한 수직언어를 다시 만나는 수직에 수직을 더하는 야간비행을 계속하고 있는 시인을 만나고 있습니다. 형의 이러한 수직언어에 대한 집착은 「우주관측」 연작시와 천체공간에 대한 탐색으로 이어지고 있습니다. 형은 우주관측을 위해 우주선까지 한 대를 준비했습니다. 그것이 「파이오니아 10호」였죠.

> 여러 얼굴의 밤이
> 수억 광년 밖에서 태어나고 사라진다.
> 아직 안아보지 못한
> 밤을 그리워하면
>
> 내가 가고 있는 곳은
> 꿈도 없고, 잠꼬대도 없는
> 순결한 잠만 끝없이 이어진 그곳
>
> 창세기 이후로 진정한 밤이란 없다
> 카오스는 우주 저 너머로 도망가 버렸다
> 인간의 우주선이 쫓아 오지 못하는

신화와 전설이 살아있는 나라로

인간들아
너희는 내게 속은 것이다
전송사진을 현상해 보아라
아름다운 밤만 들어있을 것이다
인간의 눈으로는 알 수 없는 밤이

또한
우주에 가득한 새와 악기들
내가 전송하는 그들의 노래를
너희는 듣지 못한다
쉼표만으로 이루어진 음악을 듣기에는
인간의 귀는 진화되지 못했으므로

그 아래에다
멸망한 고대 문명의 설형문자로 씌어진
해설을 붙여 보내마

빛나는 소립자의 눈보라가 휘날리는
이 시간과 공간을 지나면서
나는 이해할 것 같다
창조하고
소멸시켜야 하는
신의 엄청난 고독과 고뇌를

가시나무를 찾지 못한
가시나무새들이
지금쯤 지구 위에서 눈보라처럼
무수히 날고 있을 것이다

나의 마지막 송신은
이런 말로 끝이 난다
지금이라도
사과나무 대신
가시나무를 심지 않으면 안된다
그들을 지상으로 내려오게 하기 위하여
인간이여
너희들의 종말을 아름답게 하기 위하여

지구 위의 불이 다 꺼진 후면
잘 들어 보아라
우주의 끝에서 메아리쳐 돌아오는
지구가 태어났을 때의 울음 소리를

밤의 눈시울 안에 숨어 잠든
지구의 눈물샘이 부끄러운 듯 깨어난다
수줍은 목소리로
어디로 흘러가야 하는가를 묻는다
결국 어디엔가 닿기 전에

다 말라 버릴 줄도 모르고

꿈이 없는 순결한 밤
그 중에도 가장 아름다운 밤을 확인하려고
나는 영원히 가고 있을 것이다
우주의 암흑과
황홀한 침묵 속을

—「파이오니아 10호」

형은 「파이오니아 10호」를 타고, 우주공간을 비행하고 있습니다. 형이 비행하고 있는 우주공간은 "꿈도 없고 잠꼬대도 없는 순결한 잠만 끝없이 이어진 곳"이며, "인간의 우주선이 쫓아오지 못하는 신화와 전설이 살아있는 나라"라는 점에서, 우주의 근원을 향해 나아가고 있음을 암시하고 있습니다. 형은 언제나 밤을 통해 존재의 근원에 가 닿으려는 욕망을 상상해 왔습니다. 그 존재의 근원을 향한 여정을 이 시가 보여주고 있습니다. 형이 우주여행을 하면서 전송하는 사진들을 인간의 눈으로는 알 수 없을 것이라는 언표는 형이 가고 있는 우주 공간과 지상이 다른 세계임을 분명히 하고 있는 것입니다. 그리고 형이 마지막으로 송신한 "지금이라도/ 사과나무 대신/ 가시나무를 심지 않으면 안된다"는 전언은 지상을 향한 경고처럼 들려옵니다. 인간의 아름다운 종말을 위해서 필요한 조치라고 말합니다. 이러한 경고는 형 특유의 상상력이 발휘되고 있는 장면입니다. 그런데 형의 궁극적 관심은 "꿈이 없는 순결한 밤/ 그 중에서도 가장 아름다운 밤을 확인하려"는 데 있습니다. 그것을 위해 「파이오니아 10호」를 타고, 형은 "영원히 가고 있을 것"이라고 노래합니다.

형은 이 지상에서 떠나기 전에 「파이오니아 10호」를 타고, 이미 우주여행을 경험하였습니다. 그래서 형은 저승으로 떠나는 길이 그렇게 힘들지는 않았는지요. 형이 도착한 우주공간이 어디쯤인지 궁금하기만 합니다. 형이 「파이오니아 10호」를 타고, 이미 다녀왔던 우주공간을 통해 상상해볼 따름입니다.

우주의 심연에는
겨울 눈이 내리고 있었다
눈송이가 녹지 않고 바닥에 쌓였다
은어떼인가
지구에서 떠난 고기의 암컷이
빛을 산란하고 있었다
고기의 눈은 별을 닮아 있었다
겨울은 끝이 보이지 않았고
산란도 끝이 없이 진행되었다
그리고
케이프 타운을 떠난 우주선 하나
심연의 바닥을 들여다 보며
황홀한 사정의 순간을 기다리고 있었다.
지구에는 멸종한 종족으로 시작될
신화를 낳기 위하여

―「우주관측 · 2」

형이 도착한 우주의 심연에도 눈이 내리고 있었습니다. 폭설이 쏟아지는 밤, 형은 폭설 속의 야간 비행을 감행하고 있었으니, 형이 도착한 그곳 역시 눈이 내리고 있을 법도 합니다. 그리고 우주의 심연에서 확인한 것은 눈과 같은 이미지를 지닌 빛의 산란입니다. 이 빛의 산란이 끝나지 않는 곳이 형이 바라본 우주의 심연입니다. 빛의 산란은 천지가 태초에 창조될 때 가장 먼저 창조된 것이 빛이라는 점에서, 형은 분명 그 근원에 도달한 것만은 확실합니다. 그 곳에서 형은 또 다른 역사를 시작하려 합니다. 그것이 형이 타고 간 우주선이 "심연의 바닥을 들여다 보며/ 황홀한 사정의 순간을 기다리"는 자세입니다. 이는 "지구에는 멸종한 종족으로 시작될/ 신화를 낳기 위하여" 필요한 과정으로 보입니다.

형은 벌써 저승에서 이 일을 시작했겠지요. 그런데 지상에서 시인이었던 형이 그곳에서 할 수 있는 신화창조의 일이 무엇일지 궁금해집니다. 그것은 형이 언제나 강조한 밤의 언어, 시적 상상력만으로 소통이 가능한 일이라 여겨집니다. 그래서 지상에는 없는 형과 소통하기 위해서는 이형기 시인이 노래한 수직언어를 새롭게 익혀가야 할 것 같습니다.

> 이 세상 종다리 모두 씨 말라 버렸을 때
> 문득 쳐다본 밤하늘
> 거기서 우리는 다시 만난다.
> 은하처럼 증식한 수직의 언어들을.
> ―이형기의 「垂直의 言語」 중에서

형! 한 달쯤 먼저 그곳으로 떠난 이형기 시인과는 반갑게 만났습니까? 그리고 지금은 매일 만나 수직언어를 나누고 있는지요. 밤하늘의 은하수를 쳐다보며, 오늘밤은 그것이 궁금합니다.

일상의 비애와 울분을 넘어 풀꽃의 희망을 — 박태문

1.

　박태문 시인을 떠올리면 우선 풀 하나가 선명히 다가선다. 그의 많은 시편에서 풀을 주요한 이미지로 삼고 있을 뿐만 아니라, 그의 시편들이 보여주는 예민한 감성들이 풀을 닮아 있기 때문이다. 또한 박태문 시인은 시인의 존재를 "얼마나 나약하며/ 얼마나 하찮은 존재인가"(「풀밭에서」)라고 노래하면서 이를 풀의 존재성에 빗대고 있기 때문이다. 그런데 그의 풀 이미지는 김수영의 풀 이미지처럼 강인한 생명력을 보여주지는 않는다. 상처받기 쉽고, 연하고 부드러운 풀 이미지가 더 강하게 느껴진다. 왜 이런 이미지로 그의 시들이 다가서는가? 풀이 생존하고 있는 상황이 풀의 고독한 정황과 고뇌를 함께 보여주기 때문이다. 박태문 시인이 노래하는 풀이 처한 정황부터 읽어보자.

　　풀 하나가

어둠 속에서 몸을 떤다
비에 젖은
어둠이 풀 하나를 껴안고
비에 젖은 어둠이
풀 하나와
더불어 운다
더불어 우는 풀 하나와
어둠

―「풀 하나가 1」 중에서

풀 하나가 처해 있는 상황이 구체적으로 제시되고 있다. 우선 어둠 속에 있다는 것이며, 다음으로는 그 어둠이 비에 젖어있는 상황임을 노래한다. 어둠도 부정적인 상황인데, 그 어둠이 비에 젖는 상황은 부정적인 상황이 겹쳐져 있음을 보여주는 것이다. 그런데 이러한 상황 속에 놓여 있는 풀이 보이는 반응이 중요하다. 첫 번째 반응은 어둠 속에서 몸을 떠는 형태이다. 그런데 어둠이 비에 젖게 되는 상황 속에서는 우는 상태로 나아간다. 그래서 비는 풀을 울게 하는 매개로 작용하고 있다. 이는 비의 이미지가 풀에게 있어서는 단순한 상태가 아님을 보여주는 것이다. 그러므로 우리는 박태문의 시를 제대로 이해하기 위해서는 비에 젖는다는 것이 그의 시에 있어서 어떤 의미망을 구축하고 있는지를 파악해야 한다. 시 「비에 젖어서―자화상 1959년」가 그 단서를 제공한다.

풀 하나가
비에 젖어서

풀 하나가

비에 젖은 그만큼

세계의 한 모서리가 또한

비에 젖어서

비에 젖어서 우리는 퇴색한

旗幅처럼

비에 젖어서

우리는 빛바랜 공업단지

회색 담벼락처럼

희망도 없이

우리는 오리무중의 터널 속 같은

어둠을 전력투구로 밀어붙였지

밀어붙였지

맹목이었어

비에 젖어서

풀 하나가 몸을 떨 듯이

비에 젖어서

풀 하나가 가쁜 숨을 몰아 쉬듯이

비에 젖어서

우리는 질척이는 어둠을

헤매이었지

마냥 헤매이었지

등불 하나 없이

우산도 없이

—「비에 젖어서」

이 시는 앞선 「풀 하나가 1」의 시 내용과 동일선상에 놓이는 작품이다. 오히려 그 시를 좀더 구체적으로, 현실적으로 풀어놓은 내용으로 보아도 무리가 없다. 변한 것이 있다면 '풀 하나가' 이 시에서는 우리라는 공동체로 나아갔다는 점이다. 즉 풀이 단순한 풀이 아니라, 인간의 상징물로 노래되고 있음을 알아차릴 수가 있다. 그리고 이 시에서는 어둠과 비속에서 풀로 상징된 우리가 어떤 행동을 보여주었는지를 구체적으로 보여주고 있다. 어둠 속에 그냥 묻혀 있는 것이 아니라, "오리무중의 터널 속 같은 어둠을 전력투구로 밀어 붙였"고, 비에 젖고만 있는 것이 아니라, "비에 젖어서 질척이는 어둠을 헤매였"음을 노래하고 있다. 뿐만 아니라, 이러한 행위가 어둠을 밝히는 등불 하나 없이, 비를 피할 수 있는 우산도 없이 이루어졌다는 점에서, 시인의 고된 일상을 쉽게 떠올리게 된다. 그러므로 비에 젖는 어둠 속의 상황이란 삶의 고통과 어려움을 상징적으로 보여주는 시적 현실이다.

이러한 상황 속에 놓여진 풀이 대응하는 또 다른 하나의 양상은 「풀 하나가 2」에서는 직접적인 감정의 발로로 나타난다. "어둠 속에서도 달빛 속에서도 울먹이면서 통곡하면서 고뇌하며 기도하는"(「풀 하나가 2」) 모습이 그것이다. 이는 현실적 삶의 무게가 주는 중압감에서 벗어나지 못하는 시인이 대응할 수 있는 유일한 방법인지도 모른다. 그래서 그의 시편에는 현실적 삶의 고통을 상징하는 어둠과 비의 이미지가 자주 등장한다. 그의 등단 작품인 「밤의 遍歷」에서부터 이러한 모습은 확인된다. "이분전/ 영시의 거리에는 비가/ 싸늘한 가슴들을 적시며 흘러내리"는 정황 속에서 "죽음은 어디선가/ 나를 유혹하면서 있었다"(「밤의 遍歷」)고 노래함으로써 어둠과 비는 박태문 시인의 시적 토대를 이루는 중요한 상징물이 되고 있다. 현실은 시인에게 있어서 언제나 어둠과 비로 인식되고 있는 것이다.

그러나 박태문 시인의 시에서 건강함을 읽어낼 수 있는 것은 그 비와 어둠에 그대로 굴복하지는 않는다는 점이다. 어둠이 빌딩을 적신다하더라도, "어둠은 그러나 너를 적시지 못하고, 나를 또한 적시지"(「어둠이 바다를 」)는 못한다고 노래하고 있기 때문이다. 이러한 시인의 현실은 건강하기는 하지만, 자신에게 피로감을 안겨주는 것은 어찌할 수 없다. 몰려오는 현실의 어둠에 젖지 않으려는 시인의 몸부림이 피곤을 동반하는 것은 자연스럽다.

    나 피로해
    대열을 벗어난 늙은
    병사처럼, 해진
    그의 군화처럼, 그리고
    나 피로해
    울다가 지친 아이처럼
    시들은 배추잎처럼
    시들은 배추잎처럼
    참말이야
    나 피로해
    강 바닥에 엎드려
    천년을 기다려 온 이무기
    처럼
    가문 날
    갈라터진 논바닥처럼
    갈라터진 내 생의 잔해여
    피로해

지금 그리고
나 피로해

—「生의 殘骸」

어둠과 비가 엄습하는 현실 속에서 이와 맞서는 일은 참으로 피로한 것이다 그래서 시인은 서슴없이 그러한 삶의 피로를 내뱉고 있다. 그 피로한 상태를 비유로 나열한 내용들은 피로의 상태가 어떠함을 잘 보여준다. 그 중에서도 "시들은 배추처럼"과 "갈라터진 논바닥처럼"은 두 번씩이나 반복함으로써 삶의 피곤 정도를 실감나게 전해주고 있다. 삶의 피곤을 이렇게 구체화하고 있다는 점에서 박태문의 시는 현실인식에 근거한 리얼리즘적인 요소를 그의 시에서 보여주고 있다고 할 수 있다.

2.

어둠과 비를 통해 현실적 삶의 고통과 짐을 노래한 박태문은 가을과 겨울이란 계절적 인식을 통해서도 그의 이러한 시세계의 한 부분을 드러낸다. 봄과 여름에 대한 계절적 인식이 전혀 없는 것은 아니지만, 박태문 시인은 「낙엽1」, 「가을」, 「낙엽2」, 「가을 어느 날」, 「11월의 비」, 「미류나무에」, 「가을에」, 「대리석 원주를」, 「눈오는 밤에」, 「눈에 관한 두 편의 시」, 「어떤 겨울 저녁에」, 「겨울엽서1」, 「겨울엽서2」, 「겨울엽서3」, 「이 겨울을」, 「눈의 이마주」, 「겨울에」, 「겨울아침」, 「막내의 겨울」 등의 작품에서 가을과 겨울을 소재로 그의 시상을 펼치고 있다. 우선 박태문 시인이 인식하고 있는 가을노래에 귀기울여보자.

이제 廣場은 텅 비었다

싸늘한 거리, 싸늘한

體溫의 모든 살아 있는 것들을

두고

世界의 품 안에서

世界의 품 안으로 떨어져

네가 돌아가는

이 우리들의 들길은

텅 비었다

지금은 11월 저녁

메마른 땅 우에도

하늘에도 네 安住의 집은

없다

지금은 11월 저녁

너는 떨어지고

수없이 떨어진다

어떤 것은 佛陀의 손바닥

안에서 졸고

어던 것은 이마로 鐘身을

깨트린다

나는 떨치고 일어선다

이 텅빈 廣場에서

우리의 苦悶이며

彷徨이며 그런 몸부림들을

수없이 描寫하면서

불태우면서

너는 이 싸늘한 11월의 하늘

아래 어디서고 소리내어

운다

　　　　　　　　　　　　　　　　　　　　　　—「낙엽2」

　11월, 모든 것이 떨어져 내리고 텅 비워져 가는 가을의 분위기를 낙엽을 내세워 노래하고 있다. 그래서 지상에는 낙엽이 안주할 집이 없다. 조락만 있을 뿐이다. 시인은 낙엽을 향해 "너는 이 싸늘한 11월의 하늘/ 아래 어디서고 소리 내어/ 운다"고 묘사한다. 낙엽만 조락하며 우는 것이 아니라, 「가을」에는 "대리석 싸늘한 層階"조차 무너지며, "낙엽을 밟으면서/ 비에 젖으면서/ 어둠이 깔리는 鋪道 위에/ 발자국을 찍으면서/ 우리 청춘"(「11월의 비」)도 속절없이 무너진다. 계절만 무너지는 것이 아니라, 결국 시인의 영혼도 「가을 어느 날」 깊은 늪 속으로 침잠하고 만다.

多少 바람이 불고

또 조금 비가 뿌렸다

1975년 가을

어느 날

풀잎이 흐느끼고

흐느끼는 풀잎 우에

바람과 비가

同時에 흩날렸다

바람과 비는 同時에
흐느끼는 풀잎의 사연들을
머나먼 곳으로
자꾸 실어만 갔다
1975년 가을
어느 날
내 영혼은 결코
安定일 수 없는 깊디
깊은 늪 속으로
침잠해 갔다

―「가을 어느 날」

　이 시에서의 시인의 계절인식은 단순한 가을 계절 자체만의 노래
로 끝나지 않는다. 비 오고 바람 부는 가을날의 인식이다. 이 시의 전
반부에서는, 이미 앞서 풀잎을 통한 현실인식에서 등장했던 비가 그
대로 계절인식의 매개로 나타난다. 비가 뿌려 풀잎이 흐느끼고, "바람
과 비는 흐느끼는 풀잎의 사연들을 머나먼 곳으로 실어만" 가는 것으
로 노래한다. 그러나 그 풀잎과 시적 화자는 시의 후반부에 오면, 동일
화되어버린다. 즉 비와 바람에 흩날리는 풀잎처럼 내 영혼도 안정일
수 없는 깊은 늪 속으로 빠져들고 있다. 어둠과 비를 통해 고단한 현실
을 인식하던 시인의 시선이 이 시에서는 비와 바람으로 바뀌고 있다.
그러므로 '비와 바람 부는 가을날'과 '비가 내리는 어둠 속'은 동일한
현실인식임이 드러난다.
　이렇게 가을을 통한 힘든 삶의 노래는 겨울에도 그대로 이어진다.

辛苦의 비 내리다

얼어붙은 江

건너지 못하는 내 肉身

서러운 肉身

비틀거리다

咫尺間의 이승과 저승

오

산하여, 산하여

서러운 내 등줄기에

퍼붓는 비여

―「겨울에」

　　겨울강은 얼어붙어 있는데, 시인이 인식하는 겨울에 대한 감각은
우선 '辛苦의 겨울비'로 나타난다. 강물이 얼어붙은 상황 속에서 비
가 내릴 수는 없다. 겨울비는 겨울눈으로 인식되어야 한다. 그런데도
시인은 '辛苦의 겨울비'로 노래하고 있다. 그렇다고 시인이 다른 시
편에서 겨울눈을 전혀 노래하지 않고 있는 것은 아니다. 그러므로 '辛
苦의 겨울비' 속에는 시인의 현실인식이 개재해 있는 것이다. 그 현실
인식의 내용은 辛苦 때문에 빚어지는 '비틀거리다'라는 행위와 '서러
움'의 감정과 깊이 관련되어 있다. 신고가 삶을 비틀거리게 만들고,
그러한 삶의 힘듦은 시적 화자의 감정에 서러움을 안겨주고 있는 것
이다. 그리고 그의 초기시에서부터 시인의 의식 속에 잠재해 있는 비
에 대한 관념 때문이다. 비는 시인의 삶을 축축하게 적셔 힘들게 만드
는 삶의 장애물로서 시인을 끈질기게 따라다니는 상징물이다. 그 비
가 시적 화자의 등줄기에 서럽게 퍼붓는 상황이 겨울이 주는 삶의 정

황이다. 그러므로 박태문 시인에게 있어, 가을과 겨울의 계절이 주는 의미는 결코 밝고 환하게 열려지는 상황이 아님을 보여준다.

그러나 박태문 시인의 시에서 만나는 아름다움은 그러한 삶의 상황에 대해 결코 쉽게 물러서지 않는 의지를 보여준다는 점이다. 겨울을 넘어 설 미래적 전망을 분명히 간직하고 있다.

> 가을이 깊어졌습니다
> 멀잖아 겨울이 닥칠 것입니다.
> 벌거벗은 나무들이 소리내어
> 울고
> 얼어붙은 하늘 높이 기러기
> 떼지어 날아갈 것입니다
> 모두 그렇게 떠나 갈 것입니다
> 가을이 깊어졌습니다
> 을시년스러운 거리의 풍경들이
> 싸늘하게 굳어 있고
> 그리하여
> 겨울이 와서 우리를
> 긴 잠 속으로 빠트릴 것입니다
> 잊지 마십시오
> 겨울에도 그러나 우리는 죽지 않고
> 겨울에도 그러나
> 우리는 역시 살아 있을 것입니다
>   —「편지—어떤 풀이 또 다른 풀에게」

가을이 와서 모두들 떠나고, 겨울이 와서 "우리를 긴 잠 속으로 빠트린"다고 해도 죽지 않고 살아 있을 것이라는 확신에 찬 노래를 부르고 있다. 죽음을 상징하는 겨울, 그 겨울의 한 복판 속에서도 죽지 않고 살아 있을 것이라는 시인의 확신에 찬 노래의 어조는 비와 어둠에 젖어 있던 앞선 시들에서와는 상당히 변별되는 분위기이다. "그러나"를 반복하는 어조 속에서 시인의 강렬한 의지가 살아 숨쉬고 있다. 이러한 시인의 의지는 「봄이 오면」에서는 더욱 긍정적이고 밝은 이미지로 이어지고 있다.

바람 불고 어둠이고 겨울이다
바람 그치고 어둠 걷히면
봄이 오리라
봄이 오면 임이여
그대 눈물 글썽이리라
그대 글썽이는
눈물 그대로 세상을 보면
그대 눈물 그만큼 세상은 밝아오고
임이여, 그대 눈물 그만큼
그 빛깔만큼
세상은 또 그만치 살고 싶어지리라
한결 더 살고 싶어지리라

—「봄이 오면」

아직은 바람과 어둠이 있는 겨울임을 시인은 인정한다. 그러나 겨울을 견디고자 한 의지로 봄이 오리라는 확신과 시인이 갖는 예감은 확실하다. 바람 그치고, 어둠이 걷히면, 봄이 온다는 확신은 무엇인가? 비에 젖고 어둠에 묻힌 것과 같은 어려운 현실적인 삶이 언젠가는 밝은 현실로 바뀔 것이라는 것을 의미한다. 그러면 그날 그대는 기쁨의 눈물을 글썽이리라고 노래한다. 중요한 것은 그대의 눈물 글썽인 만큼 세상이 밝아온다는 시적 언표이다. 겨울을 지나면서 견디어온 서러움, 그 서러움은 봄이 오는 날, 그 서러움만큼 기쁨의 눈물로 바뀔 수밖에 없다. 그러므로 그대의 눈물만큼 세상이 밝아온다는 의미는 그대가 겪은 서러움만큼 세상이 밝아오기를 기대하는 의미이기도 하다. 그래서 시인은 그러한 세상은 "한결 더 살고 싶어지리라"고 희망한다. 이러한 시인의 삶에 대한 긍정은「축복 받을 일 하나 없어도」열심히, 선하게 살고자 하는 새로운 삶에 대한 다짐을 선언하기에 이른다.

> 열심히 살겠습니다
> 열심히 열심히
> 우리 그렇게 살겠습니다
> 비바람에도 천둥번개에도
> 결코 무너지지 않겠습니다
> 흩어지지 않겠습니다
> 더욱 뜨겁게 껴안겠습니다
> 짓밟히고 뿌리 뽑혀도
> 우리 죽지 않고 일어서겠습니다
> 질긴 생명력으로 일어서고
> 또 일어서겠습니다
> 축복 받을 일 하나 없어도
> 주어진 삶 오래 간직하겠습니다.

열심히 살겠습니다
열심히 더욱 열심히
그리고 선하게
우리 그렇게 살겠습니다
축복 받을 일 하나 없어도
　　　　—「축복 받을 일 하나 없어도-이름 없는 풀들의 노래」

　어둠에 묻히고, 비바람에 짓이겨져서 죽음의 겨울을 맞이하더라도 거기에 굴하지 않고, 질긴 생명력으로 일어서고자 하는, 풀을 통한 생명력의 확인은 박태문 시인으로 볼 때, 놀라운 변화이며 자기전환이다. 어둠과 비바람에 시달리며 살아야 하는 풀로 노래되던 때의 어둠의 이미지와 울분의 감정들이 걷히고, 삶의 긍정으로 전환된 분위기를 시에서 읽어낼 수 있기 때문이다. 축복받은 일 하나도 없는, 이름 없는 풀처럼 살아간다 해도 열심히, 그리고 선하게 살고자 하는 그의 삶에 대한 고백 앞에서 소시민의 소박한 꿈과 만난다.

　그런데 박태문 시인은 이 소박한 꿈만 노래하고, 이를 제대로 향유하지 못한 채, 너무 일찍 우리 곁을 떠났다. 그가 노래한 이 소박한 소시민의 꿈이 더욱 그리워지는 것은, 지금 우리는 그 꿈조차 꾸지 못하는 시대에 살고 있기 때문이리라.

생명정신이 빚는 생동의 장면들 — 강은교

1.

　강은교 시인은 우리에게 허무를 노래한 시인으로 우선 다가선다. 이는 그의 초기시들이 보여준 삶과 죽음 사이에 깊이 내재되어 있는 허무의 색체 때문이다. 허무의 심연에 깊이 침잠한 결과이다. 그러나 그의 허무의식은 허무 자체만의 노래는 아니었다. 허무를 초극하는 생명의식이 이면에 도사리고 있었다. 그 생명의식은 초기에는 관념적인 차원에 머무는 듯 하나, 중기에 오면 현실적인 대응력을 지니는 힘으로, 그리고 시력이 깊어지면서 구체적 일상의 삶에서 역동하는 생명의식으로 진전되는 모습을 보인다. 여기서 논의 대상이 되는 시편들은 일상의 삶에서 시인이 보여주는 생명의식의 한 편린들이다. 많은 시편은 아니지만, 최근의 시편을 통해, 강은교 시인의 생명의식을 살펴봄으로써, 시인이 근래에 가진 관심사와 지향점을 살펴보고자 한다.

2.

여성들의 일상적인 삶에 있어 뺄 수 없는 일 중의 하나가 빨래다. 시인의 눈에 그러한 일상의 모습이 걸려들고 있다. 「빨래너는 여자」에서 우리는 옥상에서 빨래 너는 여자의 행위가 보여주는 생동하는 한 장면을 만난다.

햇빛이 '바리움' 처럼 쏟아지는 한 낮, 한 여자가 빨래를 널고 있다. 그 여자는 위험스레 지붕 끝을 걷고 있다, 런닝 셔츠를 탁탁 털어 허공에 쓰윽 문대기도 한다, 여기서 보니 허공과 그 여자는 무척 가까워 보인다, 그 여자의 일생이 달려와 거기 담요 옆에 펄럭인다, 그 여자가 웃는다, 그 여자 의 웃음이 허공을 건너 햇빛을 건너 빨래통에 담겨 있는 우리의 살에 스며든다, 어물거리는 바람, 어물거리는 구름들,

그 여자는 이제 아기 원피스를 넌다. 무용수처럼 발끝을 곧추세워서서 허공에 탁탁 털어 빨랫줄 에 건다. 아기의 울음소리가 멀리서 들려온다.

그 여자의 무용은 끝났다. 그 여자는 뛰어간다. 구름을 들고.

(1996)

빨래 너는 행위는 일상적인 일 중에 그렇게 재미나는 일은 아니다. 모든 일상의 일이라는 것이 다 그렇지만 늘 반복되는 일 중의 하나다. 그래서 무의미한 노동으로 전락되기 쉽다. 그런데 시인의 시선에 걸려든 빨래 너는 여자의 행위들은 노동이 아닌 예술로 승화되어 있다.

빨래 너는 행위를 무용으로 인식하는 시인의 시선이 그것이다. 빨래 너는 행위가 무용으로 인식되는 이유는 무엇인가? 빨래 너는 일이 고통이나 단순한 노동이 아니라, 웃음을 짓게 하는 아름다운 행위로 인식되고 있기 때문이다. 그리고 빨래 너는 여자의 행위가 자연과 조화를 이루고 있어, 그것 자체가 한 폭의 그림처럼 인식되기 때문이다. 빨래 너는 행위 자체의 단순한 묘사가 아니라, 행위의 의미를 객관적 거리를 가지고 주관적으로 해석해내고 있다. 그 결과는 어물거리는 바람과 구름이 지나는 허공을 배경으로 집 옥상에서 여자가 빨래를 너는 행위는 단순한 정물화가 아니라 생동하는 영상으로 다가선다. 특히 빨래 너는 여자가 아이 우는 소리에 민감하게 반응하는 모습을 보임으로써 모성애에서 비롯되는 생명감을 이 시의 주요한 생명의식으로 전경화시키고 있다. 이러한 생명감에 충일한 노동은 단순한 노동을 넘어 예술로 승화된다. 발끝을 곧추세워 빨래를 너는 행위가 무용일 수 있는 이유가 여기에 있다. 무용은 생동감의 극치이며 생명의식의 발현이다. 이러한 생명의식의 발현은 어머니와 아이의 관계 속에서만 확인되는 것이 아니라, 자연에 놓여 있는 무의미한 잡초를 통해서도 확인되고 있다. 「아, 이걸 어째?」는 이러한 생명의식을 잘 드러내고 있다.

화분에 물을 주다가 구석에 삐죽 솟아있는 잡초를 뽑았습니다.
안 뽑히는 것을 억지로 비틀어 뽑았습니다.
순간, 아야야 하는 잡초의 비명이 들려왔습니다.

아, 이걸 어째?
내 손에 피가 묻었습니다

아, 이걸 어째?

(1999)

　잡초는 자연 식물 중 어쩌면 가장 하찮은 존재이다. 하찮은 존재에 대한 인간의 일반적인 대응방식은 함부로 혹은 너무 쉽게 그 대상을 수단화한다는 점이다. 그래서 잡초는 무의미한 대상으로 치부된다. 시적 화자의 잡초에 대한 처음 인식은 이러한 면모를 잘 보여준다. 화분에 뿌리를 내린 잡초는 사실 화분의 주인공인 화초에 비할 때 상대적으로 존재의미가 없다. 그래서 시적 화자도 화분에 심긴 식물을 위해 아무 생각 없이 잡초의 뿌리를 뽑아낼 수 있는 것이다. 화분에 심긴 식물과 잡초는 분명히 구분되고 차별화되는 대상으로 비친다.

　그런데 시적 화자는 뽑히지 않는 잡초를 비틀어 뽑는 순간 새로운 눈뜸을 경험한다. 생명이 지르는 비명 소리를 들은 것이다. 피 흘리는 생명을 인식함으로써 잡초는 새로운 존재로 부상한다. 아무것도 아닌 존재에서 인간과 같이 아파하는 생명체로 다가선다. 잡초의 비명과 피 흘림을 통해 잡초는 인간과 동등한 생명체로 인식된다. "아, 이걸 어째?"라는 반복되는 시적 화자의 당혹과 죄의식은 잡초를 다시 보게 만드는 전환의 계기를 마련한다. 생명에 대한 시인의 민감한 반응의 결과이다. 이는 잡초도 인간과 똑같은 생명을 지닌 존재라는 생태학적 사유에 토대를 둔 생명의식의 발현이다. 이러한 자연을 통한 생명의식의 발현은 「집으로 가는 길」에서 만난 은행잎 한 장을 통해서도 예민하게 드러난다.

　은행잎 한 장

집으로 가는 나를 불러 세웠어

은행잎 한 장
멈칫멈칫 내게 손을 내밀었어

은행잎 한 장
내 손을 꽈악 잡았어

은행잎 한 장
내 손 안에서 파삭 부스러졌어

노오란 피, 노오란 연기
가을 바람 한 올이 바삐 지나가다가
멈추어 섰어
집으로 가는 길

(1999)

　잡초를 통한 자연에 대한 생태학적 사유는 은행잎 한 장을 통해서
도 동일선상에서 이루어진다. 떨어져 길에 나뒹구는 은행잎 한 장은
잡초와 마찬가지로 사람의 관심 밖의 대상이다. 그래서 잡초만큼 무
관심의 대상으로 전락될 수밖에 없다. 그런데 은행잎 한 장이 집으로
가는 시적 자아를 불러 세웠다는 것은 은행잎 한 장에 대한 시적 화자
의 관심이 예사롭지 않음을 말한다. 무관심의 대상을 관심의 대상으
로 격상시켜놓고 있다. 그래서 그 은행잎 한 장은 시적 화자에게 손을
내밀고, 다음 손을 꽉 잡고, 그 다음 단계로 시적 화자의 손 안에서 부

스러지고 만다.

이러한 과정을 통해 시인은 은행잎 한 장의 생명을 새롭게 확인한다. 그것이 그 은행잎 한 장이 생명을 다하는 순간을 포착한 "내 손 안에서 파삭 부스러졌어"라는 언표 이후에 나타난 시인의 세계인식이다. 생명과 같은 피의 확인이다. 잡초에서 확인한 생명의 피를 여기서도 확인하고 있다. 그 생명의 피를 확인한 이후에 세계인식은 다른 차원으로 나아간다. 그것은 "가을 바람 한 올이 바삐 지나가다가 멈추어 섰"다는 자연 현상의 포착이다. 가을 바람이 어찌 멈추어 설 수 있으랴. 그러나 시인은 그렇게 인식하고 있다. 이는 은행잎 한 장의 사라짐이 단순한 현상이 아님을 의식한 결과이다. 그 사라짐은 우주 속의 생명현상의 하나라는 것이다. 그리고 그 생명현상은 다른 생명체나 우주 속의 현상과 결코 무관하지 않음을 노래하고 있는 것이다. 시의 서두에서는 은행잎 한 장이 시적 화자를 불러 세우지만, 시의 후반부에서는 가을 바람을 멈추게 하고 있다. 은행잎 한 장의 존재가 시적 화자와 가을 바람과 무관하지 않고 연관되어 있음을 통해 생명의 우주적인 성격을 드러낸다. 이는 지구생명계 전체와 태양과의 유기적 관계 전체를 생명의 최소단위로 보는, 그래서 온 우주에 존재하는 모든 것들이 하나의 생명으로 연관되어 있다는 온생명 사상과도 멀지 않다. 그런데 우주에 존재하는 생명들은 새로운 생명의 탄생을 위해 서로 갈등하며 길항하는 모습도 보인다. 이는 강은교 시인이 「섬의 끝」에서 발견한 생명 탄생의 비밀이기도 하다.

섬의 끝에서
동쪽과 서쪽이 만났습니다.
동쪽이 서쪽의 어깨를 만지면서 말했습니다.

나는 해를 뜨게 한다고.
서쪽이 동쪽의 어깨를 만지면서 말했습니다.
나는 해를 지게 한다고.
북쪽이 끼어 들었습니다.
나는 늘 지구를 얼어 있게 한다고.

동쪽과 서쪽이, 남쪽과 북쪽이
눈을 흘겼습니다.
서쪽과 동쪽이, 북쪽과 남쪽이
눈을 흘기며 어깨를 심하게 부딪쳤습니다.

지구가 출렁
흔들렸습니다.

그 바람에 주홍 산나리 셋이
바위 틈에 몸을 풀었습니다.
꽃잎으로 뿌리를 가리며

(2002)

　우리가 사는 우주 세계는 남과 북, 동과 서처럼 두 대립적인 세계가 공존한다. 그리고 그 세계는 각각의 기능과 역할이 있다. 동쪽이 해를 뜨게 하고, 서쪽이 해를 지게 한다고 말할 수 있는 것처럼. 그런데 대립적인 두 세계는 언제나 갈등 혹은 길항하도록 되어 있다. 시인이 이 시에서 제시하는 남과 북, 동과 서는 그 한 형태이다. 상극하는 두 세계의 공존 역시 우주 속에 내재해 있는 질서의 하나이다. 그런데 중요한 것은 상극하는 두 세계가 존재함으로 인해 새로운 생명이 탄생하는 토대가 마련된다는 점이다. 상극하는 두 세계가 대립하고 부딪힘으로 "지구가 출렁"하고 흔들리는 엄청난 변화가 있는 것 같지만, 그러한 부딪힘으로 생명탄생이 가능함을 시사한다. 두 세계가 부딪혀 지구가 출렁하는 흔들림이 있었기에 "주홍 산나리 셋이/ 바위 틈에서 몸을 푸는" 일이 가능하기 때문이다. 산나리 셋이 바위 틈에서 몸을 푸는 행위와 지구가 출렁하고 흔들리는 행위가 별개의 현상이 아님을 보여준다. 두 극단의 세계가 부딪힘으로 생명의 생성으로 나아가는 우주세계의 생명현상을 시인은 또 다른 차원에서 풀어내고 있다. 그것이 「빗방울 셋이」에서 보여주는 동질의 셋이 하나의 더 큰 생명으로 나아가는 과정이다

> 빗방울 셋이 만나더니, 지나온 하늘 지나온 구름덩이들을 생각하며 분개하더니,
> 분개하던 빗방울 셋 서로 몸에 힘을 주더니, 스르르 깨지더니,
> 참 크고 아름다운 물방울 하나가 되었다.
>
> (2004→2005)

시인은 셋이 만나 하나를 이루는, 셋이 하나의 더 큰 세계를 이루는 자연의 생명력을 노래하고 있다. 그 대상이 물이라는 점에서 생명의 생성력은 무한에 가깝다. 물의 생명력은 무한하기 때문이다. 빗방울이 모여 더 큰 물방울 하나를 이루고, 그 물방울은 시내와 강을 이루고, 나아가 큰 하나의 바다를 형성한다. 그런데 이러한 물의 생명력이 더 큰 생명력으로 나아가는 과정 속에서 시인이 관심하는 바는 깨어지는 순간이다. 빗방울 셋이 각각 깨어지는 단계를 거쳐 더 큰 물의 세

계를 만들어간다는 점이다. 자신을 깨트림으로써 더 큰 물의 세계를 열어가는 물이 지닌 생성력의 원리를 보여준다. 이는 물만이 지닌 생명력의 특징이 아니라, 모든 생명현상에 나타나는 보편적 특징이다. 시인은 물의 생명력에 관심할 뿐만 아니라, 빛의 생명력에도 민감한 반응을 보인다. 시인의 귀가 「햇빛 소리—향가풍으로」를 들을 수 있다는 것은 그 증거이다.

　　햇빛 소리가 들렸다

　　폐허 한 구석, 어여쁜 햇빛 한 올이
　　나무 등걸에 걸터앉아 있었다

　　게 누가 날 찾는가, 날 찾이리 없건마는
　　어느 누가 날 찾는가*

　　아야아—

　　고개 빼고 바라보는
　　보라 제비꽃 한 송이

(2002)

* 황천무가 〈바리공주〉에서 인용

　빛은 생명력의 중요한 한 상징이다. 시인은 빛이 "폐허 한 구석 나무등걸에 앉아" 있는 것을 "보라 제비꽃 한 송이"가 바라보는 장면을 연출하고 있다. 햇빛 한 올과 보라 제비꽃 한 송이의 만남이 극화되고 있다. 한 생명이 또 다른 한 생명체에 의해 발견되는 생명현상을 만난다. 햇빛은 "누가 날 찾는가"라고 자문하지만, 분명 생명은 또 다른 생명에 의해 발견되고 있는 것이다. "보라 제비꽃 한 송이"와 햇빛 한 올의 만남이 이루어지고 있다. 그래서 생명과 생명이 만나는 순간 "아야아—"라는 놀람과 경이의 탄성이 자연스럽게 흘러나온다. 생명은 이렇게 놀람과 경이를 가져다줄 뿐만 아니라, 또한 사랑의 감정으로 표현되기도 한다. 「초록거미의 사랑」에서 그러한 모습을 만난다.

초록 거미 한 마리, 지나가는, 강가의 나를 뚫어지게 쳐다보고 있었어. 예쁜, 예쁜, 초록의 배, 허 공에 엎드려…… 초록거미 한 마리, 눈물 글썽이며 나를 뚫어지게 쳐다보고 있었어, 저 잠자리를 보아, 비단 흰 실로 뭉게뭉게 감긴 저 잠자리 한 마리를 보아, 잠자리를 그만 죽여버렸네,

초록 거미 한 마리, 지나가는, 강가의 나를 뚫어지게 쳐다보고 있었어. 잠자리를 그렇게도 사랑했 던 초록거미 한 마리…… 예쁜 예쁜 초록의 배 허공에 엎드려,

이제 합치리, 없는 날개로 저 거대한 하늘 가, 또는 강물 속 어디.

(2004)

그렇게도 사랑했다는 잠자리를, 초록거미가 왜 죽여버렸을까? 이 시의 묘미는 이 의문을 푸는 데 있다. 시인이 잠자리와 초록거미의 관계를 통해 사랑을 노래하고 있기 때문이다. 사랑하는 대상을 죽여버린다는 것은 일차원적 의미의 사랑으로는 이해할 수 없다. 일차원적 사랑의 논리로는 사랑하는 대상을 죽여버릴 수는 없기 때문이다. 생

태계가 보여주는 먹이사슬에 의하면, 초록거미는 자신의 생존을 위해 잠자리를 잡아먹어야 한다. 먹힘과 먹음의 관계는 생태계의 고리를 이어가는 자연생태계의 순환원리이다. 자연의 순환원리 그대로를 시인이 묘사한다면, 초록거미와 잠자리의 관계에서 사랑을 읽어낼 수 없다. 자연 생태계의 모든 순환원리를 사랑의 눈으로 볼 때만 가능한 시선이다. 사랑하기 때문에 죽일 수 있는 사랑, 그 사랑은 죽음을 넘어선다. 그래서 그곳이 "하늘 가"이든 "강물 속"이든 다시 합쳐 하나 되고자 하는 의지를 보인다. 죽음이 떼어놓은 초록거미와 잠자리의 거리를 초극하려 한다. 죽여서 죽음을 넘어서려는 초극의 의지, 이것이 바로 이 시에서 초록거미가 보여주는 사랑이 내장한 근원적 생명력이다. 그런데 이러한 힘을 지닌 생명력의 특징 중의 하나는 자유의 구가이다. 생명력은 자유를 구속하는 모든 요소들과 갇힘에 대한 저항을 보인다. 이러한 시인의 자유정신을 「쇳대박물관을 나와」에서 만난다.

혼자 걷고 있었어, 사방에서 벽들이 날고 있었어.

너를 기다렸지, 너는 오지 않았어, 철컥철컥 사방에서 소리가 났지, 너의 가슴에서도 철컥 또 너의 가슴에서도 철컥 도시엔 철컥거리는 소리가 마치 우뢰소리같았다니까……도시는 철컥 박물관이었 어. 낙엽처럼 뒹구는 자물쇠들, 구름 낀 하늘에서 떨어져 오는 자물쇠들

혼자 걷고 있었어, 사방에서 벽들이 날고 있었어, 골목길은 구불구불 허리를 구부리고 있었고
문들이 몸을 뒤틀고 있었어,

악몽의 냄새가 걸려있는 빗장들, 조선조의 빗장들…… 창백한 포스터들, 날아가고 있는 벽들, 파리 한 창문들,

혼자 걷고 있었어, 추운 오후들이 몸을 비비고 있었어, 벽 사이에서 우리는 숨을 벽을 찾고 있었 지, 모든 사람들이 숨었던 곳, 그 자물쇠를 찾고 있었지. 세상에서 가장 튼튼한 자물쇠를 찾고 있 었지,

그런데 누가 갇힌 걸까, 쇳대? 아니 우리?

(2004)

혼자 걷고 있는 시적 화자가 대면하는 상황은 온통 벽과 문들이다. 자물쇠로 잠근 듯한 공간에 서 있는 느낌이다. 오늘의 도시적 삶의 특징을 상징적으로 잘 보여주고 있다. 온통 사람의 삶을 구속하고 옥죄는 빗장들만 산재해 있는 듯한 삶의 상황이 도시이기 때문이다. 사람이 지닌 자유정신이 충일할수록 이러한 갇힘에 대한 저항력도 비례해서 커진다. 갇힘을 의식하면 할수록 그 상태로부터 벗어나고자 하는 의욕은 생명을 가진 존재들의 자연스런 현상이다. 생명의 특징 중의 하나는 자유이다. 그 자유를 가장 생동감 있게 드러내는 존재가 시인이란 점을 이해한다면, 「쇳대박물관을 나와」 갇힘을 확인하는 시인의 시선은 자연스러운 것이다.

생명을 가진 모든 존재들은 그 존재 자체의 자기 원형성 혹은 본질을 유지해가려고 한다. 생명을 존속시키려는 본능 때문이다. 그래서 생명의 원형이 상실되어가는 현실을 그대로 수용하기 힘들어한다. 강은교 시인은 「오이샐러드」를 통해 이러한 생명의 특징을 보여준다.

오이의 말소리가 들려왔네

이렇게 살려고 하진 않았어.
마요네즈에 범벅이 되어 감자 조각 옆에 나뒹굴어지리라곤
눈도 입도 가면처럼 흰 칠을 하고 잘디잘디 잘려지리라곤.
아, 이렇게 살려고 하진 않았던 것이라니까.
접시 위에 보이지도 않게 나자빠져 있다가 검은 입 속으로 사
라지리라곤.

오이의 말소리가 자꾸 들려왔네

아, 저기
접시 밖으로 출렁출렁 가는 시계소리

(2002)

시간의 흐름은 모든 존재들을 조금씩 허물어간다. 본 모습에서 멀
어지게 하고, 원형을 상실하게 한다. 시 속에 등장하는 샐러드가 되어
버린 오이는 잘디잘디 잘리고 마는 현실을 부정하고 싶어한다.

오이는 오이로서의 자기존재성을 지키고자 희망하지만, 그렇지 못
하고 존재성조차 상실되는 현실을 힘들어한다. 이렇게 살려고 하진
않았다는 오이의 반복적인 말소리는 무엇을 뜻하는가? "이렇게 살려
고 하진 않았던 것"이라는 반복적 서술은 오이가 오이라는 정체성을
지니고 존재하려는 의욕을 점증시키고 있다. 잘디잘디 잘려 원형을
상실한 상태에서 다시 검은 입 속으로 사라지는 자신의 현실을 참지
못한다는 말이다. 이는 원래 모습이 상실되어버린 자기 존재성을 회

복하고자 하는 욕망의 발현이며, 원래의 자기 모습을 고집하는 의지력의 표현이다. 이처럼 생명력은 상실되어가는 것들의 원래성의 회복을 꿈꾼다. 원래성을 회복하는 것은 본질의 확인과 맞물려 있기 때문이다. 본질은 그 존재를 드러내는 근원이며 생명의 뿌리이다. 그러므로 그 존재의 생명성은 본질을 통해 나타난다. 본질은 각각의 존재가 지닌 정수와의 만남이다. 「간장의 노래」에서 간장 맛의 확인을 시인이 노래하는 이유가 여기에 있다.

> 어느 날 간장 한 병을 샀다. 유난히 검은 그 살빛,
> 검은 살빛의 그 에센스를 숟가락에 담는다, 미역국에 넣는다.
> 간이 맞을까?
>
> (2002→2005)

간장의 존재의의는 간장의 맛을 내는 데 있다. 간장이 그 맛을 잃으면 간장의 생명은 끝난다. 미역국에 들어가 간을 맞게 하는 순간 간장은 그 존재성을 발휘하게 된다. 존재성을 발휘하게 된다는 것은 간장으로서 가져야 하는 생명력을 지니게 됨을 말한다. 이렇게 존재의 생명성은 그 존재의 본질을 유지할 때만 실현된다. 이런 점에서 「간장의 노래」가 지닌 의미가 있다.

그런데 그 존재의 본질을 유지한다는 측면에서, 생명은 일차적으로 개별적일 수밖에 없다. 생태학 관점으로 볼 때, 생명이 지닌 특징 중 하나는 관계성이다. 그런데 강은교 시인의 생명의식은 각 개체와 개체 사이의 관계성에도 관심하지만, 그의 시적 출발은 한 생명체에서 비롯된다는 특징이 있다. 지금까지 논의 대상이 된 시에서 보여주는 시인의 노래 대상이 대부분 하나에 집중되고 있기 때문이다. 의식

적이라 할 정도로 하나를 강조하여 내세우고 있다.

「빨래너는 여자」에 등장하는 시적 주체가 한 여자이며, 「초록거미의 사랑」에 등장하는 주체 역시 초록거미 한 마리와 잠자리 한 마리다. 또한 「햇빛 소리」에서 서로의 존재를 확인하는 대상이 햇빛 한 올과 보라 제비꽃 한 송이이며, 「집으로 가는 길」에서 만난 은행잎도 한 장이다. 그리고 「간장의 노래」에서 간장 한 병이 등장하며, 「빗방울 셋이」에서도 결국 물방울 하나로 전환된다. 강은교 시인은 그의 산문 「단 하나에 대하여」에서 다음과 같이 하나의 중요성을 변호한다.

다만 '하나'만이 중요하다. 그 하나를 위하여, 그 하나의 만남, 그 하나의 그리움…을 위하여 우리는 결국 그 많은 쓸데없는 만남, 부질없는 말들을 휴지화하지 않으면 안 된다. 기어코 그렇게 할 수 있어야 한다.

하나의 의미가 제대로 실현되었을 때, 그 존재나 현상의 의미도 제대로 드러난다는 의미이다. 생명현상도 마찬가지다. 생명의식에 충일하려면 생명 자체에 관심하는 일도 필요하지만, 비생명적인 것들을 걷어내어야 한다. 우리는 강은교 시인의 시를 통해 생명의식의 다양한 발현 양상을 만날 수 있었다. 그 양상은 크게 두 부류로 나뉜다. 하나가 생명의 본질이나 생명 현상의 다양한 모습이라면, 다른 하나는 비생명적인 것으로부터 탈주하는 것이다. 전자의 모습은 「빨래너는 여자」, 「아, 이걸 어째?」, 「집으로 가는 길」, 「빗방울 셋이」 등에서, 다양한 생명체들이 보여주는 생명의 눈짓에 민감하게 반응하는 그의 체질에서 확인할 수 있었고, 후자의 경우는 「쉿대박물관을 나와」에서와 같이 구속하는 모든 속박으로부터 벗어나고자 하는 자유정신의 구가에서 보았다. 이는 강은교 시인의 생명정신이 생명본질에 기울이는 관심과 함께 비생명적인 요소에 대한 저항적인 몸짓을 여전히 내장하고 있음을 보여주는 장면이다. 그 생명정신이 역동적으로 발현되는 장면을 그가 실천하고 있는 시치료의 퍼포먼스로 바라볼 수 있다는 것은 몸으로 전해지는 생기를 느낄 수 있다는 점에서, 모두가 함께 생체험을 할 수 있는 또 다른 생명창조의 공간이 아닌가?

시의 등불을 앞세우고 살아 온 삶의 길—강남주

− 시선집 『등불을 앞세우고』에 부쳐

　　강남주 교수가 벌써 정년을 맞게 되었다. '벌써'라는 단어 속에서 속절없는 시간의 흐름을 읽게 된다. 그는 교육자로서, 시인으로서 누구보다 바쁜 삶을 살았다. 바빴던 것만큼 그의 삶의 나이테에 무늬진 삶의 결들이 결코 단순하지 않다. 다양하게 새겨진 한 인간의 삶의 나이테를 어찌 한꺼번에 다 해명할 수 있으랴. 이 자리에서는 그의 시를 통해 그의 삶의 길을 이야기해보려 한다. 그는 30년 이상 시와 더불어 살면서, 늘 시는 삶이라는 명제를 잊지 않았다. 그러므로 이번 시선집에 실린 84편의 시는 그의 삶의 중요한 궤적과 같다. 1973년 첫 시집 『海底의 숲』이 나온 이후, 제7시집 『흐르지 못하는 江』까지 그가 쓴 시편은 전부 420편이었다. 이 중 각 시집에서 그의 삶을 잘 보여주면서, 시적 형상력이 돋보이는 작품들만 가려 뽑아 84편으로 시선집을 만들었다. 시선집은 3부로 구성했는데, 제1부가 1·2시집에 실린 시, 2부가 3·4시집에 실린 시, 3부가 5·6·7시집에서 가려 뽑은 시이다.

그러므로 이 시선집을 통해 우리는 강남주 시인의 시와 삶의 면모를 어느 정도는 헤아려볼 수 있을 것이다. 그래서 이 글은 그의 그 동안의 시적 삶을 이해하는 데 필요한 밑그림을 마련하는 선임을 밝혀둔다.

1. 시란

모든 시인들은 시작(詩作)을 시작하면서, 언제나 시에 대한 근원적 질문을 한다. 시작에 대한 근원적이고 본질적인 문제에 대한 자문은 시인을 평생 따라다니는 자의식이기는 하지만, 시작 초기에 이러한 의식은 더욱 강렬하게 작용한다. 시를 단순히 유희로 인식하든, 시의 대사회적인 효용을 시의 근본적 명제로 삼든, 어떤 형태이든지 시에 대한 시인자신의 근거를 마련해야 한다. 즉 왜 나는 시를 쓰는가에 대한 근원적 질문을 피할 수는 없다는 말이다. 그러므로 30년 이상 시를 써온 한 시인의 시에 대한 인식의 변화를 먼저 살펴보는 것은 시작품을 통해 시인의 삶을 해명하는 작업에 선행되는 일이다.

강남주 시인은 첫 시집을 펴내면서, 시집 후기에서 시를 다음과 같이 인식하고 있었다.

> 깡마른 세상, 핏대오른 세상, 淸淨水로는 살 수 없는 세상, 이름도 없이 忍辱의 나날을 살아가는 나에게는 숨통을 틔어줄 바람, 아— 바람이 필요했다. 水素가 가득 든 고무풍선이 필요했다. 아무것으로서도 바꿈이 不可能한 나의 필요에 오직 시만이 靜坐할 수 있었다.

누구에게나 세상살이는 힘든 고역이다. 그 고역을 시인은 인욕의 나날로 표현하고 있다. 인욕의 나날은 삶을 힘들게 한다. 그래서 숨통을 틔어 줄 바람이 필요하고, 수소가 가득 든 고무풍선을 타고 발 딛고 서 있는 현실을 초극해보려는 열망도 가진다. 그러나 이러한 희망이 인욕의 세월을 근원적으로 바꾸어줄 수 있는 토대를 마련해주지는 못했다. 오직 시만이 인욕의 세상을 견디는 힘을 가진 것으로 인식한다. 이것이 시인이 시를 쓰게 된 동기며, 시에 대한 중요한 인식이다. 무엇으로도 마음잡을 수 없는 인욕의 세월 속에서 오직 시만이 마음을 가라앉히고 자신의 삶의 자세를 고쳐 세울 수 있게 하는 것이라는 인식은 시라는 것이 무엇인지를 다시 생각하게 한다. 그것은 바로 시와 삶은 별개의 것이 아니라는 것이다.

그러므로 우리는 그의 시를 통해 삶의 태도와 자세 그리고 인생살이의 미세한 결들을 읽어낼 수 있는 근거를 마련할 수 있게 된 셈이다. 그런데 그의 시에 대한 첫 인식은 개인적 삶의 문제에 갇혀 있는 모습이다. 즉 시는 개인적 삶의 경험과 정서의 표상이란 선에서 출발하고 있다.

그러나 첫 시집이 나오고, 10년이 지난 이후에 펴낸 제2시집에서는 그의 시에 대한 인식이 좀더 구체화되고 확실해지고 있다. 서정시의 본질인 자아와 세계의 대결과 화합이란 인식 위에서 시작을 해가겠다는 결의를 보인다. 이는 시가 오직 개인의 감정을 토로하는 개인적 삶의 노래에만 그치는 것이 아니라, 자아와 세계의 관계 속에서 형성되는 형상물임을 보여주는 것이다. 이것은 시가 사회 속의 문화적 대상임을 확실하게 드러내는 부분이다. 그래서 시인은 제2시집 자서(自序)에서 "기교로만 좌우되는 시를 쓰는 장인이 되기보다는 문화의 건축 공사장에서 일하는 벽돌공이 되기"를 원하고 있다. 이렇게 시를 통해 사회와 문화를 인식한 이후에 그는 제 3시집에 와서는 시의 존재방식에서 중요한 요소인 독자를 새롭게 인식한다.

시의 창작행위는 언어행위다. 거기에는 전달의 전제가 깃들어 있다. 독자는 이 전달의 멧세지를 능력대로 받아들인다. 그리고 분석하고 평가한다. 시인 자신이 일차적 독자일 때 그 시인의 시는 자신에 의해서 수정되고 변모되는 것이다. 그런 점에서 독자는 시의 가치를 결정하고 수준을 끌어올리는 데에 중요한 역할을 한다.

시 역시 소통이 되어야 한다는 점에서, 메시지의 발신자와 함께 수신자의 역할과 위상을 중요하게 인식하고 있다. 이는 시의 의미결정은 결국 독자들의 수용능력에 달려있다는 수용미학의 입장을 자신의 시론으로 입론한 결과이다. 시에 대한 이러한 입장을 이론적으로 밝혀보려 한 것이 그의 시론집 『수용의 시론』(현대문학사, 1986)이다. 야우스의 이론에 기댄 시에 대한 입론이기는 하나, 독자 중심의 시론을 처음으로 제기하고, 이를 한국 시문학 초창기 문예매체를 통해 확인해본 작업은 의미 있는 일이었다. 수용이론에 기대어 있으면, 시인은 언제나 독자에게 읽혀지는 시를 쓰기를 원한다. 즉 공감되고 이해되는 시를 쓸 수밖에 없다. 난해시의 혐의에서 자유로울 수 있다는 것이다. 그러나 시인의 관심은 감동적인 시에 있다. "진실보다 더 감동적인 것, 인간의 성정을 바탕으로 한 개인적 정서의 표상보다 더 훌륭한 시는 없다고 믿고" 있기 때문이다. 제4시집까지 이러한 시에 대한 입장은 신앙의 등불처럼 작용하고 있다.

그런데 5·6시집에 오면, 시인은 허망에 관심한다. "허망이야말로 실존을 자각하게 하는 현상학이며, 예술을 성립시키는 큰 요인이"라고 보기 때문이다. "비감을 동반하는 예술, 비감을 동반하는 시를 생각하기 때문에 허망에 집착한다"고 한다. 그러나 이 비감은 시인 자신의 연륜과도 무관하지 않다고 본다. 살아갈수록 삶은 스산하고, 허망의 감정은 깊이를 더해가기 때문이다. 그래서 「제행무상」, 「산방일기」등과 같은 시를 통해 삶에 대한 근원적 질문을 하고 있는 것이다. 그렇다고 현실에 대해 먼 거리를 유지하고자 함이 아니다. 변화하는 현실에 대해 적극적인 대응의 자세를 견지하는 모습을 보인다. 그것이 제7시집에서 보여주는 생태시의 구현이다.

시인으로서의 나는 억압적인 시론에서 자유롭고 싶었다. 다른 생각없이 내가 사는 현장에서 오늘 내가 느낀 것에 대하여 시로 써 보고 싶었다. 그것이 최근에 내가 관심을 갖게 된 생태와 인간의 문제들이다. 이는 이론을 뛰어넘는 인간의 당면과제다. 보다 절실하고 소중한 현실이 시의 제재 또는 시의 주제로 접근하게 된 것은 이 때문이다.

현장성, 상황성의 강조는 멧세지의 강한 노출을 부추긴다. 이는 시에 있어서의 미학적 약점이다. 그러나 이런 약점은 다음의 문제다. 관심사에 대하여 정직하려고 했다는 점에서 시인으로서 나는 우선 만족한다. 그리고 나이에 따라 사람의 얼굴이 변하는 것처럼 지금의 나의 시의 얼굴이 이렇게 변해 있음이 이상할 것 없다고 여기며, 이를 전적으로 수용한다.

결국 강남주 시인의 시에 대한 인식은 개인 정서의 솔직한 토로라는 점에서 서정시의 본령을 벗어나지 않는다. 그리고 시도 역시 소통의 관계 속에서 의미가 전달되어야 하며, 이런 측면에서 수신자인 독자의 역할이 중요하다는 입장에 서 있다. 이러한 그의 시적 입장은 오랫동안 〈목마〉라는 동인 활동을 해오면서, 시가 독자와 어떻게 만날 수 있으며, 그 만남의 접점을 어떻게 현실화해갈 것인가를 고민한 결과라고도 본다. 그렇다고 그가 하나의 시론만을 고집하고 있지는 않았다. 변하는 세상사 속에서 변하면서도 변하지 않는 인간 삶의 또 다른 측면을 노래하고 있다. 이제 그 삶의 결을 시를 통해 살펴볼 순서이다.

2. 삶이란

삶처럼 정의하기 힘든 대상도 없다. 삶이란 개개인이 엮어가는 개별화된 생의 과정이기 때문이다. 삶을 추상적으로 정의할 수는 있지만, 그 추상적 정의가 모든 사람의 삶을 다 포괄하기는 힘들다. 이 때문에 한 시인의 삶을 시를 통해 논한다는 것은, 한 개인의 완전한 삶의 해명에는 이르지는 못한다. 그러나 그 중요한 편린은 읽어낼 수 있다는 점에서, 시를 통한 시인론의 추구가 지니는 의미가 있다. 강남주 시인은 시와 삶을 따로 분리해서 생각하지 않고 있기에, 그의 시에서 그가 추구하는 삶의 진정성을 만날 수가 있다. 우선 그가 추구하고 있는 삶의 자세를 다음 시를 통해 엿보자.

    더욱 낮게 살기를 바란다.
    이 세상 잔재미를 하나씩 거두어 가고
    내가 가진 욕심을 하나씩 거두어 가고
    덤덤하게
    무심심하게
    조용해지기를 바란다.

어제는 막히고

오늘은 부딪치고

내일은 주장해야 되는

볼륨 높은 삶의 찌꺼기를 걷어내

아무데나 자유롭게 흐르는

목숨이기를 바란다.

이제는 그만 잘났으면 좋겠다.

아무리 들어도

너무 높은 목소리

가열된 생활에서 돌아와

잔잔하고 다정한

내 목소리를 갖고 싶다.

욕심 없이

작은 사람으로 사는

하루 하루이기를 바란다.

　　　　　　　　　　　　　　　　—「무소외(無所畏)의 하루」

　인간의 삶이란, 달리 보면 개인적 욕망의 실현 과정이라고도 할 수 있다. 인간의 욕망은 끝이 없기에 그 욕망을 제어하는 자기제어가 늘 필요하다. 시인이 낮게 사는 길, 무심심하고, 조용히 사는 삶, 작은 사람으로 사는 삶을 바라는 것은 스스로 욕망의 크기를 줄여가고자 하는 삶의 자세이다. 욕심없이 작은 사람으로 사는 삶이 무소외의 삶이라고 생각하기 때문이다. 그러면 시인은 왜 이러한 무소외의 삶을 희구하고 있는가? 세월의 흐름은 연륜을, 연륜은 인간 삶의 끝이 어딘지를 생각하도록 한 결과이다. 욕망에 끌려가는 인간 삶의 끝이 어딘지를 알아차린다면, 욕망을 어느 정도 넘어설 수 있는 삶의 자리를 마련할 수 있다. 「평토장(平土葬)」에서 시인은 인간 욕망의 끝이 무엇으로 남겨지는가를 확인하고 있다.

마지막 연민까지
한 줌 흙으로 지우면
생애는 삭아서 바람이 된다.

날카롭게 마주섰던
그 서슬은 풀 죽고
애증은 우리들의 한갓 된 욕망.

잔재주는 부리지 말자
잔재주는 부리지 말자

봉긋한 봉오리 한 개까지
남기지 않고
새로 자라는 풀잎끼리만
속삭이고 있다.

―「평토장(平土葬)」

인간의 욕망을 실현하기 위해 몸부림치던 이승의 삶이 끝나면, 모두 다 흙으로 돌아간다는 것, 그리고 바람처럼 된다는 것을 「평토장(平土葬)」을 통해 확인하고 있다. 욕망에 사로잡혀 예각을 세우며 서로 다투던 모든 애증이 한갓 허망한 욕망뿐이라는 것을 죽음은 분명히 보여준다. 인생의 삶 뒤에 언제나 뒤따르는 죽음에 대한 확인은 현실적 욕망을 어느 정도 절제할 수 있는 근거를 마련해 준다. 그래서 시인은 무소외의 삶을 희구하고 있는 것이다. 그런데 삶은 희구만으로 이루어지지 않는다. 무소외의 삶을 위한 구체적 실천이 필요하다. 시인은 무소외의 삶을 위해 어떤 실천을 보이고 있는가? 죽음을 자주 떠올릴 수 있는 시간만이 인간의 근원적 욕망을 제어할 수 있기에 시인은 그런 순간들을 드러내는 시적 대상을 많이 보여주고 있다. 죽음을 생각할 수 있는 계기들을 마련함으로써 욕망에 휘둘리는 삶을 넘어서고자 한다. 「초분」, 「해변의 묘지」, 「초분의 바람」, 「묘비 앞에서」 등에서 그러한 시인의 의식을 만날 수 있다.

그러나 늘 죽음만을 생각하며, 살아갈 수는 없다. 죽음의 의식에서 풀려나면 생의 의욕을 드러내며 살아가는 것이 인간이기 때문이다. 그렇다면 생의 순간 순간마다 내면에 용솟음치는 욕망의 분출을 어떻게 할 것인가. 욕망의 굴레로부터 벗어날 수 있는 자기 자신과의 싸움인, 자기성찰을 통해서 이를 실현할 수밖에 없다. 그 구체적 실천의 하나가 진정한 나를 얻기 위해 욕망에 덧칠되어 있는 일상적인 나를 버리는 일이다.

사가세요.
떨이예요.
내 가진 모든 것
몽땅 드릴께요.
남겨 남는 것 없으리니
구차한 미련거정 끼워드려요.
떨이예요.

떨이예요
해지고 어두워져요.
모든 것, 모든 것을
다 사가셔요.
사가셔야 비로소
내가 남게 되어요.

―「떨이」

이 시의 발상은 하루해가 저무는 시장판의 호객행위에서 비롯되고 있지만, 그 의미는 탄순히 시장판의 호객 행위를 넘어선다. 모든 것을 다 팔고 난 뒤에 남게 되는 것이 "내"이기 때문이다. "내"만을 남기기 위해 나머지는 다 팔아버리겠다는 시인의 의지는 순수한 자아 혹은 진정한 자아에 대한 희구와 맞물려 있다. 진정한 자아를 찾는 삶의 행로란 욕망으로 부풀려지고, 과장된 가식적 자아를 버리는 길이다. '사가세요'라는 상행위를 내세우고 있지만, 이 상행위의 진정한 의미는 결국은 진정한 자아를 획득하기 위해서 헛된 자아를 버리는 행위로 부각되어온다.

진정한 자아를 추구한다는 것은 언제나 비본질적이고 현실적인 자아를 떨어내는 삶이다. 그래서 "내"만 남기기 위한 자기성찰을 할 수밖에 없다. 그런데 진정한 자아를 추구하기 위해서는 떨어내는 것뿐만 아니라, 끊임없이 자아의 동일성을 형성하기 위해 자아를 지키는 의식이 필요하다. 이러한 의식의 견지를 위해 시인은 자신의 삶의 태도를 확인해줄 수 있는 시적 대상을 통해 진정한 자아를 지켜나가는 정신을 추스르고 있다. 그 대상은 소나무, 억새 등이 되고 있다.

혼자 서서도 함성을 지른다.

척박한 땅, 그 벼랑에다

끈덕지게 뿌리를 박으며

소리소리 큰 소리 친다.

거칠어진 피부

그래도 청청한 목소리

소나무야

소나무야

너는 참으로 용하다,

용해.

—「저 소나무」

연륜이 더할수록 인간은 청청함을 유지하기가 힘들다. 흐르고 변하는 현실은 인간에게 이를 용납하지 않기 때문이다. 현실은 언제나 인간을 현실주의자로 내몬다. 그런데 소나무는 연륜이 더해감에 관계없이 그리고 현실적인 환경의 변화에 관계없이 청청한 목소리를 그대로 보여주고 있다. 그래서 시적 화자는 소나무를 향해 "용하다"는 감탄에 가까운 어조를 보인다. 이러한 어조 속에는 인간의 삶은 나이 들수록 소나무처럼 살아가지 못한다는 안타까움이 배어있음과 동시에 그렇게 살아가고자 하는 시적 소망이 잠재되어 있는 것이다. 특히 시적 대상이 된 소나무는 척박한 땅, 벼랑에다 뿌리를 박으며 청청한 목소리를 내보인다는 점에서 악조건의 환경을 넘어서는 중요한 정신에 관심하고 있다. 이러한 정신의 확인은 「억새꽃」에서도 그대로 이어지고 있다.

하늘과 가까운 곳에서
하늘거리고 있다.
화려하지 않으면서.

드높은 지조
억센 뿌리로 나부끼는
조선 사람의 깡다구.

허옇게 빛 바랜 키로
흔들리면서 뽑히지 않고
풀이면서도
천심을 말하는
이 나라 사람의
눈부신 손짓과
눈부신 발짓

—「억새꽃」

　　억새꽃을 통해 "드높은 지조"와 "조선 사람의 깡다구"를 읽어내고
있다. 이는 억새 자체의 노래가 아니라, 억새를 통해 삶의 정신을 읽어
내고 있는 결과이다. 그런데 「저 소나무」에서 노래하고 있는 청청함
과 좀 다른 정신을 내보인다. 그것은 흔들리면서도 뽑히지 않는 정신
이다. 이 정신은 척박한 땅에 뿌리를 박고, 청청함을 보이는 소나무와
는 다른 모습이다. 결국 나무와 풀이 지닌 생리적 차이에서 비롯되는
이미지이긴 하지만, 이들이 상징적으로 보여주는 정신은 같은 맥락
속에 놓인다. 그래서 시인은 나무와 풀이 지닌 삶의 정신을 각각 헤아

리면서, 「풀잎으로」에서는 다음과 같이 노래한다.

> 가벼운 바람에도
> 휘어지지만
> 참나무처럼
> 부러지진 않는다.
> 어느 쪽이 나은지
> 당장 알 수 없지만
> 고생 고생 한 세상
> 살다보면
> 가치는 절로 절로
> 알게 되는 법.
> 흔들리며 사는
> 풀밭 같은 세상에서
> 빳빳하게 사는 것이
> 옳은지 그른지
> 걱정하며 늙다 보면
> 절로 알게 되는 법.

—「풀잎으로」

시인이 소나무와 억새를 통해, 인간이 살아가면서 견지해야 할 삶의 정신을 확인하고 있지만, 실제 삶의 현장 속에서는 억새처럼 휘어지며 흔들리는 삶과 소나무나 대나무처럼 빳빳하게 사는 삶에 대해 일방적인 선택을 하기가 힘듦을 풀잎의 생태를 통해 노래하고 있다. 어느 방향의 삶의 방식이 옳은지 그른지는 살아가다 보면, 절로 알게 된다는 것이다. 이러한 삶에 대한 이해는, 삶은 다층적이고 그 관계망이 복잡하여 이분법으로 쉽게 판단할 수 있을 정도로 그렇게 단순하지 않다는 의도가 전제되어 있는 것이다. 시인이 인식하는 삶은 "사는 것은 바람처럼 스산하고 어둠에 빨려든 끝이 보이지 않는 길 가기" (「종이꽃 뿌리며」)이며, "현실은 늘 가위눌림이"(「해몽」)기에 "버둥거려 봐도 한 발짝도 나아가지 않는"(「해몽」) 상황 속에 놓이기도 하며, 또한 "쓸데없는 일에 온몸이 묶여 거미줄에 걸린 잠자리로 버둥거리며 사는 세상"(「거미줄에 걸려서」)이기 때문이다. 이러한 세상살이 속에서, 삶의 진정성을 상실하지 않고 살아가기 위해서는 옳은지 그른지를 판단하기 위해 걱정하며, 고생하는 삶의 자세가 무엇보다 필요하다는 것을 주문하고 있는 셈이다. 이런 삶의 주문은 이승의 삶이 끝나고, 남기고 갈 묘비 앞에 서면 모든 것이 드러날 수밖에 없다는 역사의식에 근거한다. 누구나 「묘비 앞에서」는 자랑스러운 삶과 부끄러운 삶을 얘기할 수밖에 없기 때문이다.

이와 함께 중요하게 생각해야 할 부분은 시인이 관심하고 있는 삶의 방식을 노래하는 시적 대상들이 식물적 이미지를 가진 대상들이라는 점이다. 생태계 속에서 생존하고 있는 식물계 역시 그들의 생존의 원리에 의해 부대끼며 살아가고 있지만, 그래도 인간이 보이는 욕망의 실현을 위한 투쟁의 모습과는 차원을 달리 한다. 그래도 식물계의 모습은 인간사회에 비해 자연스러움이 남아 있다. 끝없이 욕망을 부추기는 현대사회 인간들의 아귀다툼 현장과는 분명 다르다는 인식이 시인으로 하여금 식물적 이미지를 인간 삶의 진정성을 모색하는 시적 대상으로 삼게 만든 것이다.

시인의 이러한 식물적 이미지에 대한 관심은 결국 자연에 대한 관심으로서, 생태계에 대한 남다른 관심으로 심화되고 있다. 자연이 인

간에게 삶의 진정성을 확인해줄 수 있는 시적 대상으로 온전하게 존
재한다면, 시인은 생태적 사유를 통한 시적 작업을 하지 않을 수 있었
을지도 모른다. 그러나 우리의 생태계 파괴현상이 너무 심각해지면
서, 시인은 심각해져가는 생태계 현실을 시로써 응전하고 있다. 그것
이 제7시집으로 나온 『흐르지 못하는 江』이다. 7권의 시집을 두고 보
면, 이 시집이 가장 강도 높은 현실비판적인 목소리를 내보인다는 점
에서도 색다른 모습을 보인다.

> 그녀가 불행해진 뒤
> 비로소 사랑을 알게 되었다.

> 방화로 타다 남은 숲
> 사태로 무너진 산 언덕.
> 물고기도 없어진
> 말라버린 개천.

> 젊은 그녀의 자연이
> 찌든 육신으로 피폐해 갈 때
> 비로소 그녀의 사랑을 알게 되었다.

> 사랑의 값어치가 변해버린 뒤
> 그대의 얼굴에 떠오르는
> 나의 불행.
> 이미 불행해져버린
> 그대를 끌어 안는다.

문드러진 산, 파삭파삭한 강
황막한 여인
지평선에서
핏빛 노을이 그나마 지고 있다.
나의 山河.

　　　　　　　　　　　　　　　　—「山河문답」

　산하(山河)를 그녀라는 여성성으로 인식하고 있다. 이는 생태의식
의 진전된 모습을 보이는 부분이다. 자연을 단순히 생태계의 중요한
한 영역으로 인식하는 것에 그치는 것이 아니라, 여성성으로 파악함
으로써 에코페미니즘적 입장에 서 있기 때문이다. 그런데 산하로 지
칭되는 자연의 생태계가 파괴되어 불행이 시작되고 있다. 그 불행은
그녀만의 불행이 아니고, 인간으로 지칭되는 나에게도 불행이란 점이
문제다. 또 다른 하나의 문제는 그녀가 불행해진 뒤에 비로소 그녀의
사랑을 알게 되었다는 점이다. 생태계의 파괴를 경험하고 난 뒤에야
자연의 가치를 새롭게 인식하게 되는 현실을 노래하고 있다. 인간이
욕망에 눈이 어두워 인간의 소욕대로 자연을 개발하고 일방적으로 파
괴함으로 말미암아 빚게 된 결과이다.
　그런데 이러한 생태계 파괴가 몰고 올 미래에 대해, 시인은 비관적
인 생각을 떨치지 못하고 있다는 점이다.

만약 무슨 일이 일어난다면
그 다음은 아무 일도 없을 것이다.
하늘에는 새가 날지 않고
땅에는 기는 아무 것도 없고

물고기 한 마리 헤엄치지 않고

하늘을 덮던

그런 버섯 먼지 구름도 다시는 없을 것이다.

만약 무슨 일이 일어난다면

태양 아래 모든 것은 멈추고

전쟁이고 뭐고

그 다음은 아무 것도 없을 것이다.

— 「만약 무슨 일이 일어난다면」

지구의 미래가 어떻게 될 것인가에 대한 놀랍고도 극단적인 예측을 노래하고 있다. "만약 무슨 일이 일어난다면"이라는 가정이 전제되어 있기는 하지만, 지구의 상태가 아무 일도 없고, 아무 것도 없는 상태로 바뀔 수 있다는 지구 미래에 대한 비극적 전망이다. 이는 지구에 현재 배치되어 있는 핵무기를 염두에 둔 인류 미래에 대한 염려이지만, 지금과 같이 생태계가 파괴되어 간다면, 결국 지구상에 살아남을 존재는 아무 것도 없다는 것에 시인은 관심하고 있다.

이는 시인이 바라보는 이 세계에 대한 일종의 예언이다. 갈수록 악화되어 가는 생태계 파괴의 현실을 모두가 공감하기에 시인의 노래는 단순한 시의 차원을 넘어 사회를 향한 고발의 목소리가 되고 있다. 그 고발의 목소리가 전혀 낯설지 않게 느껴지는 것은 우리 삶의 현실과 미래가 그만큼 절실하기 때문이리라.

3. 또 다른 삶을 위해

세월의 흐름은 인간을 흔들어놓는다. 시간은 모든 것을 변화시키기 때문이다. 그래서 시인은 창망한 시간을 버티고 서 있는 「지리산 고사목」을 바라보며, 털어버리지 못하는 시간의 형해를 노래한다. 그의 많은 시편에서 시간의식의 발현과 마주서게 되는 것은 이러한 세월 탓이다. 흐름 속에서 흘러가지 않으려고, 흔들림 속에서 흔들리지 않고 자신을 지키고자 하지만, "사람만 태산같이 변해버렸다"(「마제석기」)는 고백을 어쩌지 못한다. 그 변화해가는 과정의 삶이란 누구에게나 막막하기도 하고, 끝이 보이지 않는 길 가기(「종이꽃 뿌리며」)이며, 걷어내기 힘겨운 어둠이(「미명의 저쪽에서 반짝이는 등불」) 깔린 길이다. 그러나 누구나 인생을 산다는 것은 「미명의 저쪽에서 반짝이는 등불」을 찾아 나서는 발걸음을 쉬지 않는 것이다. 그 길 끝에 오른 고개에 서서 자신의 삶을 이렇게 노래한다.

> 길 하나 있어
> 나를 여기까지 데리고 왔다.
> 천방지축으로 흔들렸는데
> 여기 이 언덕에 오르게 된 것은
> 운명일까.
> 젖은 땀을 식혀줄 바람은
> 어디서 불지 아직은 모르겠다.
> 그래도 다행이었다.
> 발목 삐이지 않고
> 이 등성까지 이른 것은
> 다행이었다.
> 길 하나 있어

여기 이렇게 서 있음은
운명일까.

─「또 하나의 고개에 서서」

　누구나 인생길을 걸으며, 흔들린다. 흔들리면서 고개를 오르고 내
리며, 삶의 길을 이어간다. 시인도 천방지축으로 흔들리며, 이 언덕에
오르게 되었다고 삶을 회고한다. 그리고 그것을 운명으로 받아들인
다. 뿐만 아니라 이 등성까지 이르게 된 것을 다행으로 여긴다. 나이
들면 누구나 자신의 삶을 회상하는 시간이 많아진다. 걸어온 삶의 길
이 짧은 순간 같지만, 아득하기도 하기 때문이다. 오른 고개에 서서 지
나온 길을 다시 바라보는 것이다. 그런데 과거는 언제나 상실된 시간
이다. 그래서 잃어버린 것에 대한 회복에의 갈망을 자연스럽게 내비
친다.「광안리는 어디로 가고」광안동만 남았느냐고 질문하는 것이
나, 어느 날 떠나와야 했던 광평리를 다시 찾아 헤매는「광평리(廣坪
里)가 어딘가」라고 고향을 지향하는 것은 지금까지 자신이 걸어온 길
을 되돌아보는 행위임과 동시에 앞으로 걸어가야 할 또 다른 인생 고
갯길을 향한 자기 정립이다.
　정년은 공적인 삶의 공식적인 마감이란 점에서 한 인생의 삶의 길
에서 중요한 전환점임과 동시에 또 새로운 삶의 시작이다. 강남주 시
인의 경우 공적인 삶은 마감했을지라도 그의 개인적인 삶과 시의 여
정은 아직 계속되고 있다. 그는 여전히 어둠이 짙게 깔린 이 세상을 시
의「등불을 앞세우고」걸어가고자 한다. 더욱 깊어진 연륜과 삶에 대
한 혜안이 그의 시세계를 이전과는 또 다른 차원으로 이끌어 가리라
믿는다. 그는 시와 삶을 언제나 동일선상에 두고 있었기 때문이다. 제
7시집 이후에 나올 그의 시집을 기대하는 이유가 여기에 있다.

귀가의 진정한 의미와 그 근원적 힘─신진

1.

신진 시인이 몇 해 전 자연 생태적 삶을 노래한 시집 『녹색엽서』(시문학사, 2002)를 펴냈다. 생태계 파괴가 심각한 수준을 넘어 위기의 국면에 접어든 이 시대에 생태학적 사유에 근거한 삶을 노래한 이 시집의 의의는 아무리 강조하더라도 지나치지 않는다. 이러한 시편들을 통해 자연과 인간의 본래적 관계가 새롭게 복원될 수 있다면, 얼마나 다행일까? 문제는 생태계 파괴의 정도는 더욱 깊어져가고 있다는 점이다. 극복을 위한 대안들이 제시되고 있지만, 실천력이 따라주지 못하는 현실 때문이다. 많은 생태학자들이 인간중심주의를 그 원인의 일차적인 대상으로 지목하여, 이를 극복하기 위한 대안을 주문하고 있다. 생태중심주의가 그 대안으로 제시된다. 충분한 근거가 있는 논지이다. 그러나 현실적 실천에 있어, 그 한계도 만만치 않다. 근본주의 생태론이 지닌 한계이다.

북친(Murray Bookchin)의 경우는 이와는 좀 다른 입장에 서 있다. 그는 생태문제는 곧 사회문제라는 인식에 토대를 두고 있다. 인간에 의한 자연지배는 인간에 의한 인간의 지배로부터 비롯된다는 것이다. 그러므로 북친이 주창하는 생태위기 극복의 방안은 위계질서와 지배에 대한 비판과 해체다. 북친의 이론을 끌고 오지 않더라도 오늘날 우리 삶의 모습은 생태계 파괴 이상으로 사람과 사람의 관계가 왜곡되어 있다는 것을 쉽게 간파할 수 있다. 사람과 사람과의 관계회복이 절실한 문제로 다가선다. 그래서 사람과 사람과의 관계 회복에서부터 생태계 파괴의 위기 극복의 계기를 마련해야 한다는 논리가 실감 있게 다가서기도 한다.

사람과 사람과의 관계를 묶어주는 매개는 참으로 많다. 그러나 가장 핵심적인 항목이 있다면, 그것은 사랑일 것이다. 사람과 사람의 관계가 온전한 사랑에 의해 형성되어져간다면, 일방적인 지배의 관계는 넘어설 수 있기 때문이다. 신진 시인의 이번 시집을 주목해서 읽은 이유 중의 하나는 사람과 사람 사이의 가장 중요한 문제의 하나인 사랑이 중심 화두로 노래되고 있기 때문이다. 그리고 그 사랑의 구체적 실현태인 가정이 또한 중심 주제로 등장하고 있다. 이러한 신진 시인의 시적 관심은 그의 생태학적 사유가 단순히 자연지향적인 성향만을 고집하는 것이 아니라, 사람과 사람과의 관계회복 역시 필요하다는 인식에 근거하고 있다는 점에서 의미가 있다. 그가 노래하고 있는 사랑의 실체를 먼저 살펴보자.

2.

    사랑이란 지극히 가벼운 상처에도 아픔을 느끼는 특이한 감수성이 작용한다. 그래서 말로 다 표현할 수 없는 것이 사랑이다. 글 쓰는 사람들은 말로 다 할 수 없는 감정을 글쓰기로 표현하려는 욕망에 시달린다. 그런데 사랑의 글쓰기는 일반적으로 사랑하는 사람이 부재할 때 가능하다. 이러한 사랑의 글쓰기는 대상이 부재하기에 일방통행적이다. 사랑의 글쓰기는 남아 있는 사람으로부터 말해질 수 있는 것이지, 떠나는 사람이 말할 수 있는 것은 아니기 때문이다. 시인이 「편도행」을 노래하는 이유가 여기에 있다.

> 쫓아가면
> 달아나기만 하는 바다, 언제나 아득히 멀다.
> 그와 같이 사랑이여, 그대
> 항시 가슴 죄는 편도행의 길만 여는가?
> 가야만 하는
> 모래바람에 울부짖음 가득찬 곳일지라도
> 가야만 하는 사랑이여, 달아나기만 하는 것이냐?
>   —「편도행」 중에서

    시인이 「편도행」의 사랑을 노래하고 있다는 것은 그대와 나 사이에 이별이 있음을 암시하는 대목이다. 그래서 그의 시편에서는 이별을 떠올리는 시편과 이별 이후의 그대에 대한 그리움의 정을 내비치는 시편들이 2부와 3부에 산재해 있다. 그대를 두고 가는 방을 노래한 「배웅」, 그대와 헤어져 어둠 속을 홀로 걷는 「동행」, 사랑하는 그대와 헤어져 있는 공간에서의 노래인 「사랑 없는 땅에서」, 그대가 떠난 집 안의 분위기를 사막으로 형용하고 있는 「그대 떠나고」, 그대를 보내고 난 뒤의 시적 화자의 마음 상태를 그린 「헤어진 뒤에」, 그대 떠난 이후의 마음 상태를 담배를 끊는 일과 대비시킨 「금단 현상」 등이 그런 시편들이다. 이렇게 시인은 이별을 통해 사랑이 무엇인지를 노래하고 있다. 그런데 이별을 통한 사랑의 확인 중 중요한 대목은 사람과 사람 사이의 사랑의 관계를 「틈」으로 인식하고 있다는 점이다.

> 그에게는 틈이 있었네.
> 내가 사랑한 이는
> 그가 아니었네. 그의
> 틈이었네.
> 작은 틈에서 큰 틈
> 다시 더 작은 틈을 찾아
> 나는 불을 피웠네.
> 불 피울수록 틈은 더 커지고
> 틈이 클수록
> 불은 더 뜨거웠네.
> 손의 틈, 목의 틈, 가슴의 틈
> 그의 틈 낱낱이 불 붙을 때
> 나의 틈 함께 불타오르고
> 그와 나 마침내 하나의
> 틈이 되었네.
>
> —「틈」

한 사람을 사랑한다는 것은 그대에게 있는 틈을 찾아 메워가는 일이다. 그러므로 틈이 클수록 그 틈을 메우는 "불은 더 뜨거워"지고 있다. 뜨겁게 불탈 때, "그와 나 마침내 하나의 틈이 되"기 때문이다. 그런데 사랑하는 사람 사이에 개재된 이 틈은 처음부터 존재한 것이 아니라는 점에서 시인 특유의 틈의 현상학을 보이고 있다. 그대와 나 사이에 관계가 형성되지 않았을 때는 "틈이 없었"다고 노래하기 때문이다. "내가 그에게 다가가면서/ 그와 나 사이/ 이 세상 모든 노래 이은 만큼의/ 틈이 생겼네// 그가 나에게 다가오면서/ 그와 나 사이/ 이 세상 모든 향기 이은 만큼의/ 틈이 생겼네// 마침내 그와 나 사이/ 더 다가설 틈이 없는/ 틈이 되었네"라는 틈의 노래 속에 사랑의 본질 하나가 선명히 드러난다. 그것은 사랑의 관계란 틈이 없는 관계에서 틈이 있는 관계로 나아가고, 궁극적으로는 틈이 없는 틈의 관계를 지향하는 모습이다. 완전히 하나됨을 욕망하는 것이 사랑이기에 틈을 메워가야 하는 것이 사랑하는 사람들에게 주어지는 현실적 과제이다. 나와 그대 사이에 엄연히 존재하는 틈을 틈으로 인정하고, 그 틈을 메워가는 실천이 사랑임을 보여준다. 그래서 시인은 너에게로 가서 "너의 틈을 가리"고 "너의 틈을 데워"(「틈3」)주는 일을 쉬지 않는다. 그 구체적 행위의 하나가 그대를 위해 겨울에 옷을 벗는 일이다.

나무는 가을에
옷을 벗는다.
엎드린 싹 입으라고
미리 옷을 벗는다.

사람은 겨울에

옷을 벗는다.
사랑하는 이, 네가 입으라고
먼저 옷을 벗는다.

―「겨울에는 옷을 벗는다」

　사랑이란 무엇인가. 그대를 위해 추운 겨울에 옷을 벗는 행위임을
보여준다. 추위를 피하기 위해 나를 위해 옷을 입는 것이 아니라, 그
대를 위해 옷을 벗는 행위가 사랑의 실천임을 노래한다. 그대를 위해
나의 것을 버리는 것이 사랑의 실천임을 나무와 사람의 옷 벗는 행위
의 유비를 통해 보여준다. 나무의 옷 벗음을 통해 사람의 사랑을 유추
한 시인은 이제 신과 짐승과 사람의 비교를 통해 사랑의 특징을 드러
낸다.

신(神)의 사랑은
크다 그리고
차다

짐승의 사랑은
넓고
따뜻하다

사람의 사랑은
작다 그리고
뜨겁다

―「사랑」

신의 사랑과 사람의 사랑을 크고 찬 것과 작고 뜨거운 것으로 대비시키면서, 그 사이에 짐승의 사랑을 위치시키고 있다. 시인의 관심은 신이나 짐승의 사랑이 아니라, 사람의 사랑이다. 그 모습은 신의 사랑이 차고, 짐승의 사랑이 따뜻하나, 사람의 사랑은 뜨거운 것에서 나타난다. 찬 것에서 따뜻한 것으로 그리고 뜨거운 상태로 진전되어온 사랑의 열기에 대한 인식은 시인의 관심이 사람의 사랑에 가 있음을 내비친다. 이 뜨거움은 앞서 「틈」에서 확인한 바와 같이 틈을 메울 수 있는 매개라는 점에서, 시인이 파악하는 사랑의 열도는 뜨거움에 근거하고 있는 셈이다.

그런데 신진 시인이 노래하는 사랑은 자기희생과 뜨거움으로만 일관되어 나타나는 것은 아니다. 사랑하는 그대와 헤어진 이후에 발현되는 사랑의 감정들이 여러 모습으로 전개된다. 그중 하나가 헤어짐에 대한 사랑의 논리를 마련하는 일이다.

> 그대와의 만남이
> 만나지 않은 채 이루어졌듯
> 설혹 우리에게 헤어지는 날이 올지라도
> 그 헤어짐은 헤어지지 않은 헤어짐이길
> 나는 바란다.
> 내 어깨 위에
> 너울 없는 놀라움으로 녹고 쌓이던 눈처럼
> 무연히 부딪는 어깨의 체온처럼
> 그대와 나
> 만나지 않아도 항시 만나고 있으리라
> 오늘 그렇게 나는 믿는다.

그대가 차가운 어둠 속에 떨고 있는 날에도

내 몸과 넋의 그림자 다 벗어서

어둠 아닌 어둠이 되어 그대 감싸안으리라

오늘 그렇게 나는 믿는다.

　　　　　　　　　　　　　　　 ―「만나지 않은 만남」 중에서

　사랑하는 그대와 헤어지고 싶지 않은 시적 화자의 심정을 "헤어지지 않은 헤어짐"으로 표현하고 있다. 이러한 헤어짐이 되기 위해서 시인은 특이한 하나의 만남을 상정한다. 그것이 "만나지 않은 만남"이다. 헤어질 "그대와의 만남이 만나지 않은 채" 이루어졌다는 전제이다. 이 전제가 성립된다면, 만나지 않은 만남은 헤어지지 않은 헤어짐으로 이어질 수 있기 때문이다. 그러나 현실적으로 만나지 않은 만남이 어찌 존재하며, 헤어지지 않은 헤어짐이 있을 수 있으랴. 그래서 이러한 바람을 노래한다는 자체가 바로 역설이다. 헤어짐에 대한 거부의 몸짓이 이러한 역설의 논리를 배태하고 있는 것이다. 이는 달리 말하면, 헤어진 그대를 지금 당장 만나지 못하더라도 항상 만나고 있는 것과 같은 사랑의 감정을 유지하기 위한 시적 화자의 현실적인 바람의 실현이다. 즉 현재의 헤어짐을 초극할 수 있는 자기 확인이며, 일종의 자기 최면이기도 하다. "오늘 그렇게 나는 믿는다"는 자기 확인을 반복하는 이유가 여기에 있다. 그렇지 않고는 사랑하는 그대에게로 향하는 마음을 어떻게 주체할 수 없기 때문이다. 그러나 헤어짐이 사랑의 과정에서 통과제의처럼 찾아오는 것을 어찌할 수 없다. 이별 이후에 나타나는 시적 화자의 세계인식이 서러운 사랑의 모습으로 다가서는 것은 이런 연유다. 시인은 사랑을 서러운 꽃으로 노래한다.

밤길을 가며
불 켜진 남의 창문을 볼 때마다
불빛은 사랑에 피는
서러운 꽃인가 했다.

불 켜진 방안에서
어두운 밤길의 인기척을 들을 때마다
어둠이 사랑에 피는
서러운 꽃인가 했다.

―「서러운 꽃」

　왜 시인이 사랑을 서러운 꽃으로 노래하고 있는지를 이해하기 위해서는 시의 구조와 내용을 좀더 살펴볼 필요가 있다. 1연에서는 '불빛'이 서러운 꽃으로 노래되고 있고, 2연에서는 '어둠'이 서러운 꽃으로 노래된다. 그래서 불빛과 어둠이 다 사랑에 피는 서러운 꽃이 되고 만다. 불빛과 어둠은 세계를 표상하는 하나의 체계이다. 낮과 밤이 세계를 드러내는 하나의 이원적 체계이듯 불빛과 어둠 역시 이에 대비된다. 그러므로 불빛이나 어둠이 사랑에 피는 서러운 꽃이란 인식은 세상 모든 대상들이 서러운 꽃으로 보일 수 있다는 확대 해석이 가능하다. 이러한 확대 해석을 가능하게 하는 요인의 하나는 시적 화자가 처한 공간적 위치에서도 나타난다. 즉 불빛의 인식은 방 밖의 밤길을 가는 공간 속에서 이루어지고, 어둠의 인식은 불 켜진 방 안에서 이루어진다. 방을 중심으로 생각하면, 방 안과 방 밖의 공간은 시적 화자가 위치한 하나의 세계이다. 이러한 하나의 공간적 세계 안에서 불빛과 어둠을 인식한다는 것은 시적 화자를 둘러싸고 있는 모든 세계를 모두 인식한다는 것과 다르지 않다. 그러므로 불빛과 어둠이 사랑에 피는 서러운 꽃인가 라는 시인의 정서는 사랑하는 그대와 헤어진 이후의 세상은 모든 것이 서러움으로 다가선다는 사랑의 감정의 반영인 것이다.

사랑하는 그대와의 이별 이후에 나타나는 사랑의 감정 중의 하나는 사랑하던 사람과 관련된 물건이나 몸짓 장면 등의 행복하고도 가슴 아픈 회상으로 과거를 추억하는 일이다. 이러한 시인의 모습을 「앉은뱅이 탁자」에서 만난다.

> 사상의학서 읽고 아침 녹즙 궁리하고
> 이 사람 저 사람
> 사주팔자도 엮어보던
> 당신의 앉은뱅이 탁자
> 값싼 합판 재질이라도 뻐더렁니
> 살짝 웃는 때깔 좋은 탁자.
> 이제 당신은 가고
> 자취는 고스란히
> 가슴에 와 박힌다.
>
> ―「앉은뱅이 탁자」 중에서

그대는 가고 그대가 사용하던 앉은뱅이 탁자만 남아 있다. 시적 화자는 그 탁자에서 그대의 모습을 읽고 있다. 비록 그 탁자가 값싼 합판 재질이라도 살짝 웃는 때깔 좋은 탁자로 인식되는 것은 사랑하는 그대에 대한 추억 때문이다. 그 추억은 탁자가 그대를 대신할 수 있는 대상으로 승화된다. 그래서 그대는 가고 없지만, 그대를 대신할 수 있는 자취인 때깔 좋은 탁자는 가슴에 와 박히고 있는 것이다. 사랑은 이렇게 사랑하는 사람이 사용했던 물건에까지 끈질기게 붙어다니는 무한한 힘이다. 그 힘이 결국은 끝까지 그대를 기다리는 원동력이 되는 것이다.

3.

　그대가 떠나고 없는 집에 홀로 귀가하는 일은 시적 화자에게는 고통이다. 그래서 그대가 존재하지 않는 집은 아무런 의미 없는 공간으로 인식된다. 「그대 떠나고」에서 시인이 그러한 상황을 "집은 사막이 되어 있다"라고 노래하는 이유가 여기에 있다. 시집 1부에 속한 시편들이 가정과 관련된 이미지에서 크게 벗어나 있지 않은 것도 이런 연유이다. 그래서 시인은 가정의 중요성과 함께 가정을 새롭게 인식하는 노래를 부른다. 그 첫 번째 노래가 「어둠 속의 불빛」이다.

　　　까치산 기슭 품 큰 소나무 밑
　　　초여름 밤공기에 몸 맡기고 앉다.
　　　강 너머 광역시 아파트의 불빛
　　　이국적(異國的) 유람선처럼 궁금하다.
　　　저 불빛 속에
　　　장사 나간 어미를 기다리는 아이 둘
　　　겉으로 씨름질 하며 밥솥 지키고 있으리라.
　　　저 불빛 속에

늦게 귀가한 젊은 가장의 부은 발
아내는 더운 물에 씻어 주리라.
저 불빛 속에
아비는 사람 모인 자리서 읽을 한시(漢詩)를 외고
아들은 외국가요를 우리말로 적으리라.
또 저 불빛 속에
늦은 시간 베란다에 화초를 심으면서
나이든 부부 한 쌍 흙 묻은 손 서로 자랑하리라.
그래, 저 불빛 아래
조막만 한 어미 고양이 한 마리 새끼들 흩어질까
헛바닥으로 품안에 쓸어 모으리라.
눈썹 사이, 겨드랑 사이
어둠이 남기고 가는 입김 은근하다.
초여름 밤 어둠의 입자들이
연분홍 꽃눈이 되어 내린다.

—「어둠 속 불빛」

시적 화자는 까치산 기슭에 자리한 집에서, 강 너머 도회의 야경을
바라보며, 이국적 유람선처럼 궁금한 아파트의 불빛을 매개로 상상의
공간을 펼쳐내고 있다. 어둠 속에서 빛나는 불빛은 가정의 존재를 드
러내는 기호처럼 읽힌다. 그 불빛 속에는 어미를 기다리는 아이들이,
가장의 부은 발을 씻어주는 아내가, 아비와 아이들이, 화초를 심는 나
이 든 부부가 존재하기 때문이다. 그리고 불빛 아래서는 어미 고양이
한 마리가 새끼들을 품 안에 쓸어모으는 생명과 사랑의 교류가 이루
어지고 있다. 모자간, 부자간, 부부간의 관계로 형성된 여러 가정의 상

황을 제시하고, 이 공간을 생명과 사랑이 교류하는 곳으로 인식함으로써, 그것은 어둠을 넘어서는 불빛으로 자리한다. 그러므로 "초여름 밤 어둠의 입자들이 연분홍 꽃눈이 되어 내"리는 상황의 변화는 불빛으로 상징되는 가정의 힘이 무엇인지를 생각하게 된다. 이렇게 가정의 귀중함에 관심하는 이유는 시인이 온전한 가정의 존재와 부재를 경험한 결과로 보인다.

마누라 어디 갔나, 내 새끼들 잘 있나.
쫓아다니다 문득 잃어버린
우리 집 가는 길
자동차 핸들 잡으면 겨우
가물거리는 길
대동면 예안리 가는 강둑길
풀빛 푸른데
낙동강 어디 갔나, 강둑이 아득하다.
가는 길 물어보려니
전화번호 기억에 없고
줄지어 나는 물오리 떼
갈매기 아이디 쫓다 깨어진다.
아차, 나를 안에 둔 채 문 잠궜구나.
본네트 살피고 콘솔박스 뒤지며
어디에 있나, 빛나는 나는
반나절 뒤져도 뵈지 않는다.
날은 저무는데, 열쇠를 잃고
아무도 없이 홀로 집에 드는

의젓한 나를
나는 잃고 왔구나.
우리 집 가는 길, 길이 멀어라.
개 짖는 소리, 분간이 없네.

―「우리 집 가는 길」

마누라와 새끼는 시적 화자의 가정을 이루는 기본적인 요소이다. 그 기본적 요소가 부재하기에 집은 있지만, 가정은 부재한 상태이다. 그 기본적인 요소인 두 대상을 찾기 위해 찾아다니다가 「우리 집 가는 길」을 잃어버렸다고 노래한다. 그런데 정말 집으로 가는 현실적인 길을 잃어버린 것은 아니다. 늘 다니던 길을 가면서, 오늘은 가는 길이 제대로 보이지 않는 것이다. 이에는 이유가 있다. 늘 이 길을 다니던 "나"를 잃고, 다른 내가 우리 집을 찾아가고 있기 때문이다. 늘 이 길을 다니던 "나"는 아무도 없는 집에 홀로 들어서는 "의젓한 나"였지만, 오늘은 마누라와 자식새끼가 있는 우리 집으로 향하고 있기 때문이다. 그러나 그 집은 멀기만 하다. 현실적으로 아직 존재하지 않기 때문이다. 가족이 없는 집, 그곳은 진정한 우리 집이 아님을 뼈저리게 경험했기에 시적 화자는 그 집 찾기의 어려움을 이렇게 노래하고 있는 것이다.

그런데 시인의 가정에 대한 인식은 가정을 이루는 집 자체의 규모나 형식에 가 있는 것이 아니다. 이러한 모습을 「별」에서 확인할 수 있다.

무허가 소녀가장의
외딴 판잣집

벽에서 바람이 새고
천정으로 밤이 드나드는 집
뒤란에 깜깜 깊은 우물 하나
소녀 가장의 어린 남동생
땀 뻘뻘 흘리는 두레박 속엔
물 대신 별들이 가득합니다.

—「별」

　무허가 판잣집, 소녀가장과 그의 어린 남동생이 사는 집, 집이라고
하기에는 힘든 바람이 새고 천정으로 밤이 드나드는 집이지만, 그들
의 삶에서 시인은 「별」을 발견한다. 그렇게 형편없는 집 속에서 일구
어가는 두 형제 사이에서 형성된 가정이 있기 때문이다. 이 가정에서
발견한 「별」은 「어둠 속의 불빛」에서 가정으로 상정된 불빛과 동질의
이미지로 자리하고 있다. 누나와 함께　판잣집 속의 가정을 일구어가
기 위해 "땀 뻘뻘 흘리는" 남동생의 두레박 속엔 물 대신 별들이 가득
하다는 것은 한 가정을 영위해가기 위해 필요한 노력이 무엇이며, 그
노력이 무엇으로 상징되고 있는지를 암시해준다. 즉 아파트 집에서
확인한 가정의 불빛이 판잣집에서는 「별」로 바뀌고 있음을 말한다.
「별」과 같은 차원에서 노래되고 있는 집이 「비닐하우스」다.

콜롬부스의 여행에서도
들르지 않은 집
비닐하우스
밖이 더울 때 더 덥고
추울 때 더 추운 집.

장난은 금하건만

바람 불면 바람소리 백 배

미리 내는 집

가옥대장 밖의 가옥, 비닐하우스.

배추처럼 한 뿌리에 밑 대고 사는

두 가구 여섯 식구

사는 것이 장난 같습니다.

눈알들 초롱 초롱 초록색

방울토마토 같습니다.

―「비닐하우스」

「비닐하우스」 역시 "가옥대장 밖의 가옥"이면서, "콜롬부스의 여행에서도/ 들르지 않는" 집 같지 않은 집이다. "밖이 더울 때 더 덥고/ 추울 때 더 추운 집"이다. 그런데 이런 집에도 "두 가구 여섯 식구"가 살고 있다. 그들의 삶은 장난 같지만, "눈알들 초롱 초롱 초록색/ 방울토마토 같"은 모습으로 생명감이 넘친다. 가정은 단순한 집이 아니고, 생명이 살아 있는 역동적 삶의 공간임을 암시하고 있다.

그러나 가정의 속으로 들어가보면, 그 속에는 사랑과 생명과 희열만이 있는 것은 아니다. 시인의 눈에 걸려든 한 가정의 모습은 「눈물」이 있는, 아픔이 있는 공간이기도 하다. 간경화로 힘든 삶을 지탱하고 있는 홀아비를 모신 소년이 눈물을 흘리고 있는 가정의 한 장면이 노래된다. 그 소년의 눈물 흘리는 아픔을 달래는 고모에게 말칼질을 하는 시적 화자의 언사에 이 시의 주제가 놓여 있다. "눈물의 짠맛에 흠뻑 젖어야/ 소년이 썩지 않을 것 같았"(「눈물」)기 때문이란 것이다. 언젠가 아버지가 돌아가시고, 혼자 가정을 세워가야 할 때가 오기 때문에, 스스로 설 수 있는 힘을, 「눈물」을 흘리는 경험을 통해 마련해가야한다는 시적 화자의 소년의 삶에 대한 배려이다. 그래서 시인이 부르는 「가정」의 노래는 별의 이미지로 반짝이는 아름다움과 순수로 나아가는 사랑도 있지만, "불과 물과 나무와 쇠와 땅을 한 화원에 피우"(「가정」)는 이질적이고 맞서는 대상의 이미지들이 융해되는 공간이기도 하다. 가정은 완성된 것이 아니라, 완성의 상태로 나아가는 과정 속에서 비로소 아름다운 숨결이 느껴지는 삶의 공간이란 것이다.

이러한 가정에 대한 애착 때문에 시인은 「어느 파리의 가정」에서는 차 안에 갇힌 파리 한 마리를 두고도 가정을 노래하는 선까지 나아가고 있다. 차 안에 갇혀서 빠져나가지 못하고 있는 파리 한 마리는 그냥 차 안에 날아 들어온 한 마리 파리일 뿐이다. 그런데 시인은 이를 가정의 차원으로 해석하고 있다. "건강한 육체, 건전한 정신보다/ 그에게는 가정이 중한가보다"(「어느 파리의 가정」)란 언표에서 나타나듯이 가정이란 창으로 세상을 바라보고 있다. 이는 시인이 그만큼 가정의 중요성을 절박하게 인식한 결과이다.

자연생태의 파괴만큼이나 가정이 무너져가고 있는 것이 오늘의 현실이다. 가정이 무너져가고 있음은 일차적인 인간관계에서, 그 관계의 토대가 허물어져가고 있음을 말한다. 이러한 인간관계의 허물어짐이 인간과 자연과의 정상적인 관계를 허물어가는 데, 어떠한 작용을 하고 있는지를 다시 생각하게 한다. 이런 측면에서 신진 시인의 이번 시집 『귀가』(전망, 2005)는 단순히 집으로 돌아가는 것이 아니라, 인간관계의 회복이 어떤 과정을 통해 가능한지를 암시하고 있는 셈이다. 그 근원적인 힘은 사랑임을 노래하고 있는 것이다. 그 노래를 실감 있게 엿들을 수 있다는 것이 독자가 누릴 수 있는 몫이다.

현실 부조리를 넘어서는
초월적인 힘—이규정

비평가(갑)   이규정 소설가의 나이가 이순이 넘었다고 알고 있는데, 나
            이에 관계없이 지속적으로 작품을 발표하고 있으니, 그 작가
            의식을 문제 삼지 않을 수 없습니다.

비평가(을)   그 점을 저도 놀랍게 생각합니다. 이번 창작집 『퇴출시대』
            에 실린 작품들의 창작 년대를 살펴보면 거의 최근작들이니,
            나이가 더해감에 따라 오히려 창작의욕이 더 왕성해지고 있
            는 것은 아닌가 하는 생각을 갖게 합니다.

비평가(갑)   그런 생각을 충분히 할 수 있을 것 같습니다. 보통 작가들이
            나이가 들면 들수록 작품 발표량도 줄어들고 그 의식의 치열
            성도 떨어지는 것이 일반적인 현상인데, 이규정 작가의 경우
            는 그렇지 않다는 생각을 하게 만드니까요.

비평가(을) 그러면 이번 창작집에 실린 작품들을 논하면서 나이와 무관하다고 할 정도의 치열한 글쓰기가 가능했던 그 근저를 밝혀낼 수 있으면 좋겠습니다. 어떠한 작가의 내면의식이 부단한 글쓰기를 가능하게 하는 근원적인 힘이 되고 있는지에 대해 관심을 가져볼 필요가 있다고 봅니다. 우선 9편의 단편이 지니고 있는 전반적인 특성이나 문제의식은 어디에 있는지를 이야기해보죠.

비평가(갑) 이번 창작집에서 우선 내세울 수 있는 것은 어려운 현실인식이 투철하게 드러나고 있다는 점입니다. IMF 관리체계에 들어선 한국경제 때문에 직장에서 퇴출되어 거리로 내몰려 살아가야 하는 서민들의 아픔이 그대로 전달되어 온다는 점입니다. 이는 작가의 남다른 현실인식이라 생각합니다.

비평가(을) 현실을 그렇게 인식하는 태도는 근본적으로 리얼리즘 정신이라고 봅니다. 이미 이규정 작가는 초기 작품부터 이러한 정신에 의해서 작품을 창작해 왔죠. 그 정신이 계속 유지되고 있다는 증거로 볼 수 있죠.

비평가(갑) 그런데 제가 보기에는 이번 창작집 속에 흐르는 작가정신은 리얼리즘만으로는 다 해명할 수 없다고 봅니다. 회사가 부도가 나서 도피해야 하는 사장, 은행에서 쫓겨나 가출한 가장, 회사에서 해고당한 젊은 회사원 등 경제적 파탄으로 인해 고통당하는 문제적 인간들을 다루고 있지만, 그들이 당한 현실적 고통을 해결하는 방안은 리얼리즘적 세계인식에서 비롯되는 것이 아니라, 종교적 차원에 귀결되고 있기 때문입니다. 그러므로 이번 창작집의 작품들을 제대로 이해하기 위해서는 주인공들이 보이는 종교적 시선을 무시할 수 없습니다.

비평가(을)   그러면 작가의 현실인식이란 측면과 현실의 문제를 궁극적으로 종교적 차원에서 해결의 지향점을 모색하고 있는 작가의 종교적 의식을 중심으로 작품들을 읽어가는 것이 좋을 것 같습니다.

비평가(갑)   어쩌면 그러한 두 기둥이 이규정 소설가의 이번 창작집을 이해하는 틀이기는 하나, 부수적으로 노인의 문제라든지, 소설 공간 확대의 문제라든지, 하는 점도 중요한 논의거리가 될 수 있다고 봅니다.

비평가(을)   그 점에 저도 공감입니다. 그러면 연작 소설 형태를 띠고 있는『퇴출시대』를 먼저 논의해보죠. 5편이니 순서대로 논의해 보는 것이 좋을 것 같은데요.

비평가(갑)   「퇴출시대1」은 부제가 '해결사와의 만남' 인데, 작품 구성이 흥미진진한 스토리를 가지고 있어 우선 독자를 끌어들이는 힘이 있다고 생각합니다. 자동차 부품공장 사장으로 일하던 이지열 사장이 IMF로 부도가 나 절로 도피했다가 그 곳에서 빙공스님을 만나 자신의 빚을 청산할 수 있는 계기를 마련하게 된 이야기이죠. 어떻게 보면 꿈같은 이야기일 수도 있죠.

비평가(을)　꿈같은 이야기라고 할 수 있는 근거는 현실적으로 진 많은 빚을 한꺼번에 해결할 수 있는 해결사를 만난다는 점에서도 비롯되지만, 이 작품의 시작이 꿈속에서 만난 선비 이야기에서 이루어지고 있다는 측면에서도 나타납니다. 즉 부도로 인해 만난 현실적인 고통의 짐을 초월적인 힘의 소유자와 교감을 통해 풀어가고 있다는 점입니다. 초상화의 주인공으로 나타나는 절대자의 육성을 들으며 사건의 실마리를 찾아가는 과정에서 이를 찾아 볼 수 있습니다.

비평가(갑)　그러한 점은 이규정 작가의 지금까지의 소설적 기법이나 글쓰기 방식에 비추어 본다면, 상당히 다른 면모라고 할 수 있지 않을까요.

비평가(을)　그것은 사실인 것 같습니다. 현실의 문제를 철저하게 리얼리즘적 시각에 의해 인식하고, 그 해결방안을 리얼리즘적 세계관에 의해 추구해온 것이 이규정 작가의 초기 이후 지속되어온 작품 성향이죠. 그런데 종교적 실존을 경험하면서, 그의 소설에는 종교적 시점들이 많이 개입되고 있습니다. 이번 창작집에서도 이러한 모습은 확연히 드러납니다. 「퇴출시대1」에서 이지열 사장이 꿈에서 만난 선비, 그리고 그 모습을 닮은 초상화의 주인공을 통해 들려주는 육성은 환상적이면서 종교적인 차원의 것입니다. 동양적인 신비감이 곁들어 있기는 하나 분명히 기독교의 계시적 성격으로 파악할 수 있는 부분입니다.

비평가(갑) 그런데 저의 관심은 이지열 사장이 교사였을 때 만난 남시우 학생이 자신이 피해 있는 이 절의 주지스님인 빙공스님이 되었다는 사건전개보다는 빙공스님이 번역하고 있는 「격암유록」의 사상에서 십자가 사상을 해석해내고 있는 점입니다. 동양의 전통적 사상 속에서 서구 기독교 사상과 맥을 같이 하는 부분들을 이끌어냄으로써, 불교와 천주교의 접합점 혹은 공유점을 통해 종교의 보편성을 모색해보고 있죠.

비평가(을) 종교의 보편성 추구는 동양사상의 서구사상화이기도 합니다. 그러나 대개 이런 경우, 이 두 영역이 결국 대립·갈등할 수밖에 없는데, 작가는 이를 이야기 속에서 융합해냄으로써 한국인의 종교적 사유를 엿보게 하고 있죠.

비평가(갑) 그 문제는 결국 기독교의 토착화 문제와 만나게 되는데, 이는 그동안 한국 교회가 떠맡아온 과제 중의 하나죠. 기독교의 보편성이 중요하지만, 기독교가 전래된 그 지역의 특수한 전통문화와 만나서 생성되는 다양한 기독교 문화 양상 역시 우리가 추구해야 할 중요한 가치 중 하나입니다. 이런 점에서 「퇴출시대1」에 나타난 꿈속에서 만난 선비, 그 선비를 닮은 초상화의 주인공, 그 주인공을 통해 듣게 되는 신의 계시는 새롭게 논의해볼 가치가 있다는 것 입니다. 절을 찾아 들었을 때, 꿈속의 선비가 들려주던 "여기를 잘 찾아 왔구나. 여기는 너의 안식처이니라. 그리고 네가 믿는 하나님과 아미타불은 같은 분이시니라"라는 음성은 그 예 중의 하나죠.

비평가(을) 그러한 부분도 논의의 가치가 있지만, 제 관심은 이지열이 란 한 인물의 성격입니다. 그가 교사로서의 삶을 포기하고, 자 동차 부품공장 사장으로서의 삶을 살아가게 된 사회적 조건, 그리고 7명의 종업원을 가족처럼 대하며 사업체를 운영하는 삶 속에서 그가 보여준 삶의 자세 말입니다. 그가 끝까지 선한 삶의 가치를 버리지 않고 살아왔기에 신의 도움으로 결국 문 제를 해결하게 된 것이 아닐까요. 세상을 살아가는 삶의 방식 에서 이지열의 인간됨이 부각되고 있다는 것입니다.

비평가(갑) 그렇게 너무 단순화시키면 권선징악이란 도식 속에다 인물 을 규범화해버 릴 수도 있죠. 선한 삶의 가치 추구라는 의미에 다 신 앞에서라는 종교적 실존을 부가할 때, 그 의미가 더욱 분명하게 드러난다고 봅니다. 이지열이 보여주는 이타심이나 사람다운 삶의 가치추구는 단순한 휴머니즘은 아닙니다. 단 지 인간차원이 아니라 종교적 차원으로 넘어서 있다는 거죠. 그래서 리얼리즘적 관점에서는 이해할 수 없는 요소가 드러 나기도 합니다.

비평가(을) 현실인식은 리얼리즘적인데, 문제해결은 종교적 차원이니 까 서로 모순된다고 느끼겠죠. 그래서 이 부분은 종교적 체험 이 없는 자는 상당히 곤혹스럽게 느낄 수 있는 부분이기도 합 니다. 종교적 체험 역시 객관적인 요소도 있지만, 상당한 부분 주관적이죠. 그래서 객관정신에 기초한 리얼리즘과 주관적인 종교적 체험이 서로 만나 조화롭게 융합하기란 그리 쉽지 않 죠. 그런데 작가는 작품 속에서 이 두 요소를 잘 결합하고 있는 것 같습니다.

비평가(갑) 두 요소가 잘 결합되어 있다는 의미도 있지만 제가 볼 때는 인간이 마지막 골목에 다다랐을 때, 이룰 수 있는 자리로 종교를 보여주고 있다는 생각도 듭니다. 즉 인간의 삶에 있어 궁극은 종교적 실존의식에서 결코 자유롭지 못하다는 거죠.

비평가(을) 「퇴출시대2」는 좀 다른 모습을 보이고 있는 작품으로 읽힙니다. 철저히 리얼리즘 정신에 의해 현상을 인식하고 있는 작품이기 때문이죠. 명예퇴직한 하동식 교사의 비극적인 말년이 잘 그려지고 있습니다. IMF 때문이죠. 퇴직금을 전부 큰아들의 사업에 투자했으나 결국 큰아들 회사 역시 도산하고, 작은 아들은 은행에서 퇴출당하고 가정이 파탄되고 마는 이야기죠.

비평가(갑) 저는 이 작품을 처음에는 IMF로 인한 가정파탄과 경제적 어려움에 초점을 맞춰 읽었으나, 읽고 난 뒤에는 결국 노인문제를 생각했습니다. 명예퇴직 이후 하동식에게 주어지는 여건이란 참으로 힘든 상황입니다. 부인이 죽고 본인은 고혈압과 당뇨에 시달리며 정신적·물질적으로 소외되는 삶을 살고 있으니까요. 그러나 무엇보다 하동식의 삶에서 짐스러운 것은 함께 사는 젊은 며느리와 세대 차이에서 빚어지는 소외의식이라 생각합니다. 묘사에서 가지고온 음식과 할멈의 첫 제사 음식을 쓰레기통에 버리는 며느리를 보고 호통을 치는 것이나, 가정생활 속에서 할멈같이 제대로 챙겨주지 못하는 것에 대한 섭섭함이 이를 잘 드러내 보여주는 장면들입니다.

비평가(을) 저 역시 그 점에서는 같은 생각을 가집니다. 그러나 하동식이 결국 치과에 들러 흔들리는 이빨 두 개를 빼고는 죽은 할멈을 따라 처음이자 마지막 여행을 떠나는 장면은 너무 쉽게 이야기를 마무리했다는 생각이 들었습니다. 가정의 파탄, 아들의 가출, 며느리의 가출 등 이제 더 이상 기댈 수 있는 언덕이 없는 생활을 생각한다면, 죽음의 길이 마지막 선택이 될 수 있지만, 그의 영혼만은 구원의 빛을 만날 수 있게 했으면 하는 아쉬움이 남았습니다.

비평가(갑) 그러한 생각을 하게 되는 이유는 아마 『퇴출시대』 연작들이 지닌 작품의 성격 때문이 아닌가 합니다. 『퇴출시대』 5편 중 이 작품 외에는 모두 종교성을 지니고 있어, 등장하는 주인공들이 결국은 종교적 회심을 통해 긍정적인 인간형으로 돌아오든지, 비극적 절망에서 벗어나는 모습을 보이고 있는데, 이 작품만은 비극적 결말 그 자체로 작품이 끝나고 있기 때문입니다. 그 점에서 저는 작가의 의도를 생각합니다. 현실적으로 이 시대의 노인들이 당하는 고통이 참으로 크다는 것을 부각시키기 위해 구원의 모티브나 방향성조차 설정하지 않고 오직 리얼리즘적 시각만 견지하고 있는 것이 아닌가 하고요.

비평가(을) 그 점에서 『퇴출시대』의 나머지 작품과 분명히 변별되는 것은 사실입니다. 저는 「퇴출시대3」을 이 작품집에서 좀더 의미 있게 생각했습니다. 이 작품 역시 IMF로 인해 어려움에 처해 있는 한 회사원이, 그가 당면한 문제를 종교적 차원에서 해결하고 있습니다. 그런데 종교적 차원에서 회사의 과제를 해결은 했지만, 결국 해고되는 장면에서 현실의 아픔을 더욱 실감나게 하기 때문입니다. 그러나 그 주인공은 종교적 힘에 의해 그 일을 오히려 감사하고 있는 자세를 보이고 있죠. 이러한 삶의 모습은 「퇴출시대1」에서 보인 주인공의 종교적 삶보다 한층 더 나은 모습을 보이고 있습니다. 회사를 위해 자신이 어려운 일을 해결했는데도, 오히려 퇴출당한 현실을 생각하면, 뭔지 거기에 대한 부정적 대응이 있어야 하겠지만, 이를 수용하는 자세는 고통 속에서도 감사하는 자의 삶의 모습으로 보이기 때문입니다.

비평가(갑)   그런데 그러한 마음가짐이 가능한데는 주인공의 삶을 근본적으로 변화시킨 설은주란 한 수녀님이 존재했기 때문이라 봅니다. 이 작품 속에는 그 수녀님 과의 아름답고도 슬픈 과거 사랑의 이야기가 액자처럼 들어앉아 있는데, 이 수녀님과의 만남이 있었기에 퇴출이라는 어려운 현실을 넘어설 수 있는 힘을 주인공은 내장할 수 있었다고 봅니다. 그 힘은 종교심과 사랑이라는 두 겹으 로 뭉쳐져 있기에 그 무엇으로도 무너뜨릴 수 없죠.

비평가(을)   저는 『퇴출시대4』를 굉장히 스케일이 큰 작품으로 읽었습니다. 여행기라는 형식에 의존해 있어서 그 형식면에는 새로움이 없지만, 그 내용으로 보면, 장편으로도 가능한 작품이죠. 우선 소설 공간이 아프리카 탄자니아까지 넓혀져 있고, 등장하는 인물 역시 이국인들이 많아 이야기 거리가 풍성하기 때문입니다.

비평가(갑) 소설 공간이 넓고, 등장인물이 이국인들이라고 해서 그것만으로 장편소설의 필요충분조건으로 삼을 수만은 없지요. 다루고 있는 주제의식과 세계를 바라보는 시선이 역시 문제지요.

비평가(을) 제가 볼 때는 이 작품의 부재로 제시된 탄자니아의 어떤 사제, 그 한 분의 이야기만 가지고도 장편이 가능하다는 생각도 들어요. 마사이족 특유의 삶과 그들 속에서 펼치는 선교사역만도 엄청난 이야기니까요. 그런데 작가의 관심은 장편이냐 단편이냐 하는 소설크기의 문제에 있는 것이 아니라, 『퇴출시대』에 대한 작가의 세계인식에 있는 것 같습니다.

비평가(갑) 화자는 탄자니아에 와 있는 허호 씨의 말을 통해 『퇴출시대』 사람들이 어떤 고통을 당하고 있는가를 넌지시 암시하고 있죠. 즉 "원칙 없이 퇴출이다 뭐다 사람들을 마구 몰아내고 짓밟고 하는 꼬락서니를 안 보는 것이 그럴 수 없이 속 편하다고." 얼마나 많은 사람들이 부당해고로 괴로움을 당했는지를 쉽게 상상할 수 있는 장면이죠. 이 부분을 이 작품에서 놓칠 수는 없죠.

비평가(을) 그러나 화자의 말에 의하면, 탄자니아의 여행 목적이 단순한 기행이 아니고 설동일 신부와 만나기 위한 것이라는 점을 또한 놓쳐서는 곤란하다고 봅니다. 그와 가졌던 친분관계도 있지만, 그의 선교활동을 통해 아들이 이루지 못한 신부의 길을 확인할 수도 있기 때문이죠. 그가 설 신부를 통해 확인한 것은 선교사의 길이 얼마나 힘든 고행의 길인가 하는 점입니다.

비평가(갑)　제가 생각하기에는 설 선교사의 고된 삶에 대한 확인도 화자가 지닌 관심사였지만, 마사이족을 선교하면서 느끼는 한국의 현실에 대한 설 선교사의 발언에 대해서도 관심을 가질 필요가 있다고 봅니다. 그는 "마사이족들은 하나님은 몰라도 한국의 문민정부처럼 직장인들을 막무가내로 거리로 내모는 짓거리는 하지 않습니다. 철저히 동고동락하는 삶을 사는 종족들이라"고 항변하고 있죠. 그래서 결국은 화자의 아들 역시 직장으로부터 퇴출되었다는 소식을 접하게 되죠. 화자의 아들은 퇴출과 동시에 신학의 길로 접어들어 아버지의 한을 풀어주는 계기가 되지만, 퇴출시대의 퇴출대상이 되고 있습니다. 이 장면에서는 아이러니가 연출되고 있죠.

비평가(을)　『퇴출시대』 중에서 서민들의 삶의 모습을 가장 적나라하게 보여주는 작품이 「퇴출시대5」라고 생각합니다. 그 주인공들이 가장 힘들게 사는 노동자 계층으로 설정되고 있기 때문입니다. 장로사 남편의 경우는 노숙자의 삶을 보여주고 있고, 데레사의 남편은 직장을 잃고 병든 아버지를 위해 사는 산동네의 삶을 여실히 보여주고 있습니다. 두 이야기 모두 어려운 시기의 삶의 고통과 고통 중에 만나는 따뜻한 인정을 부각시킴으로써 퇴출시대의 삶의 현장을 구체화하고 있습니다.

비평가(갑)　제가 볼 때는 장로사 가정의 어려움을 드러낼 때 같은 동네에 사는 부잣집 생활상을 함께 드러냄으로써 퇴출시대 서민들의 삶의 고통을 더욱 심화하고 있다고 봅니다. 장로사가 해산 후에 먹는 음식과 부잣집 개의 생활을 대조시키는 것은 그 한 예죠. 퇴출시대에 개보다 못한 상태로 전락한 서민의 생활상을 그려내고 있죠.

비평가(을)　그러나 그런 중에도 그들의 삶에는 희망의 빛이 샘솟고 있음을 봅니다. 장로사가 입에 풀칠하기 힘든 상황 속에서도 남편의 회심을 기뻐하며 희망을 잃지 않는 것은 그의 마음을 지탱해줄 신앙이 있기 때문이죠. 베드로 씨의 경우도 마찬가집니다. 아내의 장사에 의존해서 사는 삶이지만, 아버지를 위해 개를 사서 동네 어른들과 개잔치를 열 수 있다는 것은 물질적인 여유에서 비롯된 것이 아니라 정신적 여유에서 가능한 일이죠. 이 여유가 그들의 신앙에서 나왔다는 점에서 작가는 『퇴출시대』를 넘어서는 근원적 힘으로 신앙을 내세우고 있다고 봅니다.

비평가(갑)　신앙의 힘으로 현실적인 모든 짐들을 다 질 수 있는가 라는 또 다른 근본적인 질문이 제기될 수도 있죠. 그러나 작가의 관심은 분명 여기에 있는 것이 틀림없습니다. 그렇지 않고는 「아니 할 말로」에서처럼 치매에 걸린 아버지를 두고 꾸르실료라는 봉사활동을 떠날 수 있는 주인공을 설정할 수가 없죠.

비평가(을)　그러나 캐나다 벤쿠버 꾸르실료 모임에 가서도 아버지에 대한 걱정은 계속하고 있지 않습니까. 그것은 종교적 헌신에 완전히 기울어졌다기보다는 인간적인 갈등과 현실적인 상황에서 완전히 벗어나지 못하는 인간의 본모습이 아닐까요.

비평가(갑)　그런 점도 무시할 수 없죠. 그러나 결국 아버지가 치매상태에서 가출해서 교통사고를 당하고 만다는 점에서 종교적 헌신에 더 기울어져 있는 주인공의 모습을 보게 된다고 할 수 있습니다. 이러한 생각이 작품에서 확인되는 작가의 관심사가 아닌가 합니다.

비평가(을)　이 창작집에는 『퇴출시대』를 살면서 경제적으로 고통당하는 사람들의 삶 이야기뿐만 아니라, 전쟁이 남긴 상처로 고통당하는 자들의 삶 이야기도 자리하고 있습니다. 「트자에 ㄹ 달고」나 「어지럼증과 귀울림」이 이에 해당하는 작품으로 읽히는데, 어떻게 읽으셨습니까?

비평가(갑)　화자의 입장에서 보면, 나이 들면서 자연스럽게 떠올리는 유년의 체험 이야기죠. 그런데 그 유년의 상흔이 현재까지도 살아 움직이고 있다는 점에서 아픔으로 다가선 작품이었습니다. 특히 「어지럼증과 귀울림」은 주인공 최상호가 6·25 때 경험한 전쟁이 준 상처와 70년대 민주화운동 때 당한 고문이 현재의 노근리 양민학살 소식과 만나면서 심화된 정신적 고통으로 나타나고 있다는 점에서 고통의 현재성을 더욱 실감하게 됩니다.

비평가(을)　의학적인 검사로는 그 증상의 원인을 밝혀낼 수 없어 정신과 질환으로 판명 받는 주인공의 병력을 통해 정신적 상처의 깊이와 놀라움을 깨닫게 됩니다. 물리적 검사로는 다 밝혀낼 수 없는 인간실존의 내면모습 즉 정신적 존재로서의 인간이해에 더 깊이 다가서 있는 작가의 내면의식을 접하게 됩니다.

비평가(갑)　그러한 인간이해가 이번 창작집에서 작가가 종교적 실존의식을 드러내는 데로 많이 기울어져 있는 것으로 나타난다고 봅니다. 정신적 상처의 치유는 자신보다 더 큰 절대자와의 만남 없이는 불가능합니다. 「어느 653세대 이야기」에서 임송혁이 지닌 불안과 고통의 시간들이 결국 베네딕토 수사 신부의 만남에서 해결되어 편히 잠들 수 있게 된 것 역시 이런 종교적 실존의 특성을 드러내는 부분이죠. 인간의 내면을 치유하는 초월적인 힘을 경험하고 있는 것입니다. 감각적이고 가시적인 힘에 길들여져 있는 독자들에게는 이 힘이 느껴지기 힘들지 모르나 보이지 않는 힘의 존재를 믿는 자들에게는 실감 있게 다가서리라 믿습니다. 이 힘이 이규정 작가가 나이에 관계없이 작품을 지속적으로 창작할 수 있는 힘인지도 모릅니다.

삶의 진정성을 찾아가는
도정의 풍경들—정인

　사람의 삶이란 다양하다. 각자가 서 있는 자리가 다양하고 살아가는 방식 또한 다양하기 때문이다. 그러나 모든 사람의 삶의 터전은 가정이란 공통적인 토대 위에 자리하고 있다. 태어나면서부터 가정의 굴레를 벗어나 있는 존재는 없다. 한국 소설의 중요한 한 맥이 소위 가족소설로 자리매김되고 있는 이유도 이러한 토대에 근거한다. 그런데 소설 속에 형상화되고 있는 가족은 대부분 문제 가정이다. 지상에서 찾을 수 있는 유일한 천국의 원형을 가정에서 찾고 있지만, 실낙원 이후 천국의 모형을 그대로 간직하고 있는 가정은 찾기 힘들기 때문이다.

　특히 전통적인 가족개념이 해체되어가고 있는 오늘의 상황에서 가정은 복잡다단한 문제를 안고 있다. 문제 가정이란 우선 가족들 관계가 정상적인 상태에서 벗어나 있는 상태를 말한다. 부부간의 정상적인 관계가 상실되어 있거나, 부모자식간의 관계에 문제가 생겼거나, 일찍 부나 모를 잃게 되거나, 남편이나 부인과 사별한 경우 등 가족구성원 사이에 결락사항이 생김으로써 전개되는 상황들을 말한다. 이러한 결락사항들은 일차적으로 가족의 문제이긴 하지만, 부수적으로 사회적 존재로서의 한 개인이 또 다른 관계성을 형성하는 데 필요한 결락사항으로 이어져 있다는 점에서 그 의미망은 그렇게 단순하지 않다.

정인의 『당신의 저녁』(문학수첩, 2003)에서 이러한 가족의 다양한 이야기를 만나게 된다. 정인이 그려내고 있는 가족 이야기를 통해 우리가 새롭게 인식하게 되는 사항과 작가의 시선에 걸려들지 않은 문제, 그리고 작가의 시선이 가닿아 있는 한계지점이 무엇인지를 함께 논의하는 장을 마련해보고자 한다.

우선 아버지가 부재하는 가정이 지니는 의미와 그 한계부터 살펴본다.

정인의 이번 첫 소설집에는 11편의 작품이 실려 있는데 이들 작품들을 인물 중심으로 분석해보면 아버지 혹은 남편이 존재하지 않는 작품이 대부분이다. 「푸른 그림자」에서 외국에서 어학공부를 하는 준혁은 일찍 아버지를 잃고 어머니마저 재혼을 한 가정이고, 「당신의 저녁」에 나오는 나 역시 홀로된 어머니를 두고 출가한 여성이다. 그리고 「너무 가벼운 나날」에서는 아버지가 누군지도 모르고 홀로된 어머니와 함께 살아가는, 첫사랑에 눈뜨는 소녀이고, 「소리, 소리, 소리」에서 나(화자)는 남편과 사별하고 어린 딸과 함께 여관업을 하며 살아가는 자이며, 「오래된 선물」에서 나(화자)도 홀로된 어머니를 두고 있는 아들이다. 또한 「미혹」에서도 나(화자)는 8살 때 아버지를 여의고 홀로된 어머니와 함께 살고 있는 자이며, 「낯선 오후」 나(화자) 역시 결혼을 했지만 이혼을 한 여성이다. 뿐만 아니라 「속삭임」에 나타나는, 아들들이 힘들게 부양해야 하는 식물인간 상태의 어머니 역시 홀로된 어머니다. 오직 「떠도는 섬」에서만 아버지가 등장한다. 그러나 그 아버지도 북에 처자식을 두고 월남한 아버지이기에 나(화)와 동생(정희)의 가슴에는 아버지가 부재하는 상황이다.

아버지나 남편이 부재하다는 것은, 일차적으로 이들 가족 구성원들이 느끼게 되는 결핍이 문제의 상황을 연출할 수밖에 없다. 그 상황은 아버지가 부재하는 자녀가 느끼는 경우와 남편이 없는 여성이 느끼는 경우로 나누어볼 수 있다. 먼저 아버지의 부재가 남기고 있는 결핍상황을 「푸른 그림자」에서 확인해보자. 이 작품에 나오는 준혁은 아버지를 여의고 어머니 밑에 홀로 있다가 외국으로 보내진다. 엄마의 재혼 소식과 외국생활의 고단함은 친아버지를 그리워하는 상태로 나아가게 만든다. 결핍이 드러나는 장면이다. 그런데 준혁의 어머니가 아들을 외국에 내보내고 나서 재혼을 한다는 것이 다른 작품에서 보이는 어머니상과 비교해볼 때 조금은 이질적으로 느껴진다. 「당신의 저녁」이나 「미혹」에 나타나는, 홀로된 어머니가 힘들게 삶을 견디면서 자식들을 향하는 모성상과는 분명한 거리가 있어 보이기 때문이다. 이는 어찌 보면 어머니 세대간의 모성상의 차이일 수도 있는데, 그 진정성은 어디에 있는가? 「푸른 그림자」와 비슷한 세대라고 할 수 있는 「너무 가벼운 나날」의 나의 엄마와 「소리, 소리, 소리」에서의 수민의 엄마인 나(화자)의 딸들에게 향한 모성상과도 차이가 나는 것 같다. 준혁 엄마의 모성상은 어린 아들을 외국까지 내보내는 교육열에서 찾아야 하는가? 아니면 「너무 가벼운 나날」에 나타나는, 이혼을 생각하면서 아이들까지 내팽개치려는 엄마 친구와 같은 차원으로 보아야 하는가? 이것이 우선 이 작품집에서 논의되어야 할 과제이다. 작품 속에 이렇게 다변화되어 나타나는 어머니상을 긍정적으로 해석한다면 다양한 인간군상을 형상화하고 있다는 점에서 의미를 지닌다. 그러나 이렇게 서로 충돌할 수 있는 인물상을 펼쳐놓음으로써 인물의 전형성을 찾아보기는 힘들다는 약점을 지니기도 한다. 작가가 이 시대에 새롭게 문제가 되는 전형적인 어머니상을 나름대로 모색해보려고 했다면 어느 한 방향으로 초점이 모아질 수 있는 인물상을 창조하는 것이 필요하지 않았을까 하는 점이다.

다음 남편이 없는 여성들이 느끼는 결핍이다. 정인의 작품에서 남편을 잃은 여성들이 상실한 남편에 대한 결핍의 아픔을 호소하지 않는 것은 아니지만, 그 아픔에만 갇혀 있지 않다는 점이 하나의 특징으로 나타난다. 「소리, 소리, 소리」에서의 나(화자)와 같이 남편이 경영하던 여관업을 계속해나감으로써 현실적인 생활력을 보여주거나 「너무 가벼운 나날」에서의 나(화자)의 엄마와 같이 힘들게 밤일을 함으로써 생활을 영위한다. 그리고 「미혹」에서 상처만 남기고 떠나버린 남편에 대한 아픈 상흔들을 49재를 통해 풀어내는 모습은 이러한 경향을 드러내는 부분이다.

그런데 「낯선 오후」에 등장하는 화자(지선)만은 조금 다른 양상을 보인다. 지선은 남편 석희와 이혼한 후에 자기 길을 당당하게 혼자 나아간 것이 아니라, 결국 남편과 이혼한 일이 잘못되었음을 깨닫고 그를 만나러 이국땅까지 찾아 나서고 있기 때문이다. 그러나 그는 이미 이 세상에는 존재하지 아니하였기에 그와의 만남은 실현되지 않음으로써 홀로된 여성의 자리는 여전히 그대로 남겨진다. 그렇다면 작가는 아버지나 남편이 부재한 가족 이야기를 설정하면서, 홀로된 어머니 혹은 여성의 인물상을 통해 궁극적으로 무엇을 의도했는가? 남성중심주의를 넘어선 여성중심주의를 엿보고 있는 것인가? 작가의 의도는 단순히 그런 차원으로 해석하기에는 무리가 있는 것 같다. 이것이 작가와 우리가 함께 나누어야 할 또 다른 논의과제 중 하나이다.

　이는 단순히 남성중심주의나 여성중심주의 성담론을 제기하는 것이 문제가 아니라, 이 현실 속에서 여성들이 홀로 짊어지고 가는 삶의 부채가 많다는 점을 부각시키고 있는 것이 아닌가 한다. 부부가 함께 지고가야 할 한 가정의 삶의 짐이 홀로 남겨진 여성에게 일방적으로 지워짐으로써 이들이 감당하고 있는 삶의 무게가 어떠한지를 여실히 보여준다는 것이다. 그래서 이 여성들이 주체적으로 삶을 엮어가는 과정이 드러나면서 파생되는 여성중심주의가 여성성의 논의를 가능하게 한다. 그중 하나가 모성성에 대한 논의이다.

　홀로된 어머니를 작품 속에 많이 등장시킴으로써, 모성성의 탐구라는 점에서 정인의 작품들은 여러 가지 차원에서 탐색해볼 가치를 지닌다. 그런데 그 홀로된 어머니는 「당신의 저녁」에서처럼 표면적으로는 자식들에게 갈등을 제공하는 주체가 되기도 하고, 「미혹」에서처럼 자식의 운명을 힘들게 만드는 장본인이 되기도 한다. 「당신의 저녁」에서 어머니는 끝까지 딸에 대한 사랑을 포기하지 않음으로써 "끝끝내 그 깊이를 알 수 없는, 언제나 깊은 바다 같은 존재로" 인식되고 있고, 「미혹」에서는 잘못된 결혼을 강요함으로써 딸의 "목에 길고 커다란 칼을 씌운" 존재가 되고 있다. 즉 자식을 향해 무한에 가까운 사랑을 베푸는 주체가 어머니이기도 하지만, 어머니의 강요가 딸의 운명을 힘들게 구속하는 족쇄 형국으로 변할 때도 있다는 말이다. 이는 홀로된 어머니이기에 자식에 대해 가능한 관계 상황이다. 문제는 이러한 상황 연출을 통해 궁극적으로 드러내려고 한 모성성이 무엇인가 하는 점이다. 그 점은 또 하나의 논의과제이다. 모성성의 중요한 내용 가운데 하나는 역시 자식에 대한 근원적인 사랑이다. 이 사랑이 자녀를 더욱 성장시키는 힘으로 작용할 수도 있지만, 왜곡된 사랑은 자식에게 독이 될 수도 있다는 점을 작품을 통해 확인할 수 있다. 모성이 가지고 있는 자녀에 대한 사랑이 양극단으로 작용할 수 있다는 것이다. 이러한 문제제기는 소위 페미니즘론에서 논외로 제쳐두었던 영역에 대해 생각할 수 있는 계기를 마련한다.

즉 지금까지 페미니즘 논의에서 중심적인 화두는 여성의 문제를 남성과의 관계상황 설정 속에서 논의하는 것이었다. 그런데 정인의 작품에서는 여성성의 문제를 어머니와 딸의 관계 속에서 논의할 수 있는 계기를 마련하고 있다. 즉 남성이 여성에게 억압적인 존재가 되었듯이 어머니가 딸에게 억압적인 존재가 될 수 있다는 관계상황을 설정해 놓고 있다. 페미니즘 논의에서 이 문제는 좀더 깊은 논의가 필요한 부분이다. 남성과 여성의 관계상황 속에서 여성성을 탐구하는 것이 아니라, 모녀간의 관계상황 속에서 여성성 탐구가 이루질 수 있기 때문이다.

그러면 정인은 가족관계 이야기를 통해 달리 또 무엇을 추구해온 것인가? 이는 바로 결핍 상황이 연출했던 내용을 통해 알 수 있다. 그 핵심은 사람과 사람 사이의 진정한 소통의 문제다. 가족관계에서 결핍이 생겨나는 경우는 대부분 가족구성원 사이에 진정한 소통이 허물어져 정상적인 관계가 깨졌을 때이기 때문이다. 「푸른 그림자」에서 준혁이 잡아 죽여야 할 쥐와 집을 지키는 개 케리에게서만 정을 느끼는 이유는 함께 사는 주인집 사람들과 진정한 소통관계를 제대로 형성하지 못하고, 모자관계에서도 부자연스러운 기류를 극복할 수 없었기 때문이다. 또한 「당신의 저녁」에서 어머니와 딸 사이에 일어나는 갈등 역시 진정한 소통이 이루어지지 않았기 때문이다. 어머니의 지향점과 딸의 지향점이 일차적으로 서로 맞아들지 않았다. 「미혹」에서 결국 자살에 이르고 마는 나(화자) 역시 어릴 때 부모와 진정한 소통

관계를 형성하지 못했기에 사물(오디오시스템, CD 등)에만 빠져버린 불구의 인간형으로 등장한다. 「소리, 소리, 소리」에서 화자의 딸 수민 역시 혼자 있어서 생기는 외로움을 달래기 위해 친구들과 몇 시간씩이나 전화를 해야 하는 일상이 계속되고 있지만, 결국 이런 전화로는 매울 수 없는 진정한 소통을 어머니에게 호소할 수밖에 없다. 이 작품에서 장씨와 그의 애인 사이에 전화로만 계속하는 사랑놀음이 결국 파탄에 이르는 것도 진정한 소통 없는 사랑의 결말을 엿보게 하는 장면이다.

이러한 가족간의 진정한 소통의 문제는 「나비와 거미줄」, 「벨이 울릴 때」에서는 친구 사이 관계로 나타난다. 「나비와 거미줄」에서 성악가 친구인 이미지가 전화로 요청한 진의를 제대로 이해하지 못함으로 친구와 영원히 소통할 수 없는 상황에 이르게 되는 비극적 결말은 소통의 진정성을 상징적으로 보여주고 있다. 그리고 「벨이 울릴 때」에서는 대학에서 만난 친구 정우와 나의 관계가 계속되지 못하고 파탄에 이르는 것이나, 민주 엄마를 소외시키는 작당은 사람 사이에 있어서 진정한 소통이란 것이 무엇이며, 또 어떤 의미를 지니는지를 다시 한번 돌아보게 한다. 사람 사이에 진정한 소통이 불가능할 때, 결국 그 관계는 가족간이든 친구간이든 파국을 맞게 된다는 것을 보여주고 있다. 그러므로 우리는 정인 소설을 읽으면서 부모와 자식간, 부부지간에 진정한 소통을 한다는 것이 어떻게 가능한지를 함께 질문해야 한다. 상대를 인정하고 이해하고 포용하기 위해 코드를 맞추는 일, 그것은 자기 포기, 희생, 사랑이 전제되어야 한다는 점에서 단순한 의사소통의 차원을 넘어서는 문제이다.

이제 정인 소설에서 문제가 될 만한 부분을 좀 이야기해보자. 가족소설이란 것은 언제나 그 시야가 문제가 된다. 시야와 이야기의 범위가 너무 좁다는 말이다. 가족 이야기라고 해서 가정 안의 이야기일 수만은 없다. 가족 공간인 집의 대문을 밀고 나서면 바로 세상과 이어지기 때문이다. 그러나 많은 경우 가족소설이 가족간의 이야기에 국한됨으로써 넓은 시야를 열지 못하고, 세상의 한복판에 서지 못해 한 가족의 이야기로 전락하는 경우가 많다. 그래도 정인의 경우 「오래된 선물」과 「떠도는 섬」을 통해 남북 분단으로 인해 빚어진 문제들을 가족 이야기 속에 끌어들이고 있어 다행으로 생각한다. 「오래된 선물」에 엿보이는 조총련 문제나 「떠도는 섬」에서 확인할 수 있는, 가족을 두고 월남한 실향민의 아픔은 한 가족의 문제이면서 사회적인 문제이며 역사적인 사안이다. 그러므로 이러한 가족사는 그 크기와 범위를 좀 더 넓게 잡아 중편 혹은 장편으로, 작가의 폭넓은 세계를 구축할 수 있는 선으로 나아갈 수 있어야 한다.

　이는 달리 말하면, 가족소설은 가족사소설로 나아감으로써 사회와 역사를 끌어안아야 한다는 것이다. 지금까지 이 창작집에서 보여준, 가족소설에 묶여 있는 시선을 걷어내고 소설소재의 지평을 새롭게 마련할 필요가 있다는 말이다. 그렇다고 지금까지 다루어온 소재를 버리라는 말이 아니다. 지금까지 다루어온 소재들 속에 내재해 있는 복잡다단한 현대사회와 역사의 진면목을 밑그림의 상당 부분으로 활용할 수 있어야 한다는 것이다. 이는 또한 일인칭 위주로 되어 있는 세계 인식의 시선을 다양한 시선으로 전환하는 것과도 무관하지 않다. 이러한 과제를 충분히 극복해갈 수 있는 역량을 첫 창작집에서 보여주었다는 점에서 앞으로의 행보에 기대를 걸어본다.

새로운 이야기 방식과
현실인식—박민규

박민규 소설의 서사구성은 좀은 별난 데가 있다. 별나다는 의미는 이전 소설에서는 만나기 힘든 낯선 장면과 맞닥뜨리게 된다는 말이다. 이는 박민규 소설이 지닌 개성을 의미한다. 이 개성은 그가 이야기를 풀어가는 방식이 색다르다는 점에서 비롯된다. 젊은 시절 운동권으로 활동하다 농촌운동가로 변신하여 살아가는 기하 형이란 한 인물의 삶을 다루고 있는 「코리언 스텐더즈」에도 역시 이러한 이야기 방식은 그대로 나타난다.

우선 이야기를 구성해가는 서술 방식에 있어 단락구분을 분명하게 해둠으로써 영화의 장면 전환과 같은 시각적 효과를 보여준다. 「코리언 스텐더즈」는 전체 64개 단락으로 구성되는데, 그 단락 구성은 한 단어에서부터 한 문장, 기호 하나, 그리고 여러 문장으로 엮인 서사단위 등 다양한 형태로 나타난다. 이러한 단락 구분의 형식적 틀은 이야기 전개에 속도감을 부여하는 기능을 갖는다. 서사구성에 있어서도 장면 전환이 빠른 편인데, 이는 짧은 문형을 사용한다는 특징과 쉼표를 가능한 한 많이 사용한다는 점에서 비롯되는 측면도 있지만, 서술이나 표현대상을 속도감 있게 전환해가는 화법을 활용하는 데서 빚어지는 측면도 무시할 수 없다. 「코리언 스텐더즈」 첫 장면을 읽어보면 이런 서사구성의 특징을 쉽게 확인할 수 있다.

농촌農村이란 단어가 있다.

누구나 아는 단어지만, 누구도 모르는 단어라고 나는 생각한다. 6시 내 고향 같은 거 아닌가요? 올해 갓 여상을 졸업한 김하늘양孃은 그렇게 대답한다. 커피를 내려놓던 그녀가 피싯, 한다. 웃음소리이거나, 웃음을 감추는 소리이다. 고마워. 절대 나하고도 상관이 없단 투로, 나는 진지하게 대답한다. 마치 9시 뉴스데스크, 같다. 다른 무엇보다, 그런 분위기를 풍겨야 할 나이다. 커피를 마신다. 헤이즐넛이다.

두 단락으로 구성되어 있는 소설의 첫 장면은 빠른 장면 전환이 이루어지고 있다. 농촌이란 단어를 제시하고, 그 단어에 대한 김하늘양의 반응과 행동, 그녀에 대한 화자의 반응, 그리고 내가 커피 마시는 행위 등이 이어지면서 그 서술의 전환은 단문 속에서 경쾌하게 진행된다. 전통적인 소설 화법에서 있음직한 간접이나 직접 인용 대화법은 무시된다. 비약에 가까울 정도로 서사의 진행은 빠르지만 개연성을 잃지는 않고 있다. 이것이 박민규의 서사문법이다.

그러면 이 소설이 보여주는 이러한 서사구성의 특징과 함께 문제적 인물로 등장하는 기하 형의 삶의 모습에서 우리는 무엇을 생각할 수 있는가? 이 문제를 풀어가기 위해 손쉽게 선택할 수 있는 두 단어가 이 작품 앞부분에 등장하는 '농촌'과 '운동권'이다. 이 두 단어를 지목하는 이유는 작가 스스로가 이 두 단어에 대해 '누구나 아는 단어지만, 누구도 모르는 단어'라고 단정하면서 이야기를 풀어가고 있으며, 작품 전개가 이 두 단어가 함축하는 영역을 중심으로 이루어지기 때문이다. 작가의 몫이란 누구에게나 보편적으로 알려져 있는 사항에 대해 보편을 넘어서는, 누구도 모르는 특수한 사항을 풀어내는 일이다. 그러므로 누구나 아는 단어지만 누구도 모르는 단어가 지닌 삶의 의미를 캐묻는 작업이 이 작품의 중심 내용이다. 즉 이 두 단어는 기하 형의 삶의 전부를 함의하고 있는 중심 단어라는 말이다.

한때 우리 문단에도 운동권 후일담이 쏟아진 적이 있다. 그러나 이 작품은 그런 유형 속에 묶어둘 수 없는 독자성을 지닌다. 화자의 눈과 입을 통해 들려지는 기하 형의 삶은 운동권에 속했던 자들이 세월 따라 각자의 살길을 모색하고 변신해갔지만 유일하게 남은 자로 형상화되고 있기 때문이다. 그가 정치권의 권유를 뿌리치고 노동현장으로 들어가 노동운동가로 활동하다가 다시 농촌운동에 투신하여 살아가는 모습은 운동권으로서 순수하게 자기동일성을 유지하고 있는 모습이다. 그 모습의 순수성과 정직성은 현실성을 갖지 못할 정도로 극단적인 양상을 보인다. 젊은 날 한때 운동권에 속했던 다른 사람들은 현실 속에서 현실과 타협하며, 소위 제도권 속에서 안위를 누리며 살아가고 있는데, 기하 형은 그런 삶과는 거리가 먼 곳에 위치해 있음을 이 작품은 매우 선명하게 보여준다.

이 대조적인 삶의 모습을 화자의 삶과, 과거엔 기하 형의 애인이었으나 이제는 화자의 아내가 된 그녀의 삶, 그리고 학원가 스타강사가 되어버린 정 선배의 삶을 통해 읽게 된다. 이들의 삶 속에서 별나게 도드라져 보이는 기하 형의 삶의 자세는 이 작품이 지닌 주제의식과 맞닿아 있는 부분이다. 기하 형의 인간형은 너무 순수하기 때문에 현실성 없는 삶을 살아가는 별난 인물로 그려지고 있는데, 이 부조리하고 획일화되어가는 현실에 어떻게 대응하고 있는지를 흥미롭게 보여주고 있기 때문이다.

운동의 정신은 근본적으로 사회체제에 대한 저항이며 부조리한 현실에 대한 저항이다. 이러한 저항은 인간적인 삶을 박탈하는 부조리한 현실에 대한 부정도 있지만, 획일화되는 체제에 대한 거부가 더 근원적이다. 그래서 획일화된 삶을 요구하는 사회 속에서는 언제나 운동적인 요소가 존재하기 마련이다. 기하 형이 펼쳐온 학생운동, 노동운동, 농촌운동은 이런 맥락에서 이해해볼 만하다.

그런데 이 작품 속에 나타나는 중심 이야기인 농촌운동에서 보이는 기하 형의 삶의 양태는 조금은 다른 차원에서 해석해볼 수 있는 의미망을 형성하고 있다. 기하 형이 이룩한 농촌공동체가 허물어지는 과정이 현실적인 농촌정책의 실패에서 비롯되는 점도 있지만, 외계인의 습격에 의해 초토화되는, 약간은 환상적인 이야기 구조 속에 놓여 있기 때문이다. 화자가 기하 형이 사는 실상리를 방문하여 직접 들은 현실적 상황은 공동체를 이루고 살았던 모든 사람들이 떠나고, 농사, 가축사육, 특수작물 재배 등 모든 사업이 실패로 돌아간 지경이었다. 그러한 현실 상황 속에서 마지막 남은 소와 논에 있는 벼와 옥수수밭이 외계인의 습격을 받는 이야기로 이어짐으로써 소설이 갖는 의미는 다른 차원으로 나아가고 있다.

즉 이 작품 속에서 외계인의 침입을 받는다는 사실을 어떻게 해석해야 할 것인가 하는 문제가 제기된다. 이를 해석하기 위해서는 옥수수밭을 휩쓸었던 원반들이 남겨놓은 거대한 KS마크에 주목할 필요가 있다. 이 모습에 대해 기하 형이 "이놈들 하고 말문을" 여는 강한 반응을 보였을 뿐만 아니라, 이 작품의 주제를 함축하는 마지막 장면으로 처리되고 있기 때문이다.

농촌의 붕괴는 현실적으로 내부 문제도 있지만, 외계인이란 외부 문제가 더 크고 근원적인 문제라는 인식을 보여주고 있다. 그러므로 외계인의 존재란 국경 밖에서 침입하는, 거부할 수 없는 세계화의 거대한 물결로 해석해볼 수도 있다. 모든 것이 표준화되고 획일화되어 가는 소위 세계화의 흐름 속에서 내부적인 순수한 운동이 어떤 의미를 지니는지를 생각하게 하는 장면이다. 그러므로 농촌운동을 통해 기하 형이 대응하는 삶의 모습은 국내의 체제문제나 노동문제를 넘어서는 다른 차원의 문제를 제기하고 있다. 그것이 세계화의 문제이다. 세계화의 문제를 외계인의 존재를 통해 보여주고 있는 것이다. 그래서 소설의 공간은 현실공간을 넘어 환상공간으로 확대된다. 외계인을 등장시킴으로써 우주적인 상상의 공간을 확보하고 있는 셈이다.

그런데 이 외계인의 실체를 화자가 확인하고 캠코더로 촬영을 시도했지만 그 실체가 재생되지 않는다는 점에서, 이 소설 속에서 외계인의 존재는 세계화의 본질을 상징하는 매개체로서 또 다른 의미망을 형성하고 있다. 그것은 실체는 분명 존재하지만 그 본질은 잘 드러나지 않는다는 점이다.

원반은 여전히 그 곳에 머물러 있었다. 발광 때문인지 대낮에 봤을 때완 확연히 다른 느낌이었다. 나는 버튼을 눌렀다. 깜박 깜박, 캠코더의 녹화 등燈이 보편적인 지구인의 심장처럼 뛰기 시작했다. ……
가빠진 숨을 고르며, 나는 파일을 재생해 보았다. 어떻게 된 거지. 분명 원반이 있어야 할 자리엔 온통 허공과, 어둠만이 찍혀 있었다. 오로지 축사와, 울타리와, 소들의 절규만이 어두운 화면을 가득 채우고 있었다. 혹시나 하는 마음에 콘트라스트를 조정해봤지만 결과는 마찬가지였다.

농촌의 현실을 붕괴시키고 있는 외계인이 캠코더에 나타나지 않는다는 것은 세계화의 한 측면을 보여준다. 세계화의 특징 중 하나는 일상 속에서 다양한 형태로 접하거나 체험되지만 막상 그 실체가 무엇이냐고 물으면 분명하게 규명하기는 힘들다는 것이다. 실체를 규명할수 없는, 어둠 속에 자리한 존재이기에 더욱 가공할 만하다. 가시화되지 않기 때문에 더욱 무서운 존재가 된다. 그래서 기하 형도 옥수수밭을 휩쓸고 간 원반들이 남겨놓은 거대한 KS마크를 보고는 "우리를 너무나 잘 알고 있구나"라고 무서움에 가까운 놀라움을 드러내는 것이다. 본질은 당장 드러나지 않지만 결국 모든 것을 하나로 획일화시켜버리는 놀라운 힘을 지닌 것이 세계화이다. 운동을 통해 획일화와 규격화에 저항해온 기하 형도 이제는 더 저항할 수 없는 힘으로 밀려오는 외계인의 침입 앞에 무력함을 그대로 드러낸다. 지금까지 운동의 대상은 구체적인 실체와의 싸움이었지만 외계인과의 싸움은 그런 차원을 넘어서기 때문이다.

더욱 놀라운 것은 우리는 캠코더로도 그 실체를 확인하지 못하고 있는 단계이지만 외계인은 우리의 실체를, 현실을 너무나 잘 알고 있다는, 우리 현실에 대한 비극적 인식이다. 즉 우리 농촌이 붕괴되고 있는 현실은 우리 내부 문제도 있지만 이제 국경의 의미가 허물어져버린 세계화의 물결로 인해 거부할 수 없는 현실로 변해버렸다는 것이다. "해는 이미 떠오를 만큼 높이 떠버린 느낌이었다"는 이 작품의 마지막 구절은 그래서 더욱 절망적인 현실인식의 어조로 들려온다. 이렇게 현실적인 문제를 외계인이라는 매개를 통해 풀어가는 이야기 방식의 적절성에 대한 논의는 다른 차원에서 제기되어야 할 문제로 남겨져 있다.

3부

말 걸기와 답하기

『거리재기 시학』의 거리 좁히기

일제말기 한국작가의 이중어 글쓰기

천양희 시인의 시적 도정

나희덕 시인의 면모

『거리재기 시학』의 거리 좁히기

─저자 김윤식 교수와의 대담

남송우   선생님께서는 그동안 한국문예비평사를 꿰뚫어보는 작업을 주로 하셨고, 그 한 켠에 소설을 또 다른 한 켠에는 시를 해석하고 평가하는 작업을 병행해오셨습니다. 그런데 소설과 시에 대한 논의만 두고 보면, 우선 양적으로 소설쪽이 훨씬 많았다고 생각합니다. 상대적으로 시에 대한 논의는 적은 편이죠. 그렇지만 시에 대한 논의도 부단히 계속함으로써 한국시의 흐름을 짚어보려는 결과물들을 내보였습니다.

선생님의 시에 관련된 저술을 살펴보니, 이미 1970년대에 『한국현대시론 비판』(일지사, 1975)을 펴낸 바 있었습니다. 이 책은 1986년에 증보판으로 다시 나왔고, 1990년대에 오면, 『근대시와 인식』(시와시학사, 1992)을 펴냅니다. 그리고 이번에 시론집 『거리재기의 시학』(시학, 2003)을 펴내셨습니다. 연대기적 나열 자체가 절대적인 의미를 갖는 것은 아니지만, 시와 관련된 선생님의 4권의 저술들을 연대기 순으로 배치해두고 보니, 선생님의 시에 대한 관심이 그동안 계속되어 왔다는 것이 실증적으로 드러나는 것 같습니다. 4권의 저술들을 살펴보니, 4권에서 계속 논의 대상이 된 소월이나 윤동주 같은 시인들도 있고, 그렇지 않은 시인들도 있습니다. 그런데 논의를 계속하면서, 그 대상에 대한 해석은 확대재생산되고 있습니다. 그래서 저는 다루는 대상에 대한 관심보다는 다루는 방식에 더욱 관심이 갔습니다. 이미 나온 다른 저술과는 좀은 다르다고 생각했기 때문입니다. 즉 거리재기의 시학이란 틀로 한국시를 바라보고 있다는 점입니다.

선생님께서는 "거리재기의 시학이란 그러니까 근대와의 거리재기를 가리킴이다"라고 책머리에서 밝혀두고 있지만, 이러한 발상이 어디서 비롯되었는지 우선 묻고 싶습니다.

김윤식   졸저 『거리재기의 시학』을 검토해 주심에 경의를 표합니다. 책 제목이 유별남을 먼저 물으십니다. 무슨 심오한 뜻이 숨겨져 있는가 라고 물으셨는데, 그렇지는 않습니다. 거리란, 김동리의 고명한 평론인 「청산과의 거리」(1948. 4)에서 말하는 그 '거리'를 떠올리면 어떠할까요. '청산'의 자리에 '근대'를 대입시킨 형국이라 하면 어떠할까요. 대한민국 정식정부의 문학실세이자 문협정통파의 두목격인 김동리가 대한민국 정식정부 수립 몇 달을 앞두고 발표한 평론이 「청산과의 거리」였던 것. 어째서 김동리는 청산과의 거리를 이 시점에서 재고자 했을까. 이 물음은 김동리 문학을 검토함에 멈추지 않고, 조지훈, 박두진, 박목월, 청마, 김달진, 서정주, 박종화 등 이른바 문협정통파의 정신사적 문맥에 뻗치고 있어 보입니다. 그들은 자기들의 실존적 모습을 청산(靑山)에다 비춰보고자 하지 않았던가. 왜? 모종의 자기확인이 일단 요망되었으니까. 이를 논리적으로 바꾸면 아래와 같아지겠지요. 그들이 지지하는 대한민국 정식정부란, 대한민국 임시정부의 연속성 위에 놓여 있음이 그것. 대한민국 임시정부란 새삼 무엇일까. 저는 이런 식의 물음을 좋아합니다. 상해(上海)와 중경(重慶)에 간 관광객이라면 누구나 그 임시정부의 청사 앞에 머리를 조아리게 마련 아닙니까. 성소공간(聖所空間)인 까닭. 남의 나라 땅에서 풍찬노숙하며 조국 독립을 위해 노심초사한 김구 주석 이하 임시정부의 요원 및 존재란 무엇보다 '시적 현상'이라 할 수 없겠는가. 논리적으로 따지면 임시정부란, 아무리 '임시'이나 정부인만큼 헌법이 있어야 했고, 행정조직이 있어야 했다. 예컨대 국민국가(nation-state)여야 했을 터. 그러나 심정적 시적 현상이 논리적인 근대 곧 국민국가를 훨씬 초월하여 군림하고 있었음이 실상이었지요. '시적인 것'이 혹은 '심정적인 것'이 '근대'를 압도적으로 눌러버린 형국이지요.

남한 단독정부의 수립을 두고 대한민국 정식정부라고 김동리가 명명했을 때, 그 정식정부는 어떠했을까. 다시 말해 '시적인 것' '심정적인 것'을 벗어나 논리적인 것, 곧 국민국가(근대)의 형국을 온전히 갖추었던 것일까. 이 대목이 제겐 썩 중요해 보였지요. 『김동리와 그의 시대』(3부작, 민음사, 1995~1997)를 쓰면서 줄곧 이 물음에 시달렸지요. 임시정부에서 정식정부로 바뀐 만큼 뭔가 달라져야 했을 터이며 그것은 과연 무엇일까요. 정식정부란, 누가 보아도 국민국가이어야 하는 것. 요컨대 '근대' 지향성이어야 하는 것. 그렇다면 그 '시적인 것'은 어떻게 되었을까. 거의 그대로 이월 받지 않았을까. 국민국가 쪽의 비중이 그 때문에 크게 위축되어 논리를 희석시키고 있지 않았던가. 민족(단일민족)의 영원성이라는 '시적 현상'이 선명한 논리 위에 서야 할 국민국가를 호되게 훼방 놓고 있지 않았던가. 이러한 '시적 현상'이 요망된 것은 물을 것도 없이 대한민국 임시정부를 거부하는 또는 일정한 거리를 둔 세력(남로당, 북로당)이 엄존했음에서 말미

암았지요. (부르조아 계급에 기초한) 국민국가와는 달리 노동자계급 위에 바탕을 둔 또 다른 국민국가(사회주의 국가)쪽이 한층 논리적. 따라서 근대에 한층 접근된 것으로 보였음은 웬 까닭일까요. 거기에 '시적인 현상'이 끼어들지 않았기 때문 혹은 덜 끼어들었기 때문이지요. 김동리가 대한민국 정식정부라고 스스로의 위치를 규정했을 때, 그는 국민국가의 논리(합리성)를 거부 또는 제한하고 대신 '시적인 것'을 압도적으로 수용했던 것. 민족의 영원성이 그것. 이로써 그는 저 북로당(노동계급독재)이나 인민연대(연합독재)에 기초한 남로당과 맞설 수 있었지요.

청산이란 새삼 무엇이뇨, '자연' 바로 그것을 가리킴인 것. 그의 또 다른 표현으로 하면 '천지자연'이며 이를 명제화해 '구경적 생의 형식'이라 했지요. '천지자연이 곧 민족이다'란 대한민국 임시정부의 저 성소공간의 시적 현상을 막바로 가리킴인 것. 계급성으로 말해지는 근대(과학)라든가 국민국가 따위란 이에 비해 실로 하찮은 것. 김동리는 이렇게 외쳐 마지않았지요.

그대들은 소월시를 아는가. 이렇게 묻고 또 답했지요. 소월시야말로 진짜 대한민국 정식 정부의 문학이다 라고. 어째서? 청산을 노래했으니까. 천지자연을 읊었으니까. 민족의 영원성을 읊었으니까 라고. 이 청산(천지자연)과의 거리를 잰 문학자가 소월이라는 것. 거리를 잰 결과 천지자연에 화합함이야말로 김소월시라는 것. 이것이야말로 진짜 문학이다 라고. 왜냐면 그것이 '구경적 생의 형식'이니까. 문학이란 적어도 이런 것이며 소월과 꼭 같은 자리에 서 있는 사람이 바로 김동리 자신이다 라고. 신문학 이래 진짜 문학을 할 줄 아는 자로 김소월과 김동리 자신뿐이다 라고.

이 나라 근대문학을 자각적인 자리에서 전개한 《창조》지 5호에

「낭인의 봄」 등 5편으로 등장한 김소월인 만큼 그가 청산과의 거리를 잴 수 있었던 것은 무엇보다 '근대'를 의식한 결과였을 터. 마찬가지로 김동리의 저러한 청산과의 거리재기도 그가 '근대'에 대해 썩 날카롭게 자의식을 갖추었던 결과였을 터. 근대 속에서 숨쉬고 자기를 형성한 그 '자기'로써 천지자연과의 거리를 재고자 했으니까.

　　이상 논의는 이렇게 정리되겠지요. 곧, 김동리가 '청산'과의 거리를 재는 방법(발상법)으로 김동리를 또는 오장환이나 서정주 또는 누구누구를 '근대'라는 잣대로 거리를 제 나름으로 재어보았다는 것. 물론 '근대'에 대한 이런저런 논의는 잠시 덮어두고 말입니다. 근대인 김동리가 청산과의 거리를 온몸으로 재고자 했듯이, 근대인인 제가 '근대'라는 잣대로 김동리들을 재어보았다는 것.

남송우　　이 책에서 첫 논의 대상인 「소월과의 거리재기」는 소월시를 논한 오장환, 김동리, 서정주의 논의를 통해 소월시의 의미를 재구성하고 있습니다. 이들의 소월론에 내재한 시론을 다시 음미한다는 점에서 이 논의들은 어쩌면 소월과 오장환, 소월과 김동리, 소월과 서정주 사이의 거리재기로 읽히기도 합니다. 그러므로 선생님의 소월론은 타자의 소월론을 통해 소월을 다시 읽는, 즉 독자들은 겹시선으로 소월을 읽는 효과를 가집니다. 타자가 바라본 소월(오장환, 김동리, 서정주)을 다시 타자의 시선(선생님의 소월론)에 의해 바라봄으로써, 소월을 좀더 거리를 가지고 바라보게 만들었습니다. 이는 비평에서의 메타비평적인 성격이기도 하지만, 이러한 대상 바라보기는 언제나 거리를 만들어낸다는 점에서 근대와의 거리재기와는 다른 입장에서 관계들 속에서의 거리재기가 아닌가 하는 생각이 듭니다. 즉 오장환, 김동리, 서정주와 김소월 사이의 거리를 비교검토해볼 수 있는 장이 열렸다는 것이죠. 그래서 저는 선생님의 이번 시론집은 근대와의 거리 재기임과 동시에 또 다른 시인과의 관계 거리재기라는 부수적이고 실제적인 효과를 거두고 있는 것이 아닌가 하는 생각이 듭니다. 이 점에 대한 선생님의 생각은 어떠하신지요?

김윤식　　겹의 거리재기 곧 큰 거리재기와 작은 거리재기 또는 이데올로기로서의 거리재기와 개별 작가 사이의 거리재기이겠는데요. 문제는 그러한 겹의 거리재기에서 얻어지는 것은 무엇이며 놓치는 것은 무엇인가에 그 의의가 있지 않겠습니까. 그런데, 이런 이른바 한 지점에서 다른 지점까지의 거리재기 구도랄까 도식이 요망(전제)되는 이유에서부터 논의해두고 싶습니다.

　제 개인적 사정이긴 하나 제 공부의 출발점이 이른바 '근대'였지요. '한국근대문학'이었으니까. 한국도 문학도 조금은 안다고 믿었지만 '근대'만큼은 도무지 난공불락이었지요. 근대라는 말만 나와도 가슴이 덜컹할 만큼 매력적이자 폭력적이었다고나 할까. 많은 시행착오와 돌림길을 에돌아 제가 근대에 길들여지고 익숙해지기까지 제 딴엔 썩 많은 공부와 시간이 투자되었지요. 그 결과 제가 알아낸 것이, 물론 나름대로이긴 하지만, (A)국민국가(nation-state)만들기와 (B)자본제 생산양식(mode of capitalist production)의 성립이라는 두 항목이었지요. 난감한 것은 이 둘이 함께 제 전공과는 다른 역사학, 사회학, 경제학이라는 사실. 이에 익숙해지기 위해 많은 노력이 들었다고 했지만, 또 그것은 제 전공인 문학을 크게 제약하게끔 몰고 가지 않았겠습니까. 미학으로서의 문학 따위란 안중에도 없었고. 흔히 말하는 '미적 근대'라는 개념도 이차적이거나, 중요도에서 관심권에 들지 않았지요. 하물며 P. 부르디외식의 문화자본론 따위이랴. 정치 · 역사 · 사회적 및 경제사적 현상으로서의 근대이며 문학도 그 속의 한 현상이라는 강박관념에서 한 치도 벗어날 수 없었지요. 이 (A),(B)에 대한 공부란 기초훈련 없는 인문학도인 제겐 참으로 힘겨운 일이었던 것으로 회고됩니다.

잠깐 여기서 지적해둘 것이 있소. 무엇이 그토록 저로 하여금, 그러니까 전후 인문학도들로 하여금 사회과학도가 되게끔 몰아갔던가가 그것. 이른바 전공이 국학(국문학, 국어학, 국사 등)이었다는 사실이 그것. 국학이란 그러니까 '독립운동'(조윤제)이라는 사실이 그것. 만주벌판에서 풍찬노숙하며 벌이는 독립운동의 연장선상에 있었기에 이를 학문적으로 정립하는 첫 단계가 바로 식민지사관 극복이었던 것. 그런데 이것을 학문적으로 검정할 수 있는 데는 사회경제사 쪽이라는 것. 한 사회의 구조적 모순을 자체의 힘(합리적인 것)으로 극복할 수 있음에 대한 과학적 연구 영역이 사회과학 쪽이기에 여기에 매달릴 수밖에. 북한에선 그것은 18세기 광산조직에서, 남한에선 18세기 후반의 농업경영(量案분석)에서 그러한 맹아(자본제 생산양식)가 있었다면 어떻게 될까. 이른바 근대의 가능성론이 제기된 것이지요. 지푸라기라도 붙잡을 판인데, 이러한 근대의 맹아론이 제기되었음이란 우리로 하여금 얼마나 가슴 벅차게 만들었던가. 정직한 임화의 저 악명 높은 '이식문화(학)사'를 단숨에 무화시킬 수도 있다는 만용이 빚어낸 것이 김현과의 공저 『한국문학사』(민음사, 1973)이지요. 이 생생한 사회과학으로 무장한 한국근대문학의 공부가 리얼리즘으로 직행한다는 것. 또 그것이 전망(퍼스펙티브)을 전제로한 이상주의의 일종이란 것도 당연한 현상이지요.

이성의 힘으로 세계를 바람직한 방향으로 바꿀 수 있다는 명제, 이 '위대한 망집'이 작동하는 영역이라고나 할까. 도스토예프스키는 이를 인류사의 '황당무계함'이라 했거니와, 좌우간 이 망집을 현실감으로 감지한 세대에겐 어떤 다른 것도 뵈지 않았지요. "우리가 갈 수 있고 가야만 할 길의 지도를 하늘의 별빛이 밝혀주던 시대는 복되도다" (루카치, 『소설의 이론』 서두)라고 외칠 수조차 있었으니까. 지금 생각해보면 갈 데 없을 허깨비(이데올로기)에 들려 있었던 것. 그러나 그 허깨비가 오늘의 GDP 1만 불을 가져온 원동력이 아니었던가. 세계 경제 13위의 강국인 대한민국을 이루어온 숨은 힘이 아니었던가. 안병직 교수의 역부족론, 낙성대 경제연구소팀의 수리경제학, 복거일 씨의 기구(제도)가설론 등에 의해 18세기 자본주의 맹아론의 허구가 폭로됐다고 세상은 떠들지만, 그러나 그런 현상 자체도 일종의 허깨비(이데올로기)가 아닐 것인가. 요컨대 어느 시대나 그 시대에 알맞은 허깨비가 요망된다는 것. 그것이 역사의 추진력이니까. 식민지사관이면 어떻고 아니면 어떠하리. 독립운동이라는 아우라를 벗기고 난 인문학이면 어떠하리. 어느 세대에도 그들의 허깨비가 있는 법. 문제는 그 허깨비를 '오성(悟性)의 원급법적 단축'하기이겠는데요. 제겐 그것이 '근대'이지요. '국민국가'와 '자본주의 생산양식'이 맞물려 만들어낸 근대란, 한갓 서구적 진보형 개념에 지나지 않는 것. 많은 종류의 근대가 있는 법. 따라서 '국민국가' 역시 이상형이 있지 않고, 역사적·사회적 조건에 따라 무수한 '국민국가들'이 있는 법. 이런 것 따위를 오늘날 그 누가 모르랴.

그렇지만 제가 (A)와 (B)를 도식적으로 내세워 문학사를 이에 꿰맞추고자 한 것은 다름이 아닙니다. 한갓 방편이라는 것. 말을 바꾸어볼게요. 인간의 한정된 인식능력으로는 대상의 전면적 인식은 불가능하며 특정한 의미와 그 의미에 인도된 관점에 따라서만 인식되지 않겠는가. 그렇다면 거꾸로, 인식기술로서의 그 이끌려서 나온 특정면, 특성을 이른바 순수배양적(純粹培養的) 모습으로 조립해 보이는 방법이 고안되리라. 그러니까 실제의 모습 이상으로 특성을 선명히 그려내어 보인다는 것. 노예제, 봉건제, 자본제 등 어느 것도 개념 그대로의 모습으로는 결코 존재하지 않는다는 것. 그러니까 관념의 세계에선 개념 그대로의 의미로 순수한 모습을 구성해 보이어야 한다는 것. M. 베버의 이념형(ideal type)이 그것이지요. 윤리적인 이상을 의미할지 모른다는 우려에서 이를 이상형이라 번역하지 않고 이념형이라 부르지요. 이렇게 구성된 모습은 당연히도 우리의 경험적 현실 속에서는 그대로의 모습으로는 존재하지 않는 것. 거꾸로, 현실은 이 이념형과의 '거리와 차이에 의해' 측정될 수밖에. 이러한 의미에서의 '비현실성'이 이념형 개념의 본질이지요. 이념형이란 그 자체가 인식의 목적이 아니고 그것을 빌어서 현실을 측정해가기 위한 기술적 수단(개념장치)에 지나지 않습니다. 그것은 역사의 의미 있는 파악을 위한 불가결한 수단에 멈추는 것입니다.

제가 너무 말이 많았지요. '거리재기의 시학'이란 근대와의 거리재기라는 것. 그것을 베버의 이념형에 근거를 두었다는 것. 그런데 또 다른 거리재기로서의 시학 곧 김소월과 근대의 거리재기가 큰 범주라면 작은 범주엔 오장환, 김동리, 서정주 등 이른바 《시인부락》(1936) 동인끼리의 거리재기로 되겠지요. 여기에도 사정은 마찬가지. 소월시 및 시인을 순수관념화하기(비현실성)가 그것. 또 마찬가지로 소월과 비교된 오장환, 김동리, 서정주를 순수관념화하기가 그것. '거리재기의 시학'이란 실상은 이러한 비현실성에 근거한 것입니다.

남송우 선생님께서는 소월론을 다루면서, 오장환, 김동리, 서정주가 소월을 어떻게 해석하고 있느냐 하는 문제는 소월론 자체에 대한 문제이면서, 이들 각자의 지향점과도 무관하지 않다고 전제하고 있습니다. 오장환은 해방공간에서 자기개혁을 감행함에 있어서 소월의 몸부림의 시학이 무의미하다고 느껴 정치적 이데올로기를 선택했고, 김동리는 소월을 통해 구경적 생의 형식을 재확인함으로써 청산과의 거리를 논했다는 것입니다. 그래서 김동리에게 해방공간의 이데올로기적 상황 따위는 실로 하찮은 것에 지나지 않았다고 평가합니다. 그러나 김동리의 이러한 선택 역시 정치적인 것이었다고 선생님은 판단하고 있습니다. 여기에 비해 서정주는 소월을 통해 자기의 본 모습을 찾기에 골몰했다고 봅니다. 소월은 서정주에게 자기를 비춰보는 유일한 거울이 되었다는 것입니다. 그래서 서정주가 발견한 것은 소월시의 세계가 근대 이전의 이 땅의 어법임을 알아차릴 수가 있었다는 것, 이는 서정주가 근대를 투철히 꿰뚫어볼 수 있는 안목을 갖춘 모더니스트의 감각을 가졌기에 가능했다고 평가하고 있습니다. 이런 측면에서 소월시가 근대를 재는 문학사적 정신사적 지표의 하나가 된다는 결론을 내리고 있습니다. 그렇다면 오장환과 김동리를 근대적 이데올로기로 향해 나아간 시인으로, 서정주를 미적 근대성을 향해 나아간 시인으로 달리 명명할 수도 있을는지요?

김윤식　　오장환을 근대적 이데올로기로 향해간 시인으로 볼 수가 있겠지요. 현실주의자였으니까. 이에 비할 때 김동리는 썩 다른 범주로 보입니다. 그가 선 자리는 저 불교에서 말하는 공(空, 제로 개념)에 근거하고 있었으니까. 제로에 어떤 숫자를 보태거나 빼거나 곱해도 제로로 환원될 뿐. 이를 '천지자연' 또는 허무라 불렀지요. 「무녀도」 (1936)나 「산제」(1936)를 제치고 대표작이 「황토기」(1939)인 까닭이기도 하지요. 이 제로 개념으로 근대와의 거리를 잰 형국이니까 근대 따위란 흔적도 남길 수 없었지요. 이를 서구적 자아개념으로 바꾸면 갈데 없는 낭만주의적 발상이겠지요. 이러한 김동리를 제약한 것은 그가 문학을 택했다는 것. 그 문학이 딱하게도 식민지하이긴 해도 소월에서처럼 근대문학이었지요. 근대와의 거리재기가 막바로 그의 문학의 출발점이자 종점이었다는 것. 소월만큼 그가 근대에 민감했다는 것은 이런 곡절에서이지요. 근대를 안중에도 두지 않음으로써 근대를 인식하기, 이런 역설 속에 김동리가 있었으니까.

서정주는 어떠했을까. 근대가 이 땅에 들어오기 이전의 문학적 어법(語法)을 그가 문제 삼을 수 있었던 것은 그만큼 그가 근대적인 현상(어법)에 예민했던 까닭이지요. 김동리가 문법(文法)이라면 서정주는 어법이지요. 근대적 미학의 개념보다 한층 구체적이지요.(졸저『미당의 어법과 김동리의 문법』, 서울대출판부, 2002)

남송우   선생님께서는 파인 김동환을 다루면서, 『국경의 밤』은 과학미달의 자연발생적인 울림의 단계에 해당하는 작품이라는 것, 그래서 그것은 소멸될 처지에 있는 과도기적 형식에 지나지 못한다는 입장에서 보고 있습니다. 즉 「네거리의 순이」로 대표되는 임화의 단편서사시가 등장하기까지 그 유효성을 인정하고 있습니다. 이는 「국경의 밤」과 「네거리의 순이」 사이에 상당한 거리가 있다는 판단으로 받아들여집니다. 이러한 거리를 느낄 수밖에 없는 잣대로 선생님이 내세운 것은 이데올로기로서의 과학이었습니다. 근대성의 지향이란 측면에서 김동환과 임화의 차이는 어디에 근거하고 있다고 보십니까?

김윤식   「국경의 밤」이란 과도기적인 현상이라는 것. 과학미달이라 함은 그것이 재가승(在家僧) 곧 당시의 여진족을 소재로 한 일종의 민담적 얘기에 기초를 둔 것이기에 근대에 미달된 것. 「네거리의 순이」계에 오면 구체적인 근대 곧 노사관계 개념이 개입됩니다. 현실로서의 근대 말입니다.

남송우   선생님께서는 정지용의 시를 '청춘과 조국의 등가사상의 시학'으로 풀어내고 있습니다. 관념형태인 조국을 아로새기기, 혹은 소화해내기가 정지용에게는 일차적인 과제였는데, 이를 그는 몸의 감각기관에 의존했다고 해석하고 있습니다. 그리고 그것이 가벼움과 투명함으로 나타난다고 보고 계십니다. 문제는 그 감각화가 사상성을 획득하고 있느냐 하는 점입니다. 이 점에서 정지용을 평가한다면 어떤 평가가 가능하겠습니까?

김윤식   감각화가 사상성을 획득하고 있느냐를 물으셨는데요, '조국(국민국가)=청춘'의 도식인 만큼 '사상성=감각'이 아닐 수 없지요. 정지용이 민족시인으로도 빛나는 것은 이 때문.

남송우   선생님께서는 윤동주 시에 나타나는 두 가지 「참회록」을 통해 부끄러운 고백과 슬픈 고백을 체계적으로 해명하고 있습니다. 거울의식을 통해 윤동주 시인이 부끄러움을 드러낼 수밖에 없었던 시대적 요청도 의미 있는 해석이라 봅니다. 그런데 윤동주 시인이 「자화상」, 「서시」, 「참회록」등에서 남다른 부끄러움 의식을 지속적으로 보여주었던 근원적 토대랄까, 바탕에 대해서는 종교적 차원의 해명 역시 필요하다는 생각이 듭니다. 윤동주는 종교적 갈등을 경험하면서도 신전의식이나 원죄의식을 또한 드러내고 있기 때문입니다. 키르케고르가 말한바 윤리적 실존 단계를 넘어 종교적 실존의 단계에서 느끼는 차원의 부끄러움이 많이 배어나오고 있다고 봅니다. 이 점에 대한 선생님의 견해는 어떠하신지요?

김윤식　좋은 지적이군요. 미적인 차원이 제일 저질이라 간파한 것은 헤겔 미학이지요. 그 다음이 종교적 차원이고, 철학적 차원이 제일이 된다고, 헤겔 미학이 주장했지만 이를 비판한 키르케고르는 미적 차원, 윤리적 차원, 종교적 차원의 순서로 보았지요. 윤동주 시학의 핵심인 부끄러움의 시학에서 한층 깊은 핵심이 종교적인 부끄러움(원죄의식)이라는 것. 거기까지 제가 미치지 못합니다. N. 프라이 전공의 남교수야말로 이 사정을 깊이 알고 있으리라 믿습니다.

남송우　김춘수와 김종삼 시인을 비교검토하고 있는 '내용 없는 아름다움을 위한 넙치눈이의 만남과 헤어짐의 한 장면' 은 시인들이 자신의 시세계를 어떻게 변모시키고 확장시켜 나가는지를 흥미롭게 확인해볼 수 있는 글이었습니다. 4·19 직후 한동안 김춘수 시인은 의미시 쪽으로 가버린 김수영에게 무진 압박을 느꼈으나, 그 기간은 그리 길지 않았다는 사실과 김종삼의 시적 세계에 모종의 긴장감을 갖기 시작했다는 것을 밝히고 있습니다.

　그 이유는 김종삼이 4·19 이후에도 계속 북을 치고 있을 뿐만 아니라, '내용 없는 아름다움' 의 세계 즉 아름다움에 대한 설명이 아니라, 아름다움 그 자체를 노래함으로써 불립문자의 경지에 이르렀다는 것. 그래서 김종삼의 시편에서 시의 가장 근본적인 문제인 존재자의 근원적 슬픔을 보여준다고 김춘수 시인이 김종삼 시를 인식했을 때, 그가 나아가야 할 세계는 무엇이었을까 고민하지 않을 수 없었다고 해명하고 있습니다.

그래서 김춘수 시인이 관념을 버리기 위해서 택한 길이 「하늘 수박」에서 보여주는 빛깔 대신 소리를 듣고자함이 아니었을까 라고 해석하고 있습니다. 즉 주문외기의 단계죠. 선생님께서는 이 경지를 화엄경에서 말하는 사사무애법(事事無碍法)의 경지라고 명명하고 있습니다. 나아가 이 경지를 이미지의 탐구 끝에 비로소 나타난 이미지가 휘인다는 상태, 이미지의 절대경이란 울림으로 변한다는 그 상태로 나아갔다고 보고 있습니다. 이 경지는 어쩌면 시가 도달할 수 없는 종교의 영역에 가 있는 것은 아닌지요, 시가 종교가 되어버린 형국이 아닌지요?

김윤식　　빛깔을 휘어내기, 곧 뉴턴의 광선을 아인슈타인이 휘어내기라고나 할까요. 주문외기라는 표현이기도 하고요. 그러자니 사사무애법이랄까 그런 것도 연상되고. '시가 종교로 되어 버린 형국' 이라 했거니와, 여기까지 논의가 진행되면 문학의 끝장이 아니겠습니까.

남송우　　선생님께서는 청마론임과 동시에 문덕수론이 되는 글을 「청마론을 통해 본 문덕수의 세계」에서 논하고 있습니다. 하나를 들추어 두 개를 함께 볼 수 있는 글쓰기라는 점에서 흥미로운 글이었습니다. 선생님께서 문덕수의 청마론에서 의미 있게 바라본 대목은 두 가지로 요약됩니다. 하나는 허무의지를 그의 출발점으로 삼았다는 점, 다른 하나는 생명과 반생명, 긍정자와 부정자 사이에 벌어지는 변증법입니다. 그런데 문덕수가 문제로 삼았던 허무의지는 결국 생명의지라는 것, 그리고 생명의지가 어째서 지속적이며 또 변증법적인가의 해명으로 나아감에 있습니다. 생명의지와 이를 부정하는 대립자 사이에 변증법적 생성개념을 도입하는 과정에서 문덕수의 논의는 민첩하게 전개된다고 보고 있습니다. 『청마시초』(문학사상사, 1939)의 세계에서 다만 원수로 규정된 부정자가 제2시집 『생명의 서』(행문사, 1947)에 오면 고독, 허무, 죽음으로 구체화된다는 것입니다. 그런데 죽음에 대항하는 생명의지가 「드디어 공허이었음을 알리라」, 「예루살렘의 닭」에 오면 허무의지로 변한다는 것, 이것을 선생님은 문덕수 청마론의 최대위기로 보았습니다. 변증법적 인식틀이 허물어지고 있기 때문이죠. 선생님은 이 논리의 상실을 그가 「침묵」에서 노래한 황홀에서 찾고 있습니다. 변증법적 인식이 비평가 문덕수의 몫이라면, 시인 문덕수의 몫이 따로 있다는 것이죠. 시인으로서의 문덕수가 죽음을 바라보는 입장은 서구의 낭만적 범신론인, 의지적 낭만주의라는 것, 이 평가를 선생님은 20년대 이 나라 시문학사의 화려한 백조시대와의 사적 연결성에 대한 문덕수의 응답이란 점을 높이 평가하고 있습니다. 백조시대의 낭만성과의 동질성과 차별성이 좀 밝혀져야 사적 연결성이 해명될 수 있을 것 같습니다.

김윤식   동감입니다. 그 글에서 제가 힘준 곳은 문덕수의 청마론이었지요. 청마를 분석 비판하기보다 해설에 머물러, 스스로 매몰된 점에 문덕수의 한계가 있지 않았을까. 백조시대의 낭만성과 관련성이 있음은 문덕수가 지닌 조급성(시사적 연결성)과도 무관하지 않겠지요. 말을 바꾸면 제가 지닌 조급성이기도 한 것. 자신이 없을 때 생기는 심리현상이 조급성이니까요.

남송우   비평가 문덕수로서 청마론이 지닌 논리의 위기를 시인 문덕수가 지닌 시선이 극복하고 있다는 문덕수론의 본론은 문학교수로서 가지는 문덕수의 면모를 점검하는 선으로 넘어옵니다. 비평가, 시인, 문학연구가로서의 면모를 골고루 들추어냄으로써 문덕수의 본질에 다가서고자 하는 작업이라 생각합니다.

　　문학교수로서 문덕수의 도달점은 「한국모더니즘 시 연구」(1981)인데, 이는 청마론에서 그가 관심을 가진 대상의 세계와는 별세계라는 것. 선생님은 니체, 쇼펜하우어, 노자를 논하던 문덕수가 T. E. 흄, E. 파운드, T. S. 엘리엇과 가치중립성의 이미지즘으로 나아간 것에 대해 문제의식을 가지고 있습니다. 그 해명을 위해 그의 제2시집 『선, 공간』(성문각, 1966)을 펼쳐 보이고 있습니다. 왜 그가 선, 공간의 세계로 나아갔느냐는 것이죠. 이는 청마론을 논할 때, 그가 지향한 세계와는 영 딴판이기 때문이죠. 그런데 선생님은 이 선이 상징하는 것이 추상의 세계라고 보고 있습니다. 선·공간의 탐색은 추상이 지닌 세계의 탐구와 맞닿아 있다는 것. 그리고 추상을 그 본질에서 바라본다면, 그것은 절대 궁극적인 것의 다른 명칭이며, 문학에서 그것의 추구란 절대성의 탐구로 볼 수 있다는 논리를 펴고 계십니다. 그래서 허무의지, 생명의지, 그리고 그것의 절대적 부정자인 죽음의 탐구와 선, 공간은 같은 범주로 볼 수 없겠느냐는 주장이 제시됩니다. 결국 문덕수가 「침묵」에서 노래한 황홀의 세계가 선·공간이란 절대성의 탐구에 그대로 이어지고 있다는 것이죠. 이는 달리 문덕수 시인이 지닌 양면성으로 파악할 수는 없는지요?

김윤식　　문덕수가 지닌 양면성이라 할 수도 있겠지요. 선·공간이 순수 관념 지향성이라면, 「침묵」에서 말하는 절대성(허무의지)과도 관념상 통할 수 있지 않겠는가, 그런 뜻이었지요.

남송우　　한국근대시를 논하는 길은 여러 가지가 있으리라 봅니다.

선생님의 그동안의 연구를 토대로 한다면, 근대시의 연구는 앞으로 어떤 방향으로 나아가는 것이 한국근대시 연구를 위해서 바람직하다고 보십니까?

김윤식 　 잘 모르겠습니다. 시에 대한 이론서들을 읽노라면 별을 한 번도 본 적 없는 천문학자의 저술과 흡사한 느낌을 받는다고 늙은 보르헤스가 말해놓고 있습니다.(*This Craft of Verse*, 하바드대 출판부, 2000) 저도 영락없이 그 꼴이겠지요. 그러나 굳이 변명을 하자면 소월, 만해, 지용, 육사 등의 시를 논의하는 방식(이론)이란 얼마든지 있겠으나 한 가지 양보할 수 없는 대목이 있다는 것입니다. 근대에 대한 인식이 그것. 곧 '국민국가'와 '자본제'에 관한 인식이 그것. 어째서? 그때의 시인들의 의식 속에 많건 적건 알게 모르게 이 두 항목이 크게 작동하고 있었으니까. 그런 의식의 도움으로 씌어진 작품이기에 이를 소극적이든 적극적이든 좌우간 평가해야 하리라는 것. 제가 속한 세대에겐 이 점만을 떨쳐버리기 어렵지요. 어떤 특정이론으로 멋대로 해석할 수 없는 영역이 있다는 것.

　 보십시오. 21세기라고 하나, 지구상 어느 곳에서도 저 악명 높은 국민국가주의와 자본제가 쇠약해진 징조란 찾을 수 없지 않습니까. 하느님은 우리만 보호해야 한다는 이 굉장한 왕따 사상, 실상 이는 식인종 사상이 아니겠는가. 우리 아닌 모든 것은 짐승(inhuman)이니까 잡아먹어도 된다는 것. 우리끼리는 잡아먹지 말자는 미덕도 있으나.

　 재미삼아 국민국가주의(nationalism)를 비판하기라면 별개이겠으나 국민국가를 한갓 상상의 공동체(B. 앤더슨)라 하든, 이를 시간이라는 문화적 내용 없는 세계, 곧 보편적인 것과 그것의 평준화하기라 보고 철저히 비판하든 (Kelly & kaplan, *Nation and Decolonization*, 2001)

저 왕따 사상은 미동도 하지 않고 있지 않겠는가. 하늘은, 하느님은 우리를, 우리만을 보우해야 한다는 것.

남송우   선생님과 이야기를 나누다보니, 좀은 거리가 있어 보이던 『거리재기의 시학』과 거리가 많이 좁혀진 것 같습니다. 뿐만 아니라 정년 이후에도 쉼 없이 우리 문학이 지닌 문제를 '근대'라는 화두로 풀어내시려는 식지 않는 열정을 다시 확인하는 자리가 되어, 후학의 한 사람으로서 다시 공부하는 자세를 고쳐 세우는 기회가 된 것 같습니다. 계속 건강하셔서 후학들의 눈을 새롭게 하는 계기들을 많이 제공해주시길 기대합니다. 감사합니다.

일제말기 한국작가의 이중어 글쓰기의 유형 들여다보기
– 저자 김윤식 교수와의 대담

남송우　　　정년 이후에도 변함없이 글쓰기를 계속하고 계신 선생님을 대하면, 참으로 놀랍다는 말이 저절로 나옵니다. 요즈음 건강관리는 어떻게 하시며, 글쓰기는 주로 어느 시간대에 많이 하고 계신지요?

김윤식　　　아침, 저녁 강변 산책을 조금씩 합니다. 아침 9시에서 오후 1시까지 읽기도 쓰기도 합니다. 안경 도수를 여러 번 바꾸었습니다. 조판 인쇄된 80년대 이전의 책들은 읽기에 무척 힘듭니다. 큰 돋보기로 비추어보기도 합니다.

남송우　　　선생님께서 펴내신 『일제말기 한국작가의 일본어 글쓰기론』(서울대출판부, 2003)과 『20세기 한국작가론』(서울대출판부, 2004)은 그 논의 대상은 다르지만 일제말기 우리 작가들의 이중어 글쓰기라는 점에서는 서로 관통하고 있는 책이었습니다. 개별 작가론들도 흥미 있는 주제들을 담고 있었지만, 역시 이 두 책에서 선생님께서 보여주신 중심되는 관심사는 이중어 글쓰기였습니다. 여기서 논하고 있는 이중어 글쓰기의 장본인들은 사실 임종국 선생님이 『친일문학론』(평화출판사, 1966)에서 친일문학론자들로 규정한 자들이었습니다. 그런데 선생님께서는 '친일문학'이란 용어 대신에 '이중어 글쓰기'라는 표현을 도입해서 이들의 삶과 문학을 다시 들여다보고 계십니다. 이중어 글쓰기라는 잣대로 다시 보지 않으면 안 될 이유 같은 것이 어디에 있었습니까? 다시 말하면 '친일문학'에 대한 재해석이 불가피하다고 보신 이유가 있을 것 같습니다.

김윤식   우선 졸저들을 읽어주신 남 교수님께 경의를 표합니다. '친일문학' 대신 '이중어 글쓰기'라 하여 친일문학의 재해석이 요망된 이유를 물으셨는데, 간단히 말씀드리기 어렵군요. 한 가지 분명한 것은 그 문제제기가 근자 정치권에서 논의되는 과거청산 과제와는 직접적 관련성이 없다는 점입니다. 제 전공에 관련된 것이되 어디까지나 학문적 차원에서 논의하는 것에 지나지 않습니다. 제 전공이 이 나라 근대문학이지 않습니까. 제가 제일 초점을 둔 곳이 '근대문학'이었지요. 그냥 문학이 아니라, 근대문학이 아니겠습니까. 대체 이 '근대'란 무엇인가에 많은 노력을 기울여왔고, 그것과 문학의 관계에 또 힘을 쏟았고, 그 다음 차례에 한국의 과제를 살피는 순서로 한 공부였어요. 근대라 하면 서구적 근대일 뿐이지 비서구권의 근대와 구별해야 한다는 지적들이 많지만, 그러기 위해서도 서구적 근대를 먼저 정확히 파악해야 하지 않겠습니까. 비서구권의 근대 역시 그 속에 내포된 개념에 지나지 않음은, 수렴이론 및 종속이론에서 여지없이 증명되어 있으니까. 거칠게 말해 근대를 규정한 두 기둥이란 제가 공부한 바로는 '국민국가(nation-state)'와 '자본제 생산양식'이었지요. 근대문학이란, 그러니까 근대국민국가를 전제로 한 문학이자 자본제 생산양식과 뒤엉킨 문학으로 규정될 수밖에요. 후자에 대해서 한동안 주력했습니다. 리얼리즘이란 이름의 논의들이 그것입니다. 전자에 대해서도 관심이 갔지만 소홀히 한 대목이 적지 않았습니다. 근대문학이란 새삼 무엇이뇨. 국어 곧 국가어로 하는 것. 국민국가가 전제되지 않으면 생각도 할 수 없는 것. 특히 21세기를 향하면서 국민국가를 넘어서, 지역국가(region-state) 그리고 제국론(세계화)에까지 논의되는 마당에 이르자 새삼 국민국가의 의무가 돋보이기 시작하더군요. 조선어학회사건(1942.10)이 새삼 강렬한 빛을 던지고 있지 않겠는가. 일제 통치부가 한국문학을 당초부터 식민지 체제 속에 편입하지 않았다는 사실이 그것입니다. (검열제도란 어느 사회에나 있는 것이고 제대로 된 작품이란 검열단위를 초월하는 것입니다.) 조선어학회가 이른바 국민국가의 몫을 암묵적으로 맡고 있었던 증거로 이보다 확실한 것은 따로 없다는 것. 3·1운동에 준하는 사건으로 이를 치부한 징후는 33인을 채웠다는 것, 총독부 시정일(始政日)에 맞추었다는 것 등에서도 새삼 확인됩니다.

그리고 보면 한국근대문학을 일제 통치부가 식민지체제 속에 편입한 시기(1942. 10. 1~1945. 8. 15)는 극히 제한됩니다. 한국근대문학사의 시선에서 보면 이 기간이 공백이며 통칭 암흑기라 할 수 있습니다. 이 기간 동안에도 왕성한 글쓰기가 실제로 전개되었다는 사실을 직시한다면 어떻게 될까. 제가 굳이 '이중어 글쓰기'라 한 것은, 한국문학이라는 개념 곧 '문학'이란 범주보다 큰 범주를 염두에 둔 점과 무관하지 않습니다. '국민국가의 언어' 곧 '국어'로 창작함이 근대문학인만큼 이 암흑기란 한국의 국민국가의 언어가 기능 정지된 공간을 가리킴이지요. 말을 바꾸면 한국어의 글쓰기가 아닌 글쓰기라고나 할까. 실제로 이 공간에선 한국어 글쓰기, 일본어 글쓰기가 공존했지요. 이때의 한국어란 중성적이랄까 좌우간 '한국 국민국가의' 언어는 적어도 규범적으로는 아닌 것이죠. 싸잡아 '글쓰기'인 셈이라고나 할까요. 종래 문학이라 부르는 것과 변별되는 범주이기에 '글쓰기 공간'이라 규정한 것이고, 조선어·일본어의 공존이기에 '이중어 글쓰기'라 잠정적으로 불러본 것입니다. '이중어 창작 글쓰기(bilingual creative writing)'라 아직도 부르지 않는 것은 이 때문입니다.

이 광대한 이중어 글쓰기 영역을 좀더 깊이 검토한다면 응당 창작 글쓰기도 하위 유형으로 세분될 터입니다. 제가 이러한 이중어 글쓰기에 관심을 두고 검토하기 시작한 것은 제 전공인 한국근대문학의 활성화에 있습니다. 이중어 글쓰기의 공간 쪽이 한국근대문학사 쪽을 향해 도전해오면 그럴수록 한국근대문학사는 좀더 긴장력을 획득하여 새로워질 터입니다. 흡사 상갓집 개 취급당하고 있는 거대담론의 일종인 한국근대문학사를 통렬히 충격할 수 있는 곳이 바로 이중어 글쓰기 공간인 셈입니다. '글쓰기이되 이중어 글쓰기'라는 큰 범주로 한국근대문학이라는 아주 작은 범주를 후려치기라고나 할까요. 작가란 무엇이든, 어느 곳에서든 글 쓰는 사람을 가리킴이니까. 이때 국민국가의 언어의 글쓰기란 얼마나 자폐적이며 초라한가. 거듭 말하지만 제가 사랑하는 것은 그 자폐적이며 초라한 국민국가 언어의 글쓰기입니다. 식민지사관을 물리치기 위한 인문학 쪽의 위없는 열정으로 이루어진 결과물. 혹시 그것이 GDP 1만 3천 불을 가져온 원동력이 아니었을까. 그러기에 최근문학연구에서 유행하는 포스트 콜로니얼론에 길을 터주기 위함과는 무관합니다.

남송우   선생님께서는 이중어 글쓰기를 몇 가지 유형으로 나누어 정리하고 있습니다. 지금까지 제시된 유형은 6가지입니다. 제1형식은 유진오, 이효석, 김사량의 경우, 제2형식은 이광수의 경우, 제3형식은 최재서의 경우, 제4형식은 한설야의 경우, 제5형식은 이기영의 경우, 제6형식은 김종한의 경우입니다. 그런데 제1형식 외는 그 대상이 한 사람씩 설정되어 있습니다. 글 쓰는 작가 개인마다 입장과 환경이 각기 다르기 때문에 각 개인에 따라 이중어 글쓰기의 동기나 과정이 다를 수밖에 없다고 봅니다. 그런 의미에서 제2형식에서 제6형식에서 보여주신 개별 작가별 단위의 유형이 더욱 의미 있는 작업이 아닌가 하는 생각이 듭니다. 그런데 유독 제1형식에서만 유진오, 이효석, 김사량을 한데 묶어두셨는지요? 이 세 사람은 선생님이 지적했듯이 당대의 일급 지식인이라는 점, 그리고 철날 때부터 일어교육으로 자란 세대라는 점, 그래서 이중어 사용의 감도가 특별하다는 공통점이 있지만 다른 점도 있지 않습니까? 유진오는 일본문학에 대한 조선문학의 지방성 문제를 지방색으로 보지 않음으로써 그 독자성을 일어창작으로 할 수 있다는 논법을 지녔고, 이효석의 경우는 임화가 말한 표현 원본주의에 제일 가까운 처지에 서 있었고, 김사량은 글쓰기의 욕망이 표현주의를 넘어서 있는 위치에서 이중어 글쓰기를 했다는 점에서, 각각의 변별점이 나타나고 있는 것으로 선생님이 정리하고 있습니다. 그렇다면 이들도 한 유형에 묶기보다는 각각의 개별 유형으로 처리할 수는 없을는지요. 친일문학이란 획일적 잣대로 평가된 이들을 이중어 글쓰기라는 새로운 잣대로 해석해본다는 작업은 어쩌면 각 개인의 입장을 최대한 이해하는 입장에 서본다는 의미도 무시할 수 없기 때문에 그런 생각이 들었습니다.

김윤식   날카로운 질문이어서 제가 감당하기 어렵습니다. 어째서 제2형식에다 유진오, 이효석, 김사량을 묶어놓았는가, 친일문학이라는 획일적 잣대와 뭐가 다르냐 라고 묻고 있습니다. 이에 대해 두 가지 변명이랄까 나름대로의 이유를 들어봅니다. 첫째, 이 방면 연구(정치)의 초창기인 만큼 개별연구보다는 가능한 한 유형별 정리가 편리해보였다는 점. 요컨대 자신감이 모자랐던 것이죠. 둘째, 이점이 중요한 바, 이들 제2유형의 특이성 때문입니다. 개별성보다 한층 소중한 것을 강조해두기 위함입니다. 이들 세 문인이 '이중어 글쓰기'를 넘어 '이중어 창작 글쓰기'에 육박하고 있었다는 점. 일어로도 조선어로도 이들 3인의 글쓰기는 '창작' 범주에 육박했다고 판단되었던 것. 그렇기는 하나 다음 단계는 남교수께서 지적한 대로 이 범주 내에서 개별론으로 나아갈 터입니다.

남송우   선생님께서는 이광수의 이중어 글쓰기를 좀더 구체화하면서, 가면 쓴 글쓰기와 맨얼굴의 글쓰기 범주로 나누고 있습니다. 그리고 가면 쓴 글쓰기의 경우도 창씨개명한 香山光郎의 이름으로 한 글쓰기와 李光洙란 이름으로 한 글쓰기로 나누고 있습니다. 조선어로 한 글쓰기 역시 두 범주를 설정하고 있습니다. 그런데 선생님께서는 "적어도 장르의 제약 아래 씌어진 글쓰기라면 香山光郎의 글쓰기 범주든 李光洙의 글쓰기 범주이든 결국 후설적 의미에서 동일한 지향성을 향하고 있다고 할 수 있지 않을까"라고 언급하고 있습니다. 이는 이광수의 작품에서 가면으로 쓴 「가가와 교장」과 맨얼굴로 쓴 「원효대사」가 지향한 점이 동일하다는 의미로 받아들여도 될는지요.

김윤식   제가 공을 많이 드린 대목입니다. 굳이 「삼경인상기」까지 번역해서 첨부했으니까요. 비약이 심하다고 하실지 모르겠으나 제가 거기서 지적하고 싶었던 것은 대략 이러합니다. 이광수가 쓴 글쓰기의 원점이 고대인(古代人)이자 불교신앙을 지닌 한반도 출신 작가라는 점. 백제의 중 혜자나 고구려 승 담징 모양 일본의 국빈(國賓)의 심정으로 글쓰기에 나아갔다는 것. 원효대사가 이에 대응됩니다. 현세적이자 현실적이며 또 세속적으로는 국빈이기는커녕 붙잡혀온 포로 신세라는 것. 그러니까 포로의 글쓰기에 나아갔다는 것. 「가가와 교장」이 이에 대응됩니다. 한반도 출신의 고대인 이광수와 한반도 출신의 현대인 포로 이광수의 글쓰기의 지향성이란 등가라 할 수 없겠는가. 삼세연기설(三世緣起說)의 처지에 선다면 이점이 더욱 뚜렷해질 터입니다.

남송우   최재서의 이중어 글쓰기에서 선생님께서 관심을 가진 영역은 주지주의자였던 최재서의 정신사적 과정이었습니다. 즉 결국 '천황'이란 '절대'로 향하는 과정을 통해 근대의 본질, 즉 이성이란 무엇인가를 검토해보고자 하셨습니다. 이성이 어째서 광기의 일종이거나 적어도 광기를 내포한 인간정신의 영역인지를 검토하는 과제였습니다. 선생님께서 파악하신 '단절에서 절대로' 나아가는 사상사적 해명에 충분히 공감하면서, 또 다른 한 항목을 떠올렸습니다. 즉 최재서가 창씨개명을 하고, 천황에게로 향할 수밖에 없었던 이유 중의 하나가 《국민문학》에 대한 집착에서 비롯된 점은 없었던가 하는 점입니다. 현실적으로 문학자에게 매체는 존재의 터전과 같은 것으로 볼 수 있습니다. 《인문평론》을 주재하다 폐간당한 그에게 매체는 글 쓰는 사람들에게 언어처럼 본질적인 것으로 인식되어 있었던 것은 아닐까요. 《인문평론》이 폐간되고, 《국민문학》을 꾸려가야 하는 현실 속에서 이를 포기할 수 없는 문학자의 현실적인 욕망이 '환각'에까지 이르게 한 것은 아닐는지요. 특히 선생님이 지적하신 것처럼 일본인들이 중심이 되어 펴내는 《녹기》와 대항의식을 가지고 있었던 그였기에 이점을 무시하기가 힘들지 않았나 하는 생각이 듭니다.

김윤식　　남교수님 지적대로입니다. 글쓰기라는 원초적 욕망을 일방적으로 강조하다 보니, 매체문제에 제가 소홀히 한 탓입니다. 최재서의 일본인에 대한 경쟁의식 및 우월감이 일종의 오기에 가까웠다고볼 수 있는 측면이 많습니다. 일인교수에 대든 사실도 《녹기》에 대항의식을 가졌던 점도 지적할 수 있습니다. 앞으로 좀더 이 점도 천착되어야 할 거라 봅니다.

남송우　　선생님께서는 한설야를 자진해서 일본어 창작을 했고, 따라서 이러한 글쓰기는 창작의욕의 한 가지 발현형식이어서 어떤 윤리적 비판이나 민족주체성의 시선에서도 자유로운 자리에 있는 자로 지목하고 있습니다. 이를 선생님은 이중어 글쓰기의 제4형식으로 분류하고 있습니다. 그런데 한설야가 카프의 맹원이었음을 감안할 때, 윤리적 비판과 민족주체의 시선에서 자유롭다는 점은 여러 가지를 생각하게 합니다. 같은 카프 맹원이었던 한효가 「국문문학 문제」(경성일보 1939. 7. 13~29)에서 조선어로 작품을 써야 비로소 조선적 현실이 반영된다는 사실을 강력히 주장하고 있는 때에 장편 「대륙」(1939)을 일어로 썼다는 점은 카프의 맹원이었던 한설야와 한효의 입장이 서로 맞서기 때문입니다. 두 사람의 이중어 글쓰기에 대한 해명이 좀더 구체화된다면 카프 해체 이후 카프 맹원들의 발자취도 또 다른 차원에서 선명해질 수 있겠다는 생각이 듭니다.

김윤식　　　제4형식인 한설야론이 이채롭게 보일지 모르겠습니다. 카프의 중심인물 가운데 하나이며, 북한 문학예술총동맹을, 이른바 주체문학론 이전까지 약 25년간을 총지휘한 거물 한설야의 저력을 염두에 둔다면 오히려 저 능소능대한 글쓰기의 운신의 유연성이랄까 대담성이랄까 저돌성이 새삼 돋보인다고도 할 것입니다. 카프작가들도, 그들을 하나로 묶은 끈으로서의 이념 하나를 해체해내면 각각의 맨얼굴이 드러날 것입니다. 개별성 독자성의 영역 말입니다. 남 교수가 잘 지적하신대로입니다. 이 점에서도 이중어 글쓰기 공간(1942. 10~1945. 8)이란 저 해방공간(1945. 8~1948. 8)의 민족문학론처럼 글쓰기의 본질을 다양하게 검토하게끔 하는 불가피한 열린 공간이라 하겠지요. 문학을 하나의 문명적 혹은 문화적 형상으로 보고 문학연구를 한갓 컬춰럴 스터디스(버클리대학의 동아시아과는 Dept. of East Asian Languages & Cultures, 시카고대학은 Dept. of East Asian Languages & Civilizations로 되어 있음)로 간주하는 시선에서 보면, 그러니까 통칭 포스트 콜로리얼론의 처지에서 보면 이중어 글쓰기 공간이 지닌 생산성이랄까, 논의의 가능성이 크게 증대될 것입니다.

참고삼아 사례 하나를 잠시 음미해볼까요. 최정희가 일어로 창작한 「야국초」(野菊抄, 《국민문학》 1942. 11)는 『친일문학작품선집』(실천문학사, 1986)에도 실려 있지요. 남자에게 버림당한 한 여인이 사생아 아들과 황군(黃軍) 지원병 훈련소를 견학하고 들국화 핀 들길로 귀가하면서 이 사정을 아이의 아버지에게 보고하는 편지형식으로 쓴 소설이지요. 강한 어머니 없이 강한 황인이 있을 수 없다는 시국 소설임엔 틀림없지 않습니까. 그렇다고 해서 이 작품은 이로써 끝나는 것일까. 작가의 의도를 넘어서는 창작의 복합적 요인을 염두에 둔다면 사정은 조금 달라질 수도 있지요. 이에 착목해서 최경희 씨가 쓴 「친일문학의 또 다른 얘기꾼―최정희의 야국초」(Poetica 52, 1999, 영문)에 따르면, 선연한 페미니즘의 노출이라는 것. 자기를 배신한 남성에 복수하는 방도란 제일 강한 일본 제국주의라는 남성이데올로기라야 한다는 것. 최경희 교수가 소속된 곳이 앞에서 보인 시카고대학 동아시아과입니다. 물론 미국 대학에는 제일 중요한 인문학과가 영문학(미국문학)이겠지요. 진짜 미학으로서 정전(正典)을 공부하는 곳. 그렇더라도 그 정전이란 과연 안전한가. 대중소설 쪽보다 세익스피어 공부가 인간애, 도덕적 훈련에 더 많이 공헌한다고 장담할 수 없음은 아우슈비츠 이후엔 공인된 사실인지 모릅니다. 베토벤을 들으며 나치장교들은 가스실을 운영하고 있지 않았던가. 한설야의 일어장편 「대륙」도 그러한 해석의 여지를 곳곳에서 남기고 있습니다. 「대륙」의 주인공격인 하야시(林)와 오노야마(大山)는 어떤 인물인가. 소설 자체의 경우로 보면 하야시는 일본인이지요. 아버지를 따라 만주 간도에 왔지요. 그 아버지는, 일본인인데 어째서 간도에 갔고, 20년간 조선인을 위해서 전력했고, 용정시에 Y중학, Y소학교를 세웠는가. 사재를 털어 이런 업적을 세우다 이곳에서 묻혔는가. 이에 대한 설명은 소설 자체 속에서는 억지이지요. "고국에서 쫓겨난 가난한 조선인이 수만 명 간도에 흘러들고 있었다(…) 하야시의 아버지는 이 땅에 사는 약자들의 친구가 되기 위해 조선옷을 입고……"라고 되어 있지요. 그러나 실상은 용정에 있는 Y중학, Y소학을 세운 것은 조선인들이 아니었던가. 일본인이 조선동포가 불쌍해서 그들을 위해 생을 마쳤다는 데는 그만한 특별한 이유가 있어야 했을 터. 그게 빠져 있습니다. 설명 불가능하니까. 그뿐인가. 일본인 하야시란 어떤 인물인가. 동향인이자 동창생인 오오무라의 원조로 동경(東京)에 있는 N대학을 졸업하고, 다시 간도로 돌아와 아비의 일을 맡습니다. "가난한 자라면 누구나 받는 온갖 고난에 대해 자기 몸을 돌보지 않고 싸웠다"(「대륙」, 《국민신보》, 1939. 6. 4)에서 보듯 조선인만이 아니되 가난한 일반인을 향하고 있습니다. 오오무라가 이를 두고 "아직 자네의 머테아리즘(유물론)인가, 하하……"라고 비웃는 것도 이를 가리킴인 것. 요컨대 하야시는 공산주의 진영이었는지도 모를 일. 만주개척으로 명분을 찾은 일본 공산당 전향자들의 얘기인지도 모를 일. 이상 두 가지 점에서 보면 「대륙」은 일본청년의 얘기가 아니라 카프작가이며 또 전향자(전주사건 이후)인 한설야 자신이 주인공인 셈. 자기 얘기를 허풍스럽게 펼쳤던 것. 하야시≠한설야의 도식이란 6하원칙으로는 설명되기 어렵지요. 하야시를 조선인으로 읽을 수도 있음은 이 때문이지요. 한설야 자신이니까. 한설야론에서 부주의하게도 제가 윤대석씨의 지적을 외면하고 하야시를 그냥 조선인으로 다룬 것은 이런 의도가 앞섰기 때문입니다.

남송우   이기영의 「처녀지」를 두고, 선생님께서는 이는 조선어로 쓰였지만, 조선어이자 동시에 한갓 가상적 기호에 지나지 않는다고 보았습니다. 이는 이중적 글쓰기 공간이기에 그럴 수밖에 없는 기묘한 현상이라고 판단하여, 이를 이중어 글쓰기의 제5형식으로 규정하고 있습니다. '생산소설'을 요망하나, 그 시대에 이기영은, 겉으로는 '생산소설'에 반응한 것이었으나, 내면에서 보면 한 치도 어김없이 카프의 연속성, 곧 노동소설의 범주에 속해 있었다는 것, 생산소설이자 노동소설인 이 이중성이 이른바 이기영식 이중어 글쓰기, 정확히는 이중어 노동소설이라 규정하고 있습니다. 이기영이 사용한 언어가 조선어이지만 그것은 한 편으로는 '생산소설'을 위한 언어이며, 다른 한 편에서는 '노동소설'을 위한 언어이기에 같은 조선어가 그대로 이중어 몫을 수행한 형국으로 보고 있습니다. 그런데 이러한 이기영식의 이중어 유형 갈래는 지금까지 논의해온 다른 작가들과는 다른 언어차원에서 나타나는 유형이란 점에서 그 변별점이 좀더 제시되어야 할 것 같습니다.

김윤식　　이기영의 「처녀지」를 제5형식으로 분류한 점에 대해서는 여러 사람〔세리카와 데쓰요(芹川哲世) 교수도 포함〕들이 직·간접으로 제게 문의하더군요. 제 설명이 모자란 탓입니다. 조선어/일본어의 이중어 글쓰기와는 다른 조선어/조선어(시국어)의 이중어 글쓰기 범주 설정에는 여러 가지 새로운 설명이 요망됩니다. 따로 글을 써볼 생각입니다. 이중어 글쓰기 공간에 조선어 자체도 굴절되지 않을 수 없었다는 명제(조선의 국민국가 언어의 일차적 정지)를 제대로 설명하기 위해서는 또 다른 대상이 전제되기 때문이지요. 곧, 이 공간에서 일본어 자체도 그러한 굴절을 겪고 있다는 사실이 그것. 조선에 와 있는 일본문인 및 시인들이 상당수 있었고 그들은 독자적으로 저널리즘을 갖추고 있었지요. 「조선시화집」(1928)을 비롯하여 「조선시가집」(1943) 등도 그런 부류에 속하지요. 특히 식민지에서 이루어지는 일본어교육에 관하여 도키에다 모로키(時枝誠記, 경성제대) 교수가 제기한 문제는 오늘날에도 논의 대상이 되고 있습니다. 요컨대 조선어/조선어(시국어)의 이중성과 일본어/일본어(시국어)의 이중성이 맞서 검토되어야 이 과제를 해명하는 데 좀더 유연성이 갖춰질 것입니다.

남송우　　선생님께서는 이중어 글쓰기 제6형식을 시인 김종한에서 찾고 있습니다. 지금까지 분류한 유형이 산문을 중심으로 한 것이었다면, 시에서 제6형식을 발견하고 있다는 것은 여러 가지가 생각나게 합니다. 우선은 일본어로 시를 쓴 많은 시인들 중 김종한의 부류에 들

수 있는 시인이 또 없을까 하는 의문입니다. 그리고 이상 같은 시인은 어떤 유형으로 분류할 수 있을까 하는 과제가 떠오릅니다.

김윤식   김종한의 경우가 뚜렷하다는 것이고 제가 공략해본 것이 여기에 국한되어 있다는 것. 이른바 친일시 따위란 글쓰기이긴 해도 문학범주와는 너무 동떨어진 것이라 거론할 것도 아니라는 것. 그렇다면 이상(李箱)은 어떠할까. 「선에 대한 각서」(1931)부터 그러니까 출발부터 이상은 일어로 시를 쓰지 않았던가.

이렇게 말해보고 싶군요. 이중어 글쓰기라고. 실험실 속 '진공 속의 이중어 글쓰기'이기에 현실적 글쓰기, 숨쉬는 글쓰기와는 별개의 범주라고 할 수 없을까. 장차 이를 수용할 만한 큰 틀이 기필코 요망될 터입니다. 요컨대 제가 논의하고 있는 것은 이중어 글쓰기 공간(1942. 10~1945. 8)에 국한됩니다. 조선어학회 사건 이후이니까요. 이 공간에서 해방되면 저 김동인의 「약한자의 슬픔」(1919)이나 염상섭의 「표본실의 청개구리」(1921)도 또 다른 유형의 이중적 글쓰기 범주일 테니까요.

남송우   선생님께서 작가론에서 다루고 있는 임화나 안함광 역시 이중어 글쓰기 경험을 가지고 있다는 점에서, 어느 한 유형에 포함시키든지 그 유형화가 가능하다는 생각이 듭니다. 이들을 작가론에서 다루고 있으면서, 이중어 글쓰기 형식에서는 제외시켜 놓으신 이유가 있으신지요. 이들을 유형화한다면 어떤 유형이 가능할지요?

김윤식   제가 고민한 대목. 유형화하기엔 각자 개성이 너무 강합니다. 임화와 안함광의 유형화 가능성을 지적하셨는데, 제게 좀더 친절히 가르쳐주셨으면 합니다만. 어째서 그들이 해방공간에서 주도적 비평가로 군림할 수 있었을까. 그 실마리도 이 유형화 속에 있지 않았을까.

남송우   북한문학에 대해 관심을 가지고 있는 저에게 임화와 안함광은 지속적인 연구 대상이 되어 있습니다. 좀더 많은 공부가 이루어져 선생님께서 필요한 정보를 드릴 수 있으면 더없이 좋겠습니다. 이제 이야기를 마무리해야 할 것 같습니다. 임종국 선생님은 『친일문학론』에서 결론을 다음과 같이 맺고 있습니다.

> 이 책에 씌어진 모든 이야기는 과거다. 그리고 과거란 어디까지나 과거일 뿐 현실적으로 아무런 의미도 있을 수 없다. 그것은 과거로서 망각되어도 하기야 현실생활에 미치는 아무런 영향이 없다. 중요한 것은 그러한 과거—또는 현재를 감수하는 우리의 태도! 그 태도 여하에 따라서 과거— 또는 현재는 약이 될 수도 있고 독이 될 수도 있는 것이다. 여기 기록된 과거의 이야기들이 오늘의 한국인들에게 좋은 거름처럼 이용되기를 바라며 이상 친일문학론의 고를 막겠다.

그리고 선생님께서는 이중어 글쓰기에 대한 모색의 지향성을 다음과 같이 제시하고 있습니다.

> 이중어 글쓰기란 무엇인가 다시 한번 다짐해두기로 한다. 주체가 그 내면에서 모(국)어를 억제하여 그 모(국)어와 대칭점에 있는 가해자의 언어사용 사이에서 빚어지는 긴장력의 자장 속에 놓인 글쓰기로 그것이 규정된다면, 여기에는 세 가지(필자 주 여섯 가지) 형식이 뚜렷해진

다는 것, 이러한 세 가지(필자 주 여섯 가지) 형식에서 우리가 모색해볼 수 있는 지향성은 과연 무엇일까. 이 물음이 생산적인 글쓰기에의 지평을 향하고 있다고 믿지 않는다면 이런 논의는 썩 제한적이 될 터이다. 그러나 이런 논의가 문학사적 과제 곧 생산적인 장래의 글쓰기를 위한 모종의 방향성에 결부되는 것이라면 그것은 과연 무엇일까. '국민국가의 언어를 넘어서기' 라 하면 어떠할까. 『율리시즈』의 작가 J. 조이스의 지향성인 저 『피네건의 밤샘』으로 향한 글쓰기의 흐름이 이로써 엿보인다면 어떠할까.

과거를 비추는 거울을 통해 미래를 열어가는 작업은 참으로 지난한 작업임에 틀림없습니다. 문학 연구의 본령이 여기에 있기에 그러나 쉼이 있을 수는 없겠죠. 요즈음 과거사 청산 논의들이 다시 불거지고 있는 현실 속에서 학자들이 해야 하고, 또 할 수 있는 부분이 무엇인지, 지식인이 서야 할 자리가 더욱 모호해진 시대이기에 그런 소리들이 요청되고 있는 것 같습니다. 선생님께서 후세대들을 향한 연구자의 자세를 한 마디 들려주십시오.

김윤식 　그런 거룩한 얘기를 할 만한 처지에 제가 미처 있지 못합니다. 저도 금년에 고희를 맞습니다. 73세까지 산 공자께선 고희에 관해 이런 말씀을 남겼지요. 종심소욕(從心所欲) 불유거(不踰?)라고. 마음이 하고자 함에 따라도 도에 벗어남이 없다라고. 그런데 저는 안 그렇네요. 여전히 오리무중이고 갈팡질팡하고. 그렇다면 공자께서 빈말씀을 하신 걸까. 그럴 이치가 없고 보면 잘못은 제 쪽에 있을 터. 삼십에 뜻을 세우지 못했음(三十而立)이 그 원인인지 모르지요. 이곳저곳 따지고 소갈데 말갈데 뛰어다니느라 학문에 외골수로 전념하지 못한 탓. 수원수구(誰怨誰咎)이리오. 그렇기는 하나, 약간의 시적인 감회도 없지는 않습니다. 흉볼지도 모르긴 해도.

내 청춘 캄캄한 뇌우 속에 잠겼으니
여기 저기 때로 눈부신 햇살 구름을 뚫고
천둥 비바람 모질게도 휩쓸었도다
내 정원에 몇 안 남은 새빨간 열매에

　　　　　　　　　　　　　　　 ―보들레르, 「원수」, 김붕구 역

　감히 말해봅니다. 몇 알 남은 붉은 열매란 새삼 무엇인가. 둔하기도 했고 또 게을렀지만 그래도 하노라고 한 것이라면 전공인 '한국근대문학사' 가 그것입니다. 20세기적 산물인 거대담론의 일종이며 부정적 비판의 초점사항에 놓인 국민국가주의(nationalism)를 근본으로 한 것 아닙니까. 21세기에 접어들어도 제가 서 있는 자리는 그대롭니다. 다만 그 활성화에 제 남은 열정을 쏟고자 했지요. '한국근대문학사' 라는 단일성의 시선에서 보면 두 가지 공간이 크게 부각되고 있습니다. 이중어 글쓰기 공간이 그 하나. 이 공간에서 씌어진 국적불명의 글쓰기 행위야말로 포스트 콜로리얼론의 문학연구의 실천장이 아닐 것인가. 그 거센 도전이 크고 강할수록 '한국근대문학사' 는 새로운 도전적 힘을 얻을 것입니다. 『일제 말기 한국작가의 일본어 글쓰기론』(서울대출판부, 2003)이 그런 시도의 하나였습니다. 이 공간 속에는 아직도 수많은 논문들이 씌어질 터입니다.
　현재(2004) 우리나라 국어국문학과는 총 180여 개인데 일어일문학과는 88개이지요. 합하면 약 200여 학과가 알게 모르게 이 과제에 관련되어 있을 터. 또 다른 공간이란 이른바 해방공간(1945. 8~1948.

8)이지요. 이 공간은 모두가 아는 바, 나라 만들기(국가형 선택)가 중심 과제였던 것. (가)부르조아 단독독재형 국가 (나)노동자 단독독재형 국가 (다)연합 독재형 국가 등이 크게 부각되었던 것. 이들 모두가 문학에서 내세운 명분(논리)은 하나. '민족문학론'이었지요. 결과적으로는 당시로선 제일 합리적·논리적으로 판단된 (다)쪽이 여지없이 패배하고 말았지요. 남로당(조선공산당의 후신)의 이념이 그것. 현실적으로는 (가)와 (나)로 정립되었고(이게 냉전체제의 도식에 따른 분단이라는 것) (다)는 잠복되고 말았지요. 그러나 21세기에 접어든 오늘의 처지에서 보면 (가)도 (나)도 쇠약해질 대로 쇠약해져 비판적 눈총의 표적이 되어 있지 않겠는가. 만일 통일을 전제로 한다면 '한국근대문학사'란 그 전제 위에 서 있는 것이니까. 해방공간 논의의 활성화야말로 '한국근대문학사'의 또 다른 활성화에 다름 아닌 것. 제가 『해방공간 한국작가의 민족문학 글쓰기론』(서울대출판부, 2006)을 집필한 것은 이 문제에 관련됩니다(자세한 것은 졸고 「한국근대문학사에서의 두 개의 공간에 대하여」, 《실천문학》, 2005 봄호 참조). 그러고 보니 『일제말기 한국작가의 일본어 글쓰기론』과 『해방공간 한국작가의 민족문학 글쓰기론』 사이에 『20세기 한국작가론』이 끼어 있는 형국입니다.

이로써 남교수의 질문에 대한 모종의 변명이라도 되었을까요. 겨울마다 빠알간 동백꽃이 피어 있는 항도 부산, 두 번씩이나 임시 수도를 맡았던, 향파(向坡)와 요산(樂山)의 터전, 그리고 젊은 비평가 고석규가 활동한 부산에 졸저를 읽어주신 남 교수가 계심이란 새삼 무엇일까. 세존께서 설하신 삼세인연설일까 하고, 낙동강 물가 진영에서 나고, 자란 제가 두서없이 혼자 중얼거려봅니다.

남송우 　　후학들이 마음에 새겨두어야 할 좋은 말씀을 해주셔서 참으로 감사합니다. 선생님의 건강과 부단한 글쓰기가 올해도 계속될 수 있기를 빕니다.

천양희 시인의 시적 도정

– 천양희 시인과의 대담

남송우　　첫 질문을 무엇으로 시작해야 선생님의 시세계를 좀더 독자들에게 잘 전달해줄 수 있을까를 오래 고민했습니다. 고민한 결과 역시 첫 질문은 시와의 첫 인연으로 시작하는 것이 자연스럽겠다는 생각을 했습니다. 평생 시와 더불어 살아온 시인들에게 시에 대한 인연은 질기고도 모질다는 생각이 듭니다. 선생님의 경우에도 시와 인연을 갖게 된 시기와 동기가 분명히 있을 것이라고 생각합니다. 선생님의 산문집 『직소포에 들다』(문학동네, 2004) 중 「바로 보는 마음」을 읽어보면, 중·고등학교 시절에 언제나 가방 안에는 시집 한 권이 들어있었다고 고백하고 있습니다. 그때부터 시인의 길을 생각하셨는지요?

천양희　　초등학교 4학년 때 교내 동시 짓기 대회에서 「제비」, 「연필」이 당선되었을 때 그 동시들을 보고 "너는 시인이 될 거야"라는 말씀을 해주셨지요. 그때는 시인이 무엇인지도 모르고 선생님이 말씀하시는 사람이라 분명 훌륭한 사람일 것이라는 막연한 생각만 했었습니다. 그때부터 '나는 시인이 되어야겠다'고 생각했지요(자라면서 그 꿈이 몇 번 바뀌기는 했지만). 그것이 첫 번째 동기였고, 두 번째는 할아버지와 아버지의 영향이 컸습니다. 두 분 다 한학을 하신 분들인데 내가 세상에 태어나 처음으로 '정신'이란 것을 받은 분들입니다. 특히 아버지는 한 달에 한 번씩 지방 유지들과 모여 시를 짓고 그 시들로 창을 했는데, 그때 나는 사랑방 툇마루에 앉아 그 소리들을 듣곤 했습니다. 그때 그 소리들은 어느 소리꾼보다 더 멋진 것으로 지금도 생생하게 기억됩니다. 그리고 세 번째 동기는 내 고향의 풍광이 주는 아름다움이 나를 시인으로 키운 원동력이 되었던 것입니다. 이런 저런 동기들이 중·고등학교 시절 이전에 이미 시와의 인연을 맺게 한 것일 겁니다.

남송우　어느 시인이나 시의 길을 걸으면서, 다른 많은 시인들로부터 영향을 받기 마련입니다. 선생님에게 특별히 영향을 주었다고 생각되는 시인이 있습니까? 영향을 받았다면 그 시인의 어떤 부분이 선생님의 시적 여정에 영향을 미쳤다고 생각하십니까?

천양희　좋아하는 시와 시인은 백석 시인이지만, 그는 1987년에 해금된 이후에 작품을 대했기 때문에 어린시절이나 중·고교시절에 영향을 받지는 못했습니다. 만일에 그 이전에 백석 시인을 만났더라면 큰 영향을 받았을 것입니다. 대체로 소월이나 영랑, 윤동주 시인은 중학교 시절에 좋아했으나 큰 영향은 받지 못했습니다. 그 이후 김수영 시인, 미당 시인, 청록파 시인들의 영향을 받았던 것 같습니다. 김수영 시인은 사회라는 방향에서 자의식을 발생시켰으며 근대적 자아 인식의 단초가 되었으므로 젊은 대학생 시절엔 영향을 받았지요. 어떤 홀

룡한 시인이 있다면, 그 시인의 시를 본받을 것이 아니라 그 정신을 본받아야 한다고 생각했기 때문이었습니다. 영향은 모방이 아니라 또 다른 창조이며 시는 발전하는 것이 아니라 변화하는 것이라는 생각 때문이기도 했습니다.

남송우   한 시인의 시적 토대를 형성하는 데는 시인이 미친 영향도 있지만, 또한 삶의 환경 역시 무시할 수 없는 조건으로 작용한다고 봅니다. 특히 유년의 고향공간이 지닌 분위기는 시적 토양의 토대를 형성하는 데 중요한 바탕의 하나라고 생각합니다. 선생님의 어린 시절이 시인의 삶의 여정에 미친 영향은 어떤 것이라고 생각합니까?

천양희   시란 시인의 체험과 상상력으로 이루어지는 것이므로 유년의 가정환경과 고향 공간이 지닌 분위기는 시인의 여정에 큰 영향을 미친다고 생각합니다. 유년의 체험과 자연이 주는 무한한 상상력이 시인의 길에 현미경과 망원경 역할을 하는 것 같습니다.

남송우   선생님의 삶에 있어서 개인적으로 아버지, 어머니의 삶이 중요한 자리에 놓여지는 장면을, 선생님의 글 몇 편에서 확인할 수 있습니다. 이미 유명을 달리하신 분들이지만, 그분들이 선생님의 삶에 미친 영향은 결코 무시할 수 없을 것 같은데, 지금도 부모님의 얼굴을 떠올리면서 기억되는 장면은 어떤 것입니까?

천양희   꾸지람을 하실 때도 칭찬을 하실 때도 "사람이 되어야지"라던 어머니의 말씀 한 마디가, 내가 잘 할 때나 못 할 때나 "자리가 사람을 만든다"던 아버지의 말씀 한 마디가 내 가슴 속에 아직도 교훈처럼 살아 있습니다. 그 말 한 마디가 나를 키운 첫 번째 스승이었고 진정한 비판이었습니다.

남송우   시인마다 시를 완성하는 방식이 다양합니다. 선생님은 다 그런 것은 아니지만, 상당히 오랫동안 시상을 묵혔다가 시를 완성시키는 체질인 것 같습니다. 그런 예는, 「직소포에 들다」는 13년 만에 완성된 시이며, 「마음에 수수밭」은 8년 만에 완성한 시라는 선생님의 해명에서 드러납니다. 그런데 「그믐달」은 삼십분 만에 완성된 시라고 밝히고 있습니다. 한 편의 시가 완성되기까지의 과정이 다름을 보여주는 예라고 생각합니다. 선생님의 작품창작 과정이 시편마다 다양하겠지만, 시상을 얻은 이후 시를 완성하기까지의 일반적인 과정을 말씀해주시면, 선생님의 시를 이해하는데 도움이 되겠습니다.

천양희   시상을 얻고 완성하기까지 많은 시간이 걸립니다. 시력 40년에 시집은 6권입니다. 스스로 과작의 시인이라고 생각합니다. 시상을 얻고도 시가 잘 되지 않을 때는 기다립니다. 그 시상은 가슴 속에 넣어둘 때도 있지만 대체로 메모해두는 편입니다. 적어두는 것이 가슴 속에 넣어두는 것보다 다른 어떤 것으로 변형되지 않는 것을 알지만, 그때 떠오른 이미지는 그때의 것이므로 잊혀지기 쉽고 다시 끌어내려 해도 되는 것이 아니기 때문입니다. 그래서 시상이 떠오르고도 잘 되지 않을 때는 기다려야 한다는 것입니다. 꽃이 피고 지는 데도 시간이 걸리고 포도도 푹 익혀야만 향기가 나듯이, 시도 제대로 과정을 거쳐야 활짝 꽃피는 것입니다. 시를 쓸 때는 생각을 너무 팽팽하게 해서도 너무 느슨하게 해서도 안 됩니다. 너무 팽팽하면 생각의 끈이 끊어지고, 너무 느슨하면 생각의 끈이 풀어지기 때문입니다. 당길 때 당겨주고 풀어줄 때 풀어주는 것, 그것이 곧 감추면서 드러내는 시의 매력입니다. 다 아는 얘기지만 시를 쓸 때는(쓰려면) 장인정신이 있어야 하겠습니다. 빨리 빨리, 대충 대충하는 삶의 태도로는 좋은 시를 쓸 수 없습니다. 욕망이 앞서서 눈앞에 보이는 결과만을 중시하고 과정을 무시한다면 또한 좋은 시를 쓸 수 없겠지요. 아무리 세상에 단 것들이 많다 할지라도 시인만은 고생과 가난을 약으로 삼는 자세가 필요한 것입니다. 무통분만하려는 자세는 시를 시시한 것으로 만들고 말 것이기 때문입니다.

남송우   선생님의 시적 배경을 살펴보면, 여행, 등산, 산보 등 집을 떠나서 떠올린 시적 모티브가 많습니다. 여행을 평소에 많이 하시는지요? 여행이 시인의 시에서 주는 의미를 생각해본다면 어떤 것들이 있겠습니까?

천양희   여행이 내게 주는 의미는 낯선 세계를 보여주는 새로움의 가치입니다. 내게 있어서 여행은 보이는 어둠을 물리쳐주고 생각의 산파노릇을 해줍니다. 무궁한 자연과 유한한 인간의 대비로 많은 것을 깨닫게 되고 존재를 성찰하는 계기가 됩니다. 낯선 곳을 바라보면서 많은 것을 발견하게 됩니다. 시란 낯선 세계에 대한 인식과 발견을 전제로 한다는 의미에서 여행은 내 시를 살려주는 계기가 되기도 합니다. 나는 내 시를 살리고 살아남기 위해서 끝없는 여행을 할 것입니다.

남송우   여행의 영향 때문인지, 선생님의 시에서는 '길' 이미지가 자주 등장합니다. 길 이미지를 자주 사용하시는 이유는 시와 삶의 문제를 함께 생각하시는 선생님의 시적 체질과도 연관이 되어 있고, 산다는 것이 무엇인지에 대한 근원적인 질문과도 연관이 되어 있다고 봅니다. 길 이미지를 통해 궁극적으로 의도한 바가 있다면 무엇인지를 묻고 싶습니다.

천양희　　길이란 시작이며 끝이기도 하고(끝나는 곳에서 시작되기도 한다) 시작도 끝도 없는 삶이기도 합니다. 길에는 직진하는 길, 우회하는 길, 큰 길, 좁은 길, 샛길이 있듯 우리 삶도 마찬가지입니다. 길이란 내가 찾아야 하고 살아내야 할 삶의 여정입니다. '길' 이미지를 통해 나는 새로운 세계에 대한 열망을 쓰며 길 찾기를 통해 삶을 씁니다. 길은 곧 세계를 새로운 눈으로 바라보는 또 다른 삶의 한 방식으로 내 시에 자리 잡고 있습니다.

남송우　　선생님의 시에는 언어가 가진 시어적 특성을 재미나게 활용하여 시상을 전개하는 경우들이 많습니다. 「진로를 찾아서」에서 진로(眞路)에서 진로(進路)를 끌어내는 발상이나, 「잡문을 쓰고」에서 '잡문을 쓰고 잡생각을 한다', '잡문을 쓰고 잡담을 한다', '잡문을 쓰고 잡지를 본다' 등의 언어적 연상은 시가 재미있게 읽히는 기능으로 작용하고 있습니다. 이런 발상을 하게 된 특별한 동기가 있습니까?

천양희　　혼자 살면서 나만이 쓰는 한 전략입니다. 일이 잘 풀리지 않거나 답답할 때 나는 말을 가지고 놉니다. 말을 거꾸로 읽거나 비틀어봅니다. 가령 산다를 다산으로, 시집을 집시로, 장가를 가장으로, 입산금지를 지금 산에 들어감으로, 작가를 가작으로 자살을 살다로 읽다 보면 묘한 재미를 느끼게 됩니다. 언어유희도 다른 유희들처럼 숨통을 틔워줄 때가 있는 거죠. 복수를 단수와 복수의 복수로, 배에 찬 물이라는 복수로, 당한 것에 보복하는 복수로 비틀어보면 무엇인가 세상과 나의 소통에 대해 더 잘 생각하게 됩니다. 세상을 한번 크게 발길질하고 싶고, 세상의 모순에 대한 내 전략이기도 합니다.

남송우   선생님의 초기시에는 '절망'이란 시어가 아픔, 슬픔이란 시어와 함께 심심찮게 시문맥을 주도하고 있습니다. 선생님의 첫 시집인 『신이 우리에게 묻는다면』(평민사, 1983)에 실린 첫 시 「인생」에서부터 이러한 분위기는 감지되고 있습니다.

"미친 말의 무법천지/ 욕망은 웅덩이로 패어 있고/ 날마다 짓는 죄/ 핏물처럼 고인다// 우리는 어디만큼 왔나/ 절망은 바퀴자국을 남기고/ 몇 갈래 길/ 분계선 이쪽으로 오고 있다// 누가 너를 향해/ 돌팔매질을 하고 있다/ 아아/ 보인다/ 네 머릿속 깨어지는 유리/ 꿈의 파편 조각들/ 심장 깊숙이 쏟아진다"

욕망은 절망을 남기고, 그 절망은 꿈의 파편이 되어 심장 깊숙이 쏟아지고 있음을 노래하고 있습니다. 이러한 시의 경향은 두 번째 시집인 『사람 그리운 도시』(나남, 1988)에서도 확인됩니다. 「묵상·9」에서는 "살아있는 동안/ 살아있기 때문에 절망합니다/ 평범한 生/ 덕지덕지 끼어있는 세월을 절망합니다"라고 노래합니다. 절망이 선생님의 시에서 그림자처럼 붙어 다니던 시절의 현실 삶과 작품 이야기를 좀 듣고 싶습니다. 그리고 그 현실적 절망들을 어떻게 시로써 승화할 수 있었는지가 궁금합니다.

천양희   절망이 그림자처럼 따라다닌 시절은 그 절망 때문에 살아있어도 죽은 것과 다름없었습니다. 몇 번이나 삶을 포기해버릴까 생각한 끝에 직소폭포를 찾아간 적이 있습니다. 폭포의 오래고도 세찬 물

줄기를 보면서 살아야겠다는 생각을 했었지요. 폭포를 통해서 죽음을 삶으로 바꾼 것이지요. 그곳에서 나는 희망도 절망을 통해서 온다는 사실을 깨달은 것입니다. 실재에 대한 결핍이 진정한 시를 쓰게 하듯이, 내 절망이, 그 절실함이 내 시까지도 바꿔놓았습니다. 내가 나를 바꾸는 데 20년이 걸린 셈이지요. 시의 위기, 시의 죽음이야말로 새로운 시를 탄생시키는 최고의 질료가 되듯이, 죽다가 살아난 심정으로 내 시의 위기를 넘기고 새로운 시를 쓴 것입니다. 시집『마음의 수수밭』(창작과비평사, 1994)은 불화의 세계를 친화의 세계로 바꾼 시집이며 긍정의 세계를 보여준 시들입니다.

남송우   「정든 땅 언덕 위에서」(『사람 그리운 도시』) 선생님은 '시의 세상', '시의 나라'를 추구하고 있습니다. 그리고 시로써 세상을 살 수 있을까, 시로써 집을 짓고, 시로써 사랑을 할 수 있을까 라고 자문하고 있습니다. 이것이 시로써 삶을 버티어온 선생님의 근원적인 힘이 아니었나 생각합니다. 지금도 이 생각에는 변화가 없으신지요?

천양희   누가 나더러 왜 시를 쓰느냐고 물으면 잘 살기 위해서라고 대답합니다. 잘 산다는 것은 시로써 내 삶을 살리고 나를 살린다는 얘기죠. 그 생각은 지금도 같고 내일도 그러할 것입니다.

남송우   선생님의 시집『마음의 수수밭』에 오면, "나는 아직도 밀지 못한 절망이 많다고 믿는다"(「은행에서」)라고 노래하긴 하지만, 「동해 行」을 통해 "그까짓 세상 같은 거 절망 같은 거/ 확 잡아채 강둑에 던지"는 몸짓을 보임으로써 희망의 시어로 넘어서고 있습니다. 이는 삶에 대한, 세계에 대한 새로운 전환으로 볼 수 있는데, 이런 전환의 계기를 마련한 토대가 무엇인지 궁금합니다.

천양희 삶의 위기와 죽음을 넘어선 자의 의지가 바로 전환의 계기가 된 셈입니다. 시란 절망을 희망으로 바꾸는 노력의 일환이기도 하기 때문입니다.

남송우 시집 『마음의 수수밭』에는, '환하다' 는 시어와 '둥글다' 는 시어가 여러 시편에서 자주 등장하면서, 시의 전반적인 분위기가 바뀌고 있습니다. '환하다' 속에는 깨달음 이후에 펼쳐지는 세계를, '둥글다' 속에는 지향해가야 할 완전의 세계가 함축되어 있는 듯합니다. 이는 앞서 질문 드린 절망에서 희망으로의 전이와도 매우 깊은 상관성을 지닌다고 봅니다. 그런데 선생님은 이 두 세계의 이미지가 하나로 합쳐진 "둥근 물방울 같이 환한 수궁이 그립다"(「시냇가에서」)라고 노래하고 있습니다. 선생님이 지향하고 있는 이 세계는 현실너머의 시공간으로 읽힙니다. 그러나 선생님은 「숲을 지나다」에서 "초록세상이 이렇게 좋다"라는 감탄과 함께 초록세상을 만남으로써, 자연과 하나가 되는 경험을 통해 "둥근 물방울 같이 환한 수궁"을 경험하는 것이 아닌가 하는 생각을 갖게 합니다. 생태파괴가 끊임없이 진행되고 있는 현실 속에서, 자연은 인간에게 무엇인지, 자연과 인간의 관계는 어떠해야 하는지에 대한 선생님의 생각을 듣고 싶습니다.

천양희 자연의 모든 것은 의미를 가지며 정신세계 같은 것이라고 생각합니다. 끊임없이 새 언어의 탐구자인 시인에게 있어 자연은 인간의 영원한 스승이며 인간을 살리는 구원자와 같습니다. 무궁한 자연 앞에 인간은 유한한 존재일 뿐입니다. 자연과 인간은 둘이 아닌 不二

의 관계입니다. 늘 변화하는 새로운 자연은 시인에게 설명보다는 여운으로, 제시보다는 은유를 하는 좋은 시와 같다고 생각합니다.

남송우   『마음의 수수밭』에 오면, 고통만이 내 선생이 아니라는 걸 깨달을 뿐만 아니라, 아이들을 통해 새로운 생기를 발견하고 있습니다. 「여름 한 때」에서 두 살배기 아기가 뒤뚱뒤뚱 걸어가는 모습을 보고는 "생생한 生! 우주가 저렇게 뭉클하다"고 놀라워합니다. 아이를 통한 이러한 생기의 발견은 「새록이」에서도 확인됩니다. "새록이를 안는 순간/ 어, 버, 버, 반벙어리가 되었다/ 아이처럼 좋아서/ 내 세상 이로구나"는 탄성에 가까운 인식의 결과가 그것입니다. 이러한 새로운 인식과 생기의 확인은 아이가 지닌 속성과 시인이 지닌 속성과의 공유점이 있기에 가능한 것이 아닌가 합니다. 선생님이 아이를 통해 발견한 생기의 특성은 무엇입니까?

천양희   시심(詩心)은 동심(童心)이며 천심(天心)입니다. 아이를 통해 발견하는 생기는 자연처럼 순생(純生)한 것입니다. 아이의 웃음소리는 활짝 핀 꽃 같고, 아이의 눈망울은 꽃망울 같습니다. 아이의 천진함이 시의 진정성 같기도 하고, 자연의 무궁무진한 변화가 시의 치열성 같기도 합니다.

남송우   시집 『오래된 골목』(창작과비평사, 1998)에서, 선생님은 물에 대한 이미지를 자주 사용하고 있습니다. 그중 「물에게 길을 묻다」에서는 "가장 좋은 것은 물과 같다고 누가 말했었지요"라고 노래하면서도, "세상에서 가장 어려운 건 물같이 사는 것이었"다고 고백합니다. 물같이 산다는 것은 자연의 순리에 따라 자연스럽게 산다는 의미인데, 이는 "우리가 하나의 자연일 때"(「누가 말했을까요?」) 가능한 것입니다. 여기서 선생님의 자연적 생명력과 만납니다. 즉 심층생태학자들이 말하는 인간과 자연 생명체는 동일하다는 인식입니다. 이러한 자연생태의 인식은 자연스럽게 무등, 공평, 평등의 세계로 이어지고 있다고 봅니다. 이러한 사유에 이르기까지는 불교적 사유가 깊이 스며있는 것 같습니다. 선생님의 시에서 불교적 사유는 어느 정도 영향을 미치고 있다고 보십니까?

천양희   어린시절 유학 집안에서 자란 탓인지 불교에 깊이 심취했던 할아버지의 영향인지 늘 내 사유 속에는 불심이 있는 것 같습니다. 저는 자연처럼 자연스러운 무궁함과 하늘과 바다처럼 경계 없는 것들과 물처럼 평등하고 수평선처럼 수평한 것들이 좋습니다.

남송우   시집 『너무 많은 입』(창비, 2005)에 오면, 「물에게 길을 묻다 2」, 「물에게 길을 묻다 3」에서 위의 시 「물에게 길을 묻다」와 비슷한 구조의 시를 내보입니다. 여기서는 '물'이 '참는다는 것'과 '사람'으로 바뀌어 있습니다. 참음에 대해서는 "세상의 행동 중에 참는 게 제일이라 누가 말했었지요 그래서 나는 무슨 일이든 참기로 했지요", "세상에서 가장 힘든 일은 참으면서 사는 일이었지요"라고 노래하고, 사람에 대해서는 "세상에서 가장 큰 즐거움은 사람으로 태어나는 것이라고 누가 말했었지요 그래서 나는 사람으로 살기로 했지요", "세상에서 가장 어려운 건 사람같이 사는 것이었지요"라고 노래하고 있습니다. 물같이 산다는 것에서 참으며 산다는 것으로 다시 사람같이 사는 차원으로 나아가고 있습니다. 각각의 차원이 지닌 의미는 선생님의 삶의 소산물로 여겨집니다. 삶의 어떤 측면을 노래하고 싶었습니까?

천양희   내가 세상과 불화했을 때는 물을 보며 마음을 닦으려 했던 시절이 있었습니다. 그래서 물이 세상에서 가장 좋은 것이라는 장자의 말에 많은 감동을 받았었지요. 그땐 사람도 만나기 싫었고, 누구와의 소통도 스스로 단절하던 시기였습니다. 이 세상에서 가장 힘든 것이 사람과의 관계란 생각에서 물같이 사는 것이 가장 힘들다고 생각했습니다. 그 뒤로 세상 쪽으로 눈을 돌리고 사람들을 만나면서부터 참는 것이 사람과의 관계를 잘 지켜주는 것이란 생각에서 참으면서 살려고 했지만 그것 역시 어려웠습니다. 세상과 친화하면서 가장 큰 즐거움은 사람으로 태어난 것이라 생각하기도 했습니다. 그러나 사람이 사람같이, 사람답게 사는 것이 더 어렵다는 것을 깨닫게 된 것입니다. 참 삶이란 무엇인가에 대해 말하고 싶었던 것입니다.

남송우   선생님은 시인에 대한, 시 쓰기에 대한 자의식을 많이 드러내고 있습니다. 「시인은 시적으로 지상에 산다」에서 시적인 삶에 대해 노래하고 있고, 「벌새가 사는 법」에서는 시 쓰기의 진정성에 대해서, 「소리꾼」에서는 시인을 몸보다 혼을 먼저 깨우는 소리꾼으로, 「파지」에서는 얼마나 힘들게 시를 써야 하는지에 대해, 「시인이 되려면」에서는 시인이 되기 위한 길을 제시하고, 「전업시인」에서는 끈질기고 어렵게 살아야 하는 시인의 존재성을 노래하고 있습니다. 요즈음처럼 시인이 많은 시대에 시인의 진정성을 어디서 찾아야 할지 참으로 난감해질 때가 많습니다. 시인의 진정성은 어디서 찾아야 한다고 생각하십니까?

천양희   시인의 진정성은 시에 대한 순정, 즉 시의 진정성과 절실함에서 찾아야 한다고 생각합니다. 무통분만의 시나 화려한 외양으로 독자들을 현혹하는 시는 진정성을 가질 수 없습니다. 뿌리 없는 나무가 열매를 맺지 못하는 것과 같습니다. 시적 진정성은 시인의 내면의 발광체이며 불꽃이라고 말하기도 합니다.

남송우 「바람을 맞다」에서 선생님은 "나무는 영원한 초록빛 생명"이라고 노래하고 있습니다. 나무의 이미지에서 시인의 존재성을 발견하게 됩니다. 그래서 선생님은 산문집 『직소포에 들다』에서 「수직으로 일어서는 생명의 나무」를 통해 시인의 시정신을 강조하고 있습니다. 시의 본질에서 벗어나 있는 시인들의 삶의 여러 양태들을 비판적으로 논하고 있습니다. 지금 우리 시단의 가장 큰 문제는 무엇이라고 생각하십니까?

천양희 시단의 가장 큰 문제는 결핍이 극도로 약화되었다는 사실, 시에 순정을 바치지도 운명을 걸 생각도 하지 않는다는 사실, 가난이나 고생을 약으로 생각하지 않는다는 사실, 시와 정치와 사업을 혼동하고 있다는 사실입니다.

남송우 선생님이 쓴 영혼의 자서전 『그리움은 돌아갈 자리가 없다』(작가정신, 1998)는 선생님의 사유의 궤적을 훔쳐볼 수 있는 자료가 되었습니다. 다른 시집에서 보여준 시적 이미지들이 번져나가기도 하고, 겹쳐지기도 하면서 또 다른 무늬를 형성하고 있었습니다. 여러 가지의 사유가 각각의 길을 내고 있었지만, 「외딴 섬」에서 "사람은 누구나 외딴 섬이라는 것을 이제야 겨우 믿게 되었다"는 깨달음은 선생님의 절실한 삶의 체험에서 빚어져 나온 육성으로 들렸습니다. 이러한 인식은 「외길」에서 노래한 "나의 길은 외길이"란 삶에 대한 인식과 맞닿아 있는 것 같습니다. 사람살이는 결국 혼자라는 실존적인 경험은 선생님의 시인으로서의 삶에 어떤 영향을 미쳤다고 생각하십니까?

천양희　혼자 있을 때 가장 진실하다는 말과 시를 쓰지 않으면 살아 있는 이유를 찾지 못할 때, '시를 쓰라'는 말이 혼자 살며 시를 쓰는 나에게 큰 힘이 되었습니다. 그 힘은 무척 힘이 강해서 나를 시에만 전념하게 해주었습니다.

남송우　「누가 내게 묻는다면」에서 선생님은 세상에서 가장 소중한 것이 뭐냐고 묻는다면, 부모, 생명, 사랑이라고 대답하리라고 말했습니다. 그 이유는 무엇입니까? 그리고 선생님이 가장 소중하게 여긴 이러한 것들이 시에 어떻게 반영되어 나타나고 있는지요?

천양희　내 생명을 이 세상에 있게 해준 사람이 부모이며, 내게 사랑을 주는 법과 사랑을 받는 법을 가르쳐준 것이 부모이기 때문에 가장 소중하다고 생각합니다. 개체로 생각해도 부모는 늘 내 가슴 속에 살아있는 존재이며, 생명 있는 것들은 다 소중한 것입니다. 사랑은 또 얼마나 나와 남을 살게 하는 힘입니다. 그래서 다 소중한 것이지요.

남송우　선생님은 『하얀 달의 여신』(하늘연못, 1999)이란 짧은 소설집도 내셨습니다. 이 책을 펴내시면서, 황순원의 「소나기」나 김유정의 「동백꽃」 같은 아름다운 단편 하나 썼으면 좋겠다는 바람을 내보이셨습니다. 순호와의 사랑 이야기인 「아직 쓰지 못한 글」이 그러한 글의 서막과 같이 읽혔습니다. 선생님께서는 소설에 대한 꿈을 아직 버리지 않고 계신지요?

천양희 　『하얀 달의 여신』은 소설이 아니라 어느 사보에 실린 꽁트인데 출판사에서 책을 내면서 꽁트라고 하면 잘 읽지도 않고, 팔리지도 않는다며 붙인 이름입니다. 나는 소설이란 말이 너무 불편해서 짧은 이야기로 하라고 했는데……. 단편소설에 대한 꿈은 그냥 꿈으로만 끝내기로 했습니다. 시인으로만 살아갈 것입니다.

남송우 　「청사포에서」, 「흐린 날」은 부산의 청사포와 하단이 배경이 된 시입니다. 고향 부산은 자주 찾으시는지요, 고향공간이 시적 작업에 어떤 의미로 자리하고 있는지 궁금합니다. 그리고 앞으로의 시 작업에 대한 계획이 있다면 말씀해주십시오.

천양희 　요즘 고향은 내게서 잊혀져가려 합니다. 마을 복판을 마르지 않고 흘러가던 개천도 복개되고, 미역 감던 작은 소(沼)도, 미나리꽝도, 사당이 있던 뒷산 솔밭도, 손톱에 물들이던 봉숭아 꽃밭도 다 없어지고, 그 자리에 공룡처럼 들어선 아파트를 보다 울고 돌아온 뒤로는 고향을 찾지 않았습니다. 고향에 대한 '없다'라는 결핍은 다른 시들을 더욱 절실하게 해주기는 합니다만……. 그리고 시 작업에 대한 다른 계획은 없습니다. 늘 변화하고 변모하는 시를 쓰겠다는 마음뿐입니다.

남송우 　선생님의 가슴에 고이 간직되어 있는 마음의 고향까지 잃어버린 것은 아니시죠?

천양희 　그렇죠. 나의 시의 모태를 형성한 내 마음에 자리한 고향을 어찌 버리겠습니까. 마음속에 남은 고향은 그대로 있는데 무정한 세월이 앗아가 버린 내 고향의 옛 모습을 볼 수 없는 현실이 안타까울 뿐입니다.

남송우　이번에 밀양 연극촌에서 선생님의 몇 시편이 퍼포먼스 형식으로 연극화되는데, 시와 연극의 만남은 어떻게 생각하십니까?

천양희　시와 다른 장르와의 만남이 새로운 것은 아니죠, 시와 그림, 시와 음악 등이 전통적으로 만나 새로운 모습을 보여주려고 했으니까요. 다른 영역과 만남을 통해 새로운 지평을 넓혀간다는 점에서 일단 긍정적이라고 봅니다. 특히 한국 연극을 새롭게 열어가고 잇는 이윤택 씨의 연출이니, 기대되는 바도 많습니다. 그러나 시는 역시 시이어야 한다는 생각에는 변화가 없습니다. 시는 일차적으로 시를 위해 존재하는 것이고, 연극을 위해 시가 존재하는 것은 아니지 않은가 하는 원론적인 이야기를 드리고 싶습니다.

남송우　선생님의 시가 연극과 만나 새롭게 태어나는 장이 펼쳐질 수 있기를 기대해봅니다. 그리고 끊임없이 새로운 시에 대한 모색을 시도하고 있는 선생님의 시세계 역시 새롭게 펼쳐지길 기대해봅니다. 선생님의 시를 사랑하는 독자들을 위해 오래 동안 의미 있는 이야기를 들려주셔서 고맙습니다. 오래오래 건강하셔서 더욱 좋은 시편들과 만날 수 있기를 기도합니다.

나희덕 시인의 면모

– 나희덕 시인과의 대담

남송우 올해(2005년) 일연문학상과 이상문학상 두 개의 상을 한꺼번에 받으셨는데, 연이은 수상에 대한 소감은 어떠신지요?

나희덕 과분한 격려를 받는 것 같아 부담스럽습니다. 그만큼 제 시가 제도화(?)되어 있는 게 아닌가 스스로 의심해보기도 하고요. 갈수록 어찌 써야 할지 두렵고 막막하지만, 그런 부담감이나 시선의 공포를 최대한 빨리 잊으려고 합니다. 중요한 것은 외부의 평가보다 시와 자신의 관계가 얼마나 살아 있느냐에 있으니까요.

남송우 1989년 중앙일보 신춘으로 등단하신 후, 2년 만에 첫 시집을 내셨는데, 이는 등단 이전에 지속적으로 시 쓰기가 이루어져왔음을 보이는 증표입니다. 공식 등단 이전의 시 쓰기 과정을 엿들어볼 수가 있을까요?

나희덕   중·고등학교 때부터 문학을 좋아했고, 대학시절에도 연세문학회 활동을 하면서 시를 꾸준히 쓴 편입니다. 정현종 선생님을 만난 것이 제게는 시를 더 깊이 만나게 해준 소중한 기회였지요. 그런데 등단을 해야겠다는 의지나 목표는 별로 없었어요. 시를 통해 삶을 돌아보고 자기를 표현하는 일이 좋았을 뿐, 시인이 되기에 제가 적합하지 않다는 생각을 줄곧 지니고 있었지요. 그러다 졸업 후에 첫 투고를 한 것이 얼떨결에 시인으로 만들었어요. 그때 이미 한 권 이상의 습작시를 가지고 있었고, 그것이 첫 시집의 주조를 이루게 되었죠.

남송우   첫 시집 『뿌리에게』(창작과비평사, 1991)는 대학시절의 삶의 결을 느낄 수 있는 시편과 교사로서 학교현장의 삶의 이야기 그리고 가정생활과 관련된 시편들이 눈에 들어옵니다. 어느 한 방향의 지향성보다는 몇 갈래의 주제들로 나뉘는 모습을 보이는데, 첫 시집 출간 때의 중요한 시적 관심사가 있었다면 어떤 점을 이야기할 수 있을지요?

나희덕   첫 시집이 나올 때 제가 25살이었으니, 『뿌리에게』에는 주로 20대 전반기에 쓴 습작시들이 들어 있다고 할 수 있지요. 지금 돌아보면 참으로 미숙하고 부끄럽지만, 80년대를 통과하면서 느꼈던 감정과 고민들이 진솔하게 드러나 있다는 점에서 제 문학적 뿌리를 보여준다고 할 수 있습니다. 89년에 등단해서 90년대 이후 활동했더라도 제 문학이 80년대의 자장 안에 있음을 잘 보여주는 시집이지요. 선생님이 지적하신 몇 가지 주제들이 충분히 발아되거나 분화되지 못한 채 공존하고 있는 것은 일반적으로 첫 시집들이 지닌 특징이기도 할 거예요. 이후의 시집은 그 여러 길들을 되새김질한 것이라고도 볼 수 있겠지요.

남송우　　첫 시집에서 가족사의 편린들이 시적 모티브로 등장하고 있습니다. 「소원」, 「아버지의 등」, 「노아의 포도」, 「열쇠」 등에서 아버지의 이미지가, 「우리 어머니」, 「해빙」 등에서는 어머니의 이미지가 보입니다. 그런데 아버지에 대한 이미지가 더 강렬하게 다가옵니다. 나희덕 시인에게 있어 아버지의 존재는 어떤 위치에 자리하고 있었던 것인지가 궁금합니다.

나희덕　　저에게 어머니는 강인한 '마리아'의 이미지로 남아 있어서 인간적 갈등보다는 경외의 대상에 가까웠던 것 같아요. 모성성에 대한 추구나 견인적 태도를 지향하는 것에는 그런 영향이 있을 거예요. 반면, 아버지는 저에게 인간의 모순과 한계를 몸소 보여주신 분이었어요. 그래서 아버지와는 격렬한 토론을 벌이거나 반항도 많이 했지만, 이상하게 어머니와는 비판적 거리가 생겨나지 않는 편이었지요. 제 시에 아버지가 자주 등장하고 좀더 인간적 체취가 느껴지는 것은 그런 이유가 아닐까 싶어요.

남송우　　「학교로 돌아오려는 제자」, 「한 그릇의 밥」, 「사표」, 「나무 한 그루」 등에서는 교사로서 가지는 학생에 대한 애정과 생활인으로서 느끼는 갈등 등이 엿보입니다. 그러한 교사생활이 나희덕 시인의 시 창작에 어떤 영향을 미쳤다고 생각합니까?

나희덕　　가르치는 일을 좋아하면서도 늘 거기서 도망치려고 했어요. 시인과 교사라는 역할이 부딪치기 마련이고, 특히 제 자신도 모르게 규범화되는 것에 대한 두려움이 컸지요. 하지만 학교라는 제도는 싫어도 새로운 세대를 만나 제가 지닌 경험과 지식을 공유하는 것은 즐거운 일이고, 이제는 그것도 제 업이라고 받아들이게 되었어요. 그래도 시를 가르치는 일과 쓰는 일을 병행하기란 쉽지 않아요.

남송우　　두 번째 시집 『그 말이 잎을 물들였다』(창작과비평사, 1994)에 실려 있는 「밤, 바람 속으로」에서 아버지에 대한 생각의 일단이 엿보이나, 「어린 것」, 「저녁을 위하여」, 「학교 다녀오겠습니다」 등에서 보이듯 아이나 생명에 대한 이미지들이 더 자주 많은 시편에 등장하고 있습니다. 이는 모성의 한 발현인지, 이 시기의 삶과 관련지어 당시의 관심사를 이야기해주실 수 있을지요?

나희덕　　이십대 후반은 아기를 키우면서 제 안에 잠재된 모성이 좀더 뚜렷하게 발현되고 생활의 냄새가 서서히 배어들기 시작한 시기였습니다. 첫 시집이 상대적으로 시대나 역사에 관한 고민이 중심을 이루었다면, 두 번째 시집은 '나'라는 개체의 경험에 좀더 주목했다고 할 수 있겠고요. 이것은 저뿐 아니라 우리 시단이 전반적으로 경험했던 변화이기도 할 텐데, '써야 하는 것'이라는 당위에서 벗어나 자신에게 가장 밀착된 이야기를 시작할 수 있다는 것이 오히려 자유를 느끼게 하는 면도 있더군요. 그리고 '나'를 말하는 것이 단순히 내면으로의 도피나 침잠을 의미하는 것은 아니라는 사실을 스스로에게 납득시켰지요.

남송우　　「배추의 마음」, 「두부」 등에서 보이는 시인의 마음 상태는 식물적 상상력의 전형처럼 보입니다. 식물적 이미지가 나희덕 시인의 시의 토대를 이루는 한 경향이라고 한다면, 이런 시적 토대는 어디에서 비롯되었다고 할 수 있을지요?

나희덕　　　어릴 때부터 혼자 길을 걸으며 해찰하는 걸 좋아했어요. 숲에 가만히 앉아 있으면 한나절이 지루하지 않게 지나갔고, 그러다 보면 어느새 저 역시 그 나무들 중 하나라는 느낌이 강하게 들곤 했지요. 실제로 제 시에는 동물이 거의 등장하지 않아요. 작은 곤충이나 식물 이미지가 상상력의 기저를 이루고 있는데, 그건 제 수동적 기질과도 연관될 것 같아요. 동물성이든 식물성이든 자연과의 깊은 친화감은 하루 이틀에 형성되는 건 아닌 듯해요. 일찍이 보들레르가 자연을 신전(神殿)에 비유하면서 그 기둥들 사이를 걸어가며 비의적(秘意的) 언어를 받아 적으려 했듯이, 시인은 자연이 들려주는 언어를 해독하거나 번역하는 사람이라고 생각해요. 그런 미완의 상징적 영토가 아직 우리 시에 남아 있다고 믿는 편이죠.

남송우　　　제3시집 『그곳이 멀지 않다』(민음사, 1997)에서 「칸나의 시절」이 과거의 회상이면서 현재성을 지니는 시편으로 읽힙니다. 특히 부모가 운영하던 고아원에서 고아들과 함께 보낸 시절을 회상하고 있는 이 시편은 시인의 시에서 아주 유의미한 부분으로 보입니다. 고아원 시절의 삶이 시인의 삶에서 상당한 비중을 차지했다고 볼 수 있기 때문입니다. 그런데 고아원 시절의 회상이 토대가 된 시편들이 그렇게 많지 않습니다. 특별한 이유라도 있는지요?

나희덕　　　충남 논산의 에덴원에서 태어나 열 살 때까지 자랐고 서울에 이사 온 후로 스무 살 때까지 애향원 울타리에서 보냈으니, 보육원

체험은 제 성장기와 고스란히 겹쳐 있는 셈입니다. 그런데 막상 그 공간과 사람들에 대해 쓰려고 하면 제가 그 친구들을 시라는 명목으로 대상화하는 게 아닌가 하는 생각이 들었어요. 부모를 잃어버린 그 아이들과 보육원 총무인 엄마를 둔 제 처지가 달랐기 때문이기도 하겠고요. 언젠가 쓸 수 있는 날이 오겠지요.

남송우 「어떤 항아리」에서 시를 "무엇이든 담을 수 있지만/ 간장만은 담을 수 없는,/ 뜨거운 간장을 들이붓는 순간/ 산산조각이 나고 말 운명의.// 시라는 항아리"라고 은유하고 있는데, 이는 시에 대한 재미있는 정의라고 봅니다. 간장으로 은유되는 시의 본질은 시의 어떤 성향을 노래한 것인가요?

나희덕 시골버스를 타고 가다가 우연히 어떤 모녀의 대화를 듣게 되었는데, 시에 나오는 것처럼 물을 담으면 괜찮고 간장을 담으면 새는 항아리에 관한 것이었어요. 그 얘길 들으며, 이제까지 제가 써온 시라는 게 무난하게 물만 담으며 그 틀을 유지해온 게 아닌가 하는 생각을 했어요. 간장처럼 달이고 달여진 삶의 즙액을 쏟아 부은 시, 써지는 순간 스스로의 위력으로 파열되어 버리는 시, 그런 시야말로 시인이 지향해야 할 단 한 편의 시일 거예요. 진정한 시는 우리가 그동안 생각해온 시의 정의와 범주를 넘어서려고 하는 순간 태어나니까요.

남송우 나희덕 시인은, 내 시의 팔 할은 슬픔이나 연민의 공명에서 시작된 것이 아닌가 하고 말한 적이 있습니다. 그리고 시인은 마음속에 건천(乾川) 하나씩 품고 사는 존재들이라고 말했습니다. 이러한 시에 대한 입장과 앞에서 말한 간장으로 은유된 시에 대한 은유는 어떻게 서로 만날 수 있을지요?

나희덕   그렇게 보니 '간장'으로 비유된 고통의 즙액과 '건천'으로 비유된 깊은 슬픔이 서로 다른 게 아니네요. 예술가에게 고통이나 슬픔은 가장 큰 자양분이고 동력이잖아요. 저의 경우에도 가장 고통스러울 때 오히려 세계를 가장 투명하고 치열한 눈으로 바라볼 수 있었던 것 같아요. 고통을 어떤 방식으로 걸러서 형상화하느냐에 따라 그 위력은 달라지겠지만요.

남송우   네 번째 시집 『어두워진다는 것』(창작과비평사, 2001)에서 「어두워진다는 것」, 「흰 광목 빛」, 「음계와 계단」, 「새를 삼킨 나무」 등의 시편에서 보이는 배경이 어두워지는 시간입니다. 어두워지는 시간 배경이 자신의 시창작과 어떤 관계가 있다고 생각하는지, 그리고 어두워지는 시간을 통해 궁극적으로 내보이고자 하는 시세계는 무엇인지가 궁금했습니다.

나희덕   낮의 시간이 일상에 바쳐진다면 밤은 존재론적 시간이라고 말할 수 있겠죠. 저물 무렵은 그런 전환을 시각적으로 잘 보여주지요. 그래서인지 퇴근하거나 산책하면서 바라보는 일몰은 사람의 마음을 한결 근원적인 상태로 데려가는 것 같아요. 「일몰 무렵」이라는 산문에서 해질 무렵의 원형적인 기억들에 관해 말한 적이 있는데, 그런 원체험들도 한몫을 하겠고요. 시집 『어두워진다는 것』의 시들에 깃들어 있는 내면적 정황은 제목이 말해주듯이 빛과 어둠, 삶과 죽음, 대지와 바다, 가벼움과 무거움의 경계에 놓여 있어요. 대립적인 존재나 속성들이 서로 길항하면서 만들어내는 풍부한 무늬 같은 걸 포착하려고 했지요.

남송우　「소리들」,「허락된 과식」 등에서 소리나 빛에 민감한 뛰어난 감각적 자질을 보이고 있습니다. 시 쓰기에 있어, 감각의 능력이 차지하는 자리는 어디라고 생각하십니까?

나희덕　제가 준비하고 있는 박사논문의 주제가 1930년대 모더니즘시에 나타난 감각의 전환인데요, 그만큼 '감각'의 문제는 저에게 중요한 탐구 대상이에요. 모더니티는 대체로 시각을 그 중심에 두고 있는데, 거기에는 다른 감각들의 소외나 무기력이 전제되어 있다고 할 수 있지요. 시는 거기에 맞서 다양한 감각을 복원해내고 결합시켜야 한다고 생각해요. 그것은 현대 도시문명에 대한 시인의 태도와도 연결되는 문제예요. 시인은 근원적으로 문명과 화해할 수 없는 존재인데, 그런 불화나 비판적 태도를 설명적인 방식으로 드러낼 것이 아니라 감각의 갱신을 통해 보여주어야 하겠죠.

남송우　「벽오동」,「사과밭을 지나며」에서 시인의 생태학적 사유의 일단을 확인할 수 있습니다. 인간과 자연이 온생명으로 만나는 시적발상은 생태학적 시가 추구해야 할 하나의 방향으로 보입니다. 나희덕 시인이 생각하는 소위 생태시의 모습은 어떠해야 한다고 봅니까?

나희덕　생태시라는 주제나 범주를 의식하고 써본 적은 한 번도 없습니다. 그런데도 제 시에 자연과 인간의 유기적 관계가 바탕을 이루고 있고 자연과 교섭하는 감각이 살아 있다고 한다면 생태시라고 말할 수 있겠지요. 그러나 생태시가 80년대의 '이념'을 대체하는 새로운 '관념'이 되거나 현실을 미화하는 낭만적 '도구'로 떨어지는 것에 대해서는 비판적입니다. 이따금 제 시 역시 자연친화적인 낭만성의 혐의를 받기도 합니다만, 그런 평가는 제 시에 대한 피상적이고 소재주의적인 해석이라는 생각이 들어요.

남송우　　　다섯 번째 시집 『사라진 손바닥』(문학과지성사, 2004)에서 「어떤 出土」, 「한 삽의 흙」 등에서 주말농장의 경험이 엿보입니다. 이러한 경험들이 시 쓰기에 어떤 영향을 미치고 있는지요?

나희덕　　　요즘은 바빠서 텃밭 일구는 일도 중단하고 말았지만, 꽤 여러 해 농사짓는 재미를 누리면서 밭에 떨어진 시를 줍곤 했어요. 저는 시가 잘 안 풀릴 때 책상 앞에서 끙끙거리기보다는 비(非)시적인 일에 제 몸을 맡기는 편인데, 그중에서도 흙이나 물 만지는 일이 제일 좋아요. 김수영 시인이 동생의 농장에 가서 자신의 삽질이 농부의 삽질이 될 수 없음에 절망하면서도 오히려 그 거리를 명료하게 인식함으로써 시인으로서 정체성을 찾았던 것처럼요.

남송우　　　「초승달」, 「만년설 아래」, 「낯선 고향」 등은 여행시의 모습으로 보입니다. 나희덕 시인의 경우에는 여행이 시 쓰기에 어떤 기여를 한다고 생각하십니까?

나희덕　　　제가 직장 때문에 광주에 살게 된 지가 4년이 넘었는데요, 『사라진 손바닥』은 그 기간 동안 쓴 시들을 모은 것입니다. 혼자서 남도 구석구석을 어지간히 쏘다녔지요. 이곳 사람들에게는 익숙한 풍경들이 방외인인 저에게는 새롭게 보였고, 그렇게 만난 풀들이며 새들이 어떤 사람의 온기보다 제 마음을 위로해주었습니다. 덕분에 이제는 광주가 그리 낯설지 않게 느껴집니다. 그 외에도 「초승달」, 「만년설 아래」는 2003년에 오스트리아에서 열린 국제서정시대회에 참가하면서 알프스 주변을 돌아보고 와서 썼고, 「소나기」, 「낯선 고향」, 「도문 가는 길」 등은 백두산을 비롯한 연길 여행길에 얻은 시들입니다. 그러나 저는 이 시들을 여행시라고는 생각하지 않아요. '낯선 그곳'을 '익숙한 이곳'으로 모셔와 오래 되새김질하고 서로를 삼투시킬 때 단순한 스케치를 넘어 삶의 기록이 될 수 있는 것이지요.

남송우   제5시집에 와서, 시문법이 더욱 간명해지면서 시세계는 더욱 뚜렷해지는 것 같지만, 이전 시에서 느끼던 서정성의 맛은 덜한 것 같습니다. 시문법의 새로운 변화를 시도하고 있는 것인지 궁금합니다.

나희덕   요즘 시 특집들에서 '서정성'에 대한 비판적 논의들이 자주 이루어지던데, 단일한 서정적 주체에 대한 회의나 균열에 대한 강박적인 강조가 전통적 서정의 자리를 더 이상 허용하지 않는 것처럼 보여요. 제 관심은 내면의 균열이나 해체를 단순화시키지 않으면서 서정성을 동반할 수 있는 가능성을 찾는 데 있어요. 그런데 그 과정에서 시인이 지향하는 바와 성취되는 바가 늘 일치하는 것은 아닌가 봅니다. 마음으로는 제 삶과 시가 좀더 자유롭고 유현해지길 바랐는데, 선생님이 말씀하신 것처럼 이번 시집에서 어떤 완강함 같은 걸 저도 느꼈습니다. 그 완강함은 삶의 내용에서 오는 것이기도 하겠지만, 산문적이고 건조한 진술형의 어법에서 비롯되는 게 아닌가 싶어요. 그리고 수사적 장식이나 감정적 뉘앙스를 지나치게 걷어내 버린 데서 오는 간명함 때문이기도 하고요. 앞으로는 구어체를 좀더 살려서 굳어 있는 말의 결들을 좀 풀어주어야겠다는 생각이 들어요.

남송우   시론집 『보랏빛은 어디에서 오는가』(창비, 2003)를 펴내셨습니다. 이 책은 제가 보기에 시에 못지않은 시 해석의 논리와 비평적 글쓰기의 역량을 보여주고 있다고 평가합니다. 앞으로도 이런 시론집을 계속 내실 생각을 가지고 계신지요? 그리고 시쓰기와 비평적 글쓰기의 차이는 무엇이라고 생각하십니까?

나희덕   시론이나 평론에 가까운 글들을 적지 않게 썼지만, 저에게 비평적 글쓰기는 자발적 행위에 의해 이루어진 경우는 별로 없습니다. 뒤늦게 공부를 시작하고 대학에 몸을 담으면서 생겨난 부산물들도 적지 않지요. 하지만 막상 글을 쓸 때는 비평적인 글이라도 시인으로서 가져야 할 정체성을 잃지 않고 시를 쓸 때와 마찬가지 마음가짐을 유지하려고 노력합니다. 그래야 시를 고정된 논리나 개념들에 덜 가두게 되니까요. 비평적 글쓰기가 지닌 나름의 매력을 느낄 때도 있지만, 아무래도 거기에 비중을 두다보면 시적인 상태가 고갈되기 쉽지요. 저는 옥타비오 파스(Octavio Paz Lozano)의 시론을 좋아하는데, 언젠가 공부가 채워지면 『활과 리라(El Arco la Litra)』처럼 자유로운 문체로 정신을 고양시킬 수 있는 시론을 쓰고 싶다는 생각은 합니다.

남송우   많은 작품들을 두고 짧은 시간에 두루 돌아보는 시간을 가졌습니다. 좀더 깊이 있는 논의들이 이루어졌으면 하는 아쉬움이 없는 것은 아니지만, 일반 독자들에게는 나희덕 시인의 시세계의 특장을 이해하는 데는 도움이 되리라 봅니다. 앞으로 더욱 좋은 시를 내보여주심으로써 독자들의 마음에 시심을 깨우고 심어가는 시인이 되시기를 바랍니다. 감사합니다.

비평의 자리 만들기 -남송우 평론집

첫판 1쇄 펴낸날 2007년 3월 28일

지은이 남송우
펴낸이 강수걸
펴낸곳 산지니
등록 2005년 2월 7일 제14-49호
주소 부산광역시 연제구 거제1동 1493-2 효정빌딩 601호
전화 051-504-7070 | **팩스** 051-507-7543
sanzini@sanzinibook.com
www.sanzinibook.com
편집 권경옥 · 김은경 | **제작** 권문경
인쇄 대정인쇄

ISBN 978-89-92235-12-9 03810

값 15,000원